Arena-Taschenbuch
Band 50965

Thomas Kastura,
geboren 1966 in Bamberg, lebt ebendort mit seiner Frau und seinen beiden Töchtern. Er studierte Germanistik und Geschichte und arbeitet seit 1996 als Autor für den Bayerischen Rundfunk. Daneben verfasste er zahlreiche Erzählungen, Jugendbücher und Kriminalromane.

thomas kastura

please identify!

Auf der Jagd nach Laura Adams

Arena

FSC
www.fsc.org
MIX
Papier aus verantwortungsvollen Quellen
FSC® C110508

1. Auflage als Arena Taschenbuch 2017

Covergestaltung: Frauke Schneider
Umschlaggestaltung und Satz: KCS GmbH · Verlagsservice & Medienproduktion, Stelle/Hamburg
Gesamtherstellung: Westermann Druck Zwickau GmbH
ISSN 0518-4002
ISBN 978-3-401-50965-5

Besuche uns unter:
www.arena-verlag.de
www.twitter.com/arenaverlag
www.facebook.com/arenaverlagfans

1

Ganz nah am Abgrund. Regenböen fegten durch die Luft, das Meer lag unter ihr in der Tiefe. Wogen brachen sich an Felsenzähnen, die wie Hunderte hungriger Mäuler aussahen. Laura fragte sich, wie lange es wohl dauern würde, bis ihr Körper unten ankam.

In der Ferne war der Himmel pechschwarz. Ihr Haar wehte ihr ins Gesicht. Wenn sie der Wind traf, riss er sie fast weg. Sie stemmte sich dagegen.

Tat. Das. Gut.

Sie stand auf der Klippe von St. John's Head, in einer Höhe von 350 Metern, auf den Orkneys. Das sind Inseln im Norden Schottlands. Ein paar Schafe, viele Vögel, wenig Menschen.

Sie breitete die Arme aus.

Vor ein paar Wochen hatte Laura auf Google Maps eine Karte von Europa aufgerufen. Sie hatte den Finger über den Bildschirm kreisen lassen, die Augen geschlossen und bis fünf gezählt. Der fünfte Mai war ihr Geburtstag. Und bei fünf hatte sie den Finger gesenkt und gesagt: „Da fahr ich hin."

Warum?

Einfach so.

„Geh da weg!", sagte Mischa besorgt. „Sonst passiert noch was."

Mischa war ihre beste Freundin, sie war immer dabei, ohne Mischa lief gar nichts. Meist wirkte sie eher abwartend und vorsichtig, verlässlich wie ein Anker. Aber wehe, wenn sie was trank und in Fahrt kam. Dann konnte sie richtig aufdrehen.

„Muss noch Fotos machen." Laura zückte ihr Handy und tapste ungeschickt umher.

Das Gras und die Steine waren verdammt glitschig. Mit einem ihrer Trekkingstiefel blieb sie irgendwo hängen. Plötzlich rutschte sie weg. Verzweifelt ruderte Laura mit den Armen in der Luft, verlor das Gleichgewicht.

Panik durchfuhr sie, als sie die steil abfallende Felskante auf sich zukommen sah. Die hungrigen Mäuler da unten in der Tiefe öffneten sich und raubten ihr den Willen.

Rasch griff Mischa nach ihrer Schulter, doch ihre Finger glitten an dem regenfesten Funktionsstoff ab. Sie packte fester zu, krallte sich in den Jackenstoff und bekam endlich einen Ärmel zu fassen. Im letzten Augenblick gelang es ihr, Laura mit einem Ruck zu Boden zu ziehen. Ihre Füße ragten schon hinaus in die Leere.

„Geh da weg!", schrie Mischa. „Ich hab's dir doch gesagt!"

„Stimmt", flüsterte Laura. Sie zog schützend die Beine an den Körper wie ein kleines Kind. „Hast du."

„Alles in Ordnung?"

„Gibt wahrscheinlich ein paar blaue Flecke." Laura rieb sich ihr Hinterteil. Alles in Ordnung, dachte sie. Wenn dich der Wind trifft und es jemanden gibt, der dich festhält.

Sie krochen ein Stück vom Klippenrand weg und lagen im Gras, erschöpft von dem Schreck. Er saß ihnen noch eine ganze Weile in den Gliedern. Mit etwas Pech hätte Laura Mischa mitgerissen und sie wären beide abgestürzt.

Sie kicherten albern, als sich die Anspannung langsam löste, und sahen auf den tosenden Atlantik hinaus. Der Horizont war eine Wand aus Dunst und Nebel.

Laura hatte sich wieder gefangen. Sie stand auf und

schoss ein Foto nach dem anderen, jetzt erst recht, aber mit Sicherheitsabstand. Trotzdem wurden die Bilder spektakulär. Nichts für Leute mit Höhenangst.

Es gab keinen Internetempfang hier am Ende der Welt. Später würde sie alles auf ihre NetFriends-Seite posten, zurück in Stromness, der kleinen grauen Stadt am Meer.

2

Sie waren beide sechzehn Jahre alt. Für ihre erste Ferienreise ganz allein ohne irgendwelche Erwachsenen, die Kindermädchen spielten, hatten sie sich einen InterRail-Pass gekauft. Damit konnten sie mit der Bahn nach Herzenslust in Europa herumfahren und mussten nicht für jede Strecke extra Tickets lösen. Billiger kamen sie nicht durch die Weltgeschichte, es sei denn, sie trampten. Aber davor hatten sie zu viel Bammel.

Es hatte sie auch so genug Kämpfe gekostet, bis ihre Eltern einverstanden gewesen waren. Die hätten lieber einen Flug nach Werweißwohin bezahlt, Schüleraustausch mit Gastfamilie, geregeltem Tagesablauf, schön unter Beobachtung. China, wegen der Wirtschaft? Oder lieber Chile, wegen der Sprache? Für den Mond gab's glücklicherweise noch kein Austauschprogramm.

Nee, es sollten, mussten die Orkneys sein. Die kannte kein Schwein, jedenfalls niemand, dem Laura davon erzählte. Um sich einen Überblick zu verschaffen, hatte sie Paps' alten Schulatlas aufgeschlagen und lange darin blättern müssen – schon mal ein gutes Zeichen. Der Rest war einfach gewesen. Zuerst Mischa überzeugen, dann die Eltern belabern, und zwar mit Argument Nummer eins: Englisch kann man nie gut genug sprechen.

Den InterRail-Pass hatte sie von Omas sporadischen Geldspritzen gekauft. Laura hortete die Scheine seit Jahren und hielt sie unter Verschluss. Ihr Taschengeld gab sie sofort aus, meistens für Klamotten, Apps oder Musik-Downloads. Omageld dagegen landete in einer altmodischen Stahlkassette, die sie unter ihrem Bett aufbewahrte. Das war dann Argument Nummer zwei gewesen: Ich kann's selber bezahlen.

Natürlich hieß es sofort: Allein fährst du uns aber nicht weg.

„Klar, allein, würde mir nie einfallen!", hatte Laura entgegnet und Argument Nummer drei ins Feld geführt: Mischa. „Wir passen aufeinander auf, klappt doch auch sonst prima. Ach, kommt schon! Wir sind doch keine kleinen Kinder mehr."

„Darf die das denn?", kam es zweifelnd zurück.

Ja, Mischa durfte. Ihre Mutter war sofort einverstanden gewesen. Die hatte in Aberdeen studiert, irgendwann in der Steinzeit. Als sie von den Plänen der beiden Freundinnen hörte, erhellte ein nostalgisches Lächeln ihr Gesicht und Mischa wusste gleich, dass sie gewonnen hatten. Nach dem Lächeln kam zwar ein ellenlanger Vortrag über Schottland und das Bahnfahren und wie man sich gegen zudringliche „Scheißkerle" wehrte. Aber irgendwann gingen ihr die guten Ratschläge aus und sie wünschte den beiden nur noch Glück und möglichst viele neue Erfahrungen.

Das hatte schließlich den Ausschlag für Lauras Eltern

gegeben. Widerstrebend hatten sie zugestimmt, wobei ihr Vater ziemlich entspannt wirkte, während ihre Mom bis zuletzt Bedenken hatte, bevor sie nach längeren Diskussionen einlenkte.

Als die Ferien Anfang August begannen, packten Laura und Mischa ihre nagelneuen Rucksäcke und stiegen am Münchner Hauptbahnhof in den ICE nach Mannheim. Über Köln, Aachen und Lüttich ging es nach Brüssel. Dort nahmen sie den Eurostar, unterquerten damit den Ärmelkanal und kamen am Abend in London St. Pancras an.

Mit der U-Bahn fuhren sie in einen der Vororte im Norden der Stadt und checkten für drei Tage in dem beschissensten Hostel der Welt ein, das dafür aber unschlagbar billig war. Überall der Geruch von Kotze und Pisse und Fieserem, Betten wie im Knast. Der einzige Vorteil bestand darin, dass sie dadurch gezwungen waren, den ganzen Tag über die City zu durchstreifen: Covent Garden, das Themseufer, eine Fahrt auf dem London Eye. Außerdem gab es ja noch Jungs.

Der erste, den sie kennenlernten, war Danny aus Syracuse, Upstate New York. Er befand sich auf einem Europa-Trip. Eigentlich wollte er weiter nach Frankreich und Italien. Doch er ließ sich gern treiben und schaute, wie sich die Dinge entwickelten.

Sie lernten ihn auf einem Doppeldeckerbus bei einer Stadtrundfahrt für Touristen kennen. Laura machte mit dem Handy ein Foto von Mischa und sich und Danny drängte sich von hinten ins Bild. „Hey, ich will auch mit drauf!“ Er kam ihr wie ein Typ vor, der für jeden Spaß zu haben war. Nachdem sie den Rest des Tages zu dritt verbracht hatten, verabredeten sie sich für den nächsten Morgen in Madame Tussauds Wachsfigurenkabinett. Dort alberten sie herum wie auf einem Schulausflug, Laura hatte noch nie so viel gelacht, und als sie schließlich von ihren weiteren Reiseplänen erzählten, hatte Danny nichts dagegen, spontan mit zu den Orkneys zu fahren. Der Eiffelturm und das Kolosseum liefen ihm nicht weg, Laura und Mischa dagegen schon. Er war neunzehn, sah sogar ein wenig älter aus.

Jetzt stieg er gerade den Abhang zur Klippe hoch. Sein blonder Haarschopf war weithin zu sehen. Danny hatte behauptet, dass es keinen Sport gäbe, den er nicht trieb. Wenn er die Brandung sah, dachte er vermutlich an Surfen. Er schien die Weite und die Einsamkeit zu mögen, was vor allem Laura für ihn einnahm. Wenn sie sich Blicke zuwarfen, hatte sie das Gefühl, dass sie sich ohne Worte verstanden und genau wussten, was der andere dachte. Danny gefiel Laura und sie hatte den Verdacht, dass er sie auch ganz gut fand.

Wesley stapfte hinter Danny her, langsamer, verdrießlich. Sie hatten ihn in einem Internetcafé aufgegabelt, am Bahnhof von Edinburgh. Wesley war ein waschechter Schotte und wollte eigentlich nur nach Inverness mitfahren, um dort Freunde zu treffen. Auf seinen Tipp hin besuchten sie ein großes Rockfestival am Loch Ness, „Rockness". Nach zwei aufregenden, schlaflosen und ziemlich schlammigen Tagen konnte Mischa ihn überreden, sie weiter in den Norden zu begleiten. Nach und nach taute er auf und gab mehr als Ein-Wort-Sätze von sich. Seine „Freunde" hatten sich auf dem Festival nicht blicken lassen. Also war er einfach bei den beiden deutschen Mädchen und dem Ami geblieben. Außerdem besaß er ein kleines Zwei-Mann-Zelt, in dem auch Danny übernachten konnte. Dass er schon achtzehn war, mochte man auf den ersten Blick kaum glauben, weil er ein bisschen schmächtig geraten war.

Wenn Wesley das Meer sah, dachte er bestimmt an seinen Vater. Der arbeitete als Ingenieur auf einer Bohrinsel, wie er Laura erzählt hatte. Vielleicht dachte er auch an ein Computerspiel mit Schiffen, Piraten und Riesenkraken, denn er verbrachte die meiste Zeit vor seinem Laptop. Für die Wanderung zum St. John's Head hatte er es ausnahmsweise im Guesthouse gelassen. Oft wirkte Wesley unsicher, als wüsste er nicht, wie er sich in Lauras und Mischas Gegenwart verhalten sollte. Er tat so, als seien ihm Mädchen egal. Im Gegensatz zu Danny hielt er sich eher im Hintergrund und richtete sich bei Entscheidungen gerne nach den anderen. In Schottland kannte er sich bestens aus.

Zu viert standen sie da und betrachteten die Küstenlinie. Der Regen wurde stärker.

„Von hier bis Neufundland gibt's nur den Ozean", sagte Wesley. „Wenn du da rausruderst, wirst du abgetrieben, schneller, als du gucken kannst."

„Wegen der Strömung?", fragte Danny.

„Irre stark. Dagegen hast du keine Chance."

„Wer will schon raus aufs Meer?" Mischa zog die Kapuze ihrer Jacke tiefer in die Stirn. „Da ist doch nichts. Nur Wasser und noch mal Wasser."

„Wasser blinkt aber nicht", sagte Laura und deutete auf einen weit entfernten Punkt. „Seht ihr auch das rote Licht?"

Sie strengten sich an, etwas zu erkennen.

„Könnte ein Fischtrawler sein", meinte Wesley.

„Oder ein Typ, der über Bord gegangen ist." Danny ließ es wie einen Scherz klingen. „Mit einem Rettungsanzug."

Eine Zeit lang dachten sie darüber nach, was da draußen

vor sich gehen könnte. Malten sich Szenen von Menschen in Seenot aus. Sie kannten den Film „Der Sturm", in dem eine Monsterwelle einen Fischkutter wie nichts umwarf und zum Kentern brachte. Und auf irgendwelchen Doku-Sendern gingen andauernd Schiffe unter, von der „Titanic" bis zur kleinsten Segeljolle. Wer nicht gleich ertrank und nicht rechtzeitig einen schützenden Rettungsanzug anlegte, dem machte die Unterkühlung binnen Minuten den Garaus.

Keiner kam auf den Gedanken, dass da draußen auch jemand in ihre Richtung blicken konnte. Vier einsame Gestalten auf einer Klippe, die fest davon ausgingen, sie seien die Einzigen weit und breit.

Laura machte ein Foto von ihnen allen, indem sie ihr Smartphone am ausgestreckten Arm von sich weghielt. Sie steckten die Köpfe zusammen und grinsten.

„Lasst uns zurückgehen", sagte Mischa schließlich.

3

Der Weg zum Fähranleger in Moaness zog sich in die Länge. Er führte durch ein heidebewachsenes Tal voller Moortümpel und schwärzlicher Bäche, eine richtige Wildnis. Sie befanden sich auf Hoy, einer dünn besiedelten Insel, deren größte Attraktion die Klippen waren sowie der Old Man of Hoy, ein Felsenfinger direkt vor der Küste. Laura genoss es, mit Anlauf über tückische Stellen zu springen oder auch mal voll in den Matsch. Es fühlte sich gut an, den Körper in Aktion zu spüren nach dem Beinahe-Unfall auf der Klippe.

Nur Danny musste wieder mal Quatsch machen. Er watete ins Moor hinein, wedelte wild mit den Armen und tat so, als würde er plötzlich versinken. „Verdammt, ich komm nicht mehr raus!“, rief er theatralisch.

„Selber schuld“, feixte Wesley. „Im Sommer verschwinden hier dauernd Leute. Da fällt einer mehr oder weniger gar nicht auf.“

„Ich stecke fest. Echt jetzt!“

Das Moor reichte ihm schon bis zu den Knien.

„Haha!“, sagte Laura, war aber unsicher, ob sie Danny nicht doch glauben sollte.

Wesley winkte ab und machte schon Anstalten weiterzugehen.

„Ihr könnt mich doch hier nicht einfach zurücklassen!“, protestierte Danny.

„Oh Mann!“ Laura stapfte ein paar Schritte in den weichen, schwammigen Untergrund hinein, schnappte sich die Kapuze von Dannys Regenjacke und zog daran.

Der Widerstand war anfangs beträchtlich, das Moor hielt ihn fest mit unerbittlichem Klammergriff. Schließlich gelang es Danny mit Lauras Hilfe, sich frei zu strampeln. Durch den plötzlichen Ruck fiel Laura nach hinten und gemeinsam landeten sie in einem Heidestrauch, der teuflisch pikte.

„Schauspieler!“ Laura versuchte, sich hochzurappeln, doch Danny hielt sie sanft an der Schulter fest.

„Von dir lass ich mich am liebsten retten“, sagte er, grinste dabei über beide Ohren und hatte wieder diesen Blick, als würde er sie besser kennen als sie sich selbst.

Eigentlich fand sie das gar nicht lustig. Aber dann musste sie lachen. „And the Oscar goes to ...“, witzelte sie und stand etwas umständlich auf.

Mischa verdrehte die Augen. „Wenn das jetzt bei jedem Moorloch so geht, kommen wir nie an."

Der Rest der Wanderung verlief ohne Zwischenfälle. In einem Café am Pier, das extra für die Passagiere der Nachmittagsfähre geöffnet hatte, wärmten sie sich auf. Dann setzten sie aufs Mainland über. Der kleine Ort Stromness empfing sie mit grauen Würfelhäuschen, dazwischen bunte Wimpel und ein paar Sonnenstrahlen. Danny und Wesley wollten noch die Kutter im Hafen anschauen, aber Laura und Mischa zog es zurück ins warme Guesthouse. Dort hatten sie sich nach dem Matschwetter in Rockness eingemietet, um ihr Zelt zu säubern und endlich mal wieder in einem richtigen Bett zu schlafen.

Sie hängten ihre Klamotten zum Trocknen auf und nahmen eine heiße Dusche. Ihr Doppelzimmer war zwar nicht größer als ein Schuhkarton, aber gemütlich eingerichtet. Und es gab WLAN.

Laura wickelte ihre nassen schwarzen Haare in einen Handtuchturban. Dann legte sie sich aufs Bett und ging mit ihrem Smartphone ins Internet. Zuerst checkte sie die Fotos, die sie auf Hoy gemacht hatte. Sie fingen die Stimmung super ein. Laura wusste schon den Text, den sie zu den Klippenbildern posten würde: „**Am Arsch der Welt ist es schön, aber windig. Bin fast runtergefallen.**"

„**Und ich hab dich gerettet.**" Mischa frottierte sich ab. „Auf *den* Kommentar kannst du Gift nehmen!"

Laura lachte. „Wahrscheinlich geht ‚Arsch' gar nicht durch den Sprachfilter. Offensive language und so." Sie rief ihre NetFriends-Seite auf. Doch statt der vertrauten grünweißen Anzeige erschien ein roter Balken.

„**Dein Profil wurde gesperrt**", las sie laut.

„Kein Wunder! Bei all dem Mist, den du reinstellst."

„Versteh ich nicht." Laura probierte herum. Immer wieder rief sie die Internetseite neu auf. Schaltete ihr Smartphone aus und wieder an. Das Ergebnis blieb immer das gleiche. Ein roter Balken. „Irgendwas stimmt da nicht."

„Vielleicht liegt's am Empfang?", fragte Mischa. „Die Orkneys sind zu weit weg von der Zivilisation."

Laura rief ihre E-Mails ab – am Empfang konnte es also nicht liegen. Aha, eine Nachricht vom NetFriends-Security-Team, Betreff: **Identity Request**: In der Mail wurde sie aufgefordert, ihren Personalausweis zu fotografieren und der Abteilung **User Operations** zu schicken. „Ist dir das schon mal passiert?", wollte sie von ihrer Freundin wissen.

„Nee."

„Muss ich jetzt beweisen, dass ich ich bin?"

„Sieht wohl so aus. Aber warte mal, vielleicht wollen die von mir das Gleiche." Mischa hatte ihr Handy am Stromnetz mit einem Adapter für Großbritannien aufgeladen – vorsintflutlich, dass es in Europa immer noch unterschiedliche Stecker gab. Sie schaltete es ein. Normalerweise ging sie nicht so häufig auf ihre NetFriends-Seite wie Laura und Fotos stellte sie selten online, höchstens, um ihr Profilbild zu aktualisieren. Mischa interessierte sich mehr dafür, was die anderen posteten. Sie likte alles Mögliche und schrieb meist positive Kommentare. Rumätzen, wie es viele taten, die sie kannte, war nicht ihr Fall.

Mit ihrem NetFriends-Profil war alles in Ordnung. „Sieht aus wie immer."

„Geh mal auf meines", sagte Laura und setzte sich neben Mischa, um das Display sehen zu können. Es zeigte das vertraute Titelbild, das sie bei der Abfahrt in München vor zehn Tagen hochgeladen hatte: einen ICE und davor Laura und Mischa mit ihren Rucksäcken. Dann ihr Profilbild und ihr Name Laura Adams.

„Alles wie gehabt, kein roter Balken." Mischa scrollte nach unten. „Neueste Aktivität", las sie vor. „Rockness vorher. Noch geht's mir blendend." Zu dem Eintrag gehörte ein Foto, auf dem Laura vor einem Zelteingang abgebildet war und gut gelaunt in die Kamera winkte. Sie trug ihr Lieblings-T-Shirt, weiß mit dem Aufdruck „noir" in schwarzer Schmierschrift.

„Was? Gib mal her!" Laura schnappte sich das Smartphone. „Komisch. Das hab ich gar nicht gepostet."

„Du hast doch Bilder auf dem Rockfestival gemacht."

„Klar, aber nicht *dieses!* Und hochgeladen hab ich nur zwei, eins von der Bühne und einen Schnappschuss von uns allen." Sie scrollte zum nächsten Eintrag. „Rockness nachher. Keiner liebt mich! Und schon wieder ein Foto. Was soll denn das?"

Zu sehen war derselbe Zelteingang. Davor waren leere Whiskyflaschen auf dem Gras verstreut. Und im Inneren lag jemand. Total nackt. Zur Seite gedreht, sodass man nur den Hintern und den Rücken sah. Der Kopf war von der Zeltplane verdeckt.

Laura konnte es nicht fassen. „Spinn ich oder was?"

„Eine unmissverständliche Einladung." Mischa prustete los. „Hab gar nicht gewusst, dass du dich so einsam fühlst."

„Das Foto ist nicht von mir! So was würde ich nie machen."

„Na ja, gemacht hat das Foto wohl jemand anderes."

„Find ich gar nicht witzig", zischte Laura. „Meinst du, ich leg mich hin wie das letzte Luder und zeig aller Welt meinen Allerwertesten?"

„Wenn du zugedröhnt gewesen bist, wär das doch möglich. Die Whiskyflaschen sprechen eine deutliche Sprache."

„So viel haben wir doch gar nicht getrunken. Jedenfalls keinen Whisky, weißt du ja selbst. Die Flaschen sind nicht von uns."

„Bist du am Samstag nicht mal für ein paar Stunden verschwunden? Um eine Runde zu pennen?" Mischa überlegte. „Vielleicht ist das Bild dabei entstanden?"

„Logisch. Ich hab mir ruck, zuck die Kante gegeben, mir die Kleider vom Leib gerissen und mich nackt im Zelt drapiert. Dann kommt dieser Typ vorbei und denkt sich, toller Anblick, den halt ich für mein Poesiealbum fest." Lauras Stimme triefte vor Sarkasmus.

„Was ist denn nun wirklich gelaufen?"

„Ich glaub's nicht! Du nimmst das für bare Münze?" Laura wurde laut. „Dieser Arsch gehört nicht mir! Kapiert?"

„Ich überleg ja nur. Reg dich nicht so auf."

„Das steht auf meinem Profil, Mischa! Das kann jeder sehen, alle meine Freunde, meine Familie, wildfremde Leute. Die denken, ich bau hier in Schottland Scheiße."

„So schlimm ist es doch gar nicht."

„Dann schau dir mal die Kommentare an. **Schöne Aussichten. – Wer wird denn so schüchtern sein? – Ich komm gleich. – Schlampe!** Und das sind noch die harmlosesten."

„Von wem sind die Kommentare?" Neugierig beugte sich Mischa über ihr Handy.

„Die üblichen Verdächtigen aus der Schule", sagte Laura. „Chris, Gabriel, Svea, Vicky, Wolle. Und ein paar, die ich gar nicht kenne. Warum dürfen die das überhaupt? Ich hab mein Profil doch nur für meine NetFriends-Kontakte freigeschaltet."

„Für Blödmänner ist das natürlich ein gefundenes Fressen.“

„Ich möchte wissen, wer das Foto gepostet hat, noch dazu in meinem Namen. Wie geht das? Gibt’s da keine Sicherheitseinstellungen?“

„Vielleicht hat dich NetFriends deswegen gesperrt? Wegen anstößiger Bilder oder so?“

„Kann gut sein.“ Laura brütete vor sich hin. Dann schaute sie nach, wann das Foto hochgeladen worden war. **Vor 4 Stunden.** Genau zu der Zeit, als sie nach Hoy gefahren und zur Klippe gewandert waren. Laura hatte den gemeinsamen Ausflug auf NetFriends sogar noch angekündigt. Das war aber schon am Morgen gewesen, vor acht Stunden oder so.

„Steht da noch mehr seltsames Zeug?“, fragte Mischa.

Sie überprüften die jüngsten Einträge auf Lauras Profil und fanden nichts Verdächtiges. Die beiden Rockness-Bilder waren die einzigen ungewöhnlichen Aktivitäten.

„Mein Zugang ist gesperrt, also kann ich den Mist auch nicht löschen“, sagte Laura. „Was soll ich denn tun?“

„Jetzt schreib *ich* mal einen Kommentar.“ Mischa nahm ihr Handy wieder an sich und tippte umständlich darauf herum. **„Ist nur Fake. Stimmt alles gar nicht. Das auf dem Foto ist NICHT Laura.“**

„Danke.“

Die Reaktion erfolgte prompt. **„Kann ja jeder sagen.“** Von einem „Gabrrriel Schuster“.

„War ja klar“, meinte Mischa. „Gabriel ist einfach total bescheuert.“ Sie schrieb wieder einen Kommentar, der allerdings etwas geflunkert war, aber darauf kam es momentan nicht an. **„Ich war in Rockness dabei. Das Mädchen im Zelt muss eine andere sein. Oder das Bild ist gefälscht.“**

„Faule Ausrede“, gab Gabriel zurück.

„Immer noch betrunken?“, fragte ein Leo Nidas, von dem sie noch nie gehört hatten.

„Schwierig, das jetzt noch richtigzustellen“, sagte Mischa. „Hätte man sofort nach dem Hochladen des Fotos machen müssen. Wenn ich alles abstreite, denken die nur, dass ich dich verteidigen will.“

Plötzlich ein neuer Kommentar: „Es geht darum, Spaß zu haben.“

Von Laura Adams. Mit ihrem kleinen Profilbild.

„Das gibt's nicht“, sagte Laura. Allmählich wurde sie richtig wütend. „Wie unverschämt ist das denn? Die tut so, als wär sie ich.“

„Wer?“

„Keine Ahnung.“ Sekunden verstrichen. „Jedenfalls lass ich mir das nicht bieten. Gib noch mal her.“

Mischa reichte Laura das Handy. Sie gab folgenden Kommentar ein: „Hier spricht Laura Adams. Mein Profil wurde gesperrt. Da will mich jemand mit dem gefakten Nacktfoto verarschen. Okay, war witzig. Aber DAS BIN NICHT ICH.“

Dann schickte sie den Text ab.

Der Kommentar verschwand und erschien nicht auf der Seite. Sogar das Eingabefenster, das Mischas Porträt zeigte, war weg.

Nach etlichen Versuchen, etwas auf Lauras Profil zu posten, schauten sie in der Liste von Mischas Freunden nach. Laura tauchte darin nicht mehr auf. Offenbar wurde Mischa „entfreundet“. Sie konnte Lauras Aktivitäten auf Net-Friends zwar noch verfolgen, aber keine Kommentare mehr dazu abgeben.

„Was ist denn jetzt los?“ Mischa verstand gar nichts

mehr. „All diese Fremden dürfen dein Profil kommentieren, aber ich nicht?

„Anscheinend habe ich jetzt andere Freunde", sagte Laura ironisch. „Ein paar von den alten und jede Menge neue. Wer auch immer sich für mich ausgibt – er hat dich rausgeschmissen. Uns."

Mischas Miene verdüsterte sich. „Ich frage mich, was als Nächstes kommt."

4

Danny und Wesley lachten sich schief, als sie das Foto von Lauras Hintern – oder von wessen Hintern auch immer – sahen. Die Jungs hatten Fish and Chips besorgt und jetzt saßen sie alle zusammen im Zimmer der Mädchen und aßen. Nachdem sie ordentlich reingehauen hatten, gingen sie in den Pub um die Ecke. Wesley hatte sein Laptop mitgenommen. Mit einem Surfstick verband er seinen Rechner mit dem Internet. Danny ging zum Tresen und bestellte für alle. Glücklicherweise nahm es die Barkeeperin mit dem Jugendschutz nicht so genau.

Laura dachte, dass für eine angemessene Reaktion auf die Sperrung ihrer Profilseite jede Menge Zeit blieb, und verließ sich darauf, dass außer ein paar Deppen nicht so viele Leute dem Foto Aufmerksamkeit schenken würden. Doch im Gegensatz zu Mischa glaubten die Jungs Laura nicht vorbehaltlos. Wesley kannte Laura nicht gut genug und konnte sich durchaus vorstellen, dass sie aus Leichtsinn etwas auf NetFriends stellte, was sie hinterher bereute und wieder rückgängig machen wollte. Danny stellte vor allem infrage, dass das Foto angeblich gefälscht war.

„Du behauptest, du bist das nicht. Aber wer soll das denn sonst sein?"

Laura schaute sich das vergrößerte Bild auf dem Laptop genau an. Dann stand sie auf und drehte sich einmal demonstrativ um die eigene Achse. Sie trug eine enge Jeans, ihre Figur kam gut zur Geltung. Seit einem knappen Jahr machte sie Capoeira, das war eine Art Kampftanz aus Brasilien. Während des Trainings liefen immer südamerikanische Sprechgesänge mit rhythmischer Begleitung. „Guck dir mal meinen Po an! Der ist hübscher und größer als dieses schlaffe Ding da."

Wesley pfiff durch die Zähne. „Klarer Fall von Mobbing. Da hat jemand dein bestes Teil verkleinert. Muss der böse Schrumpfator gewesen sein!"

„Das Zelt sieht genauso aus wie unseres", sagte Mischa.

„Aber solche Zelte gibt's wie Sand am Meer!", protestierte Laura „Dunkelgrünes Iglu – lässt sich leicht nachstellen."

„Jetzt mal im Ernst." Wesley nahm sich Lauras Profil vor. „Irgend so ein Witzbold hat dein NetFriends-Konto gehackt."

„Und wie geht das?", fragte Laura.

„Er kennt dein Passwort. Entweder mithilfe eines Entschlüsselungsprogramms oder einer illegalen App."

„Verdammt!"

„Oder einfach durch Ausprobieren. Wie lautet es denn?"

„Laura16", sagte sie kleinlaut.

„Nicht besonders einfallsreich", meinte Wesley. „Und ziemlich unsicher. Das ist ganz leicht zu knacken. Jemand gibt deine E-Mail-Adresse ein, die vermutlich kein großes Geheimnis ist, dann das Passwort und fertig. Kann praktisch jeder gewesen sein, der dir eins auswischen will."

„Oder der auf den Profilen anderer Leute herumschnüffelt", sagte Mischa. Sie checkte immer wieder, ob auf ihrer eigenen NetFriends-Seite noch alles in Ordnung war. Aber zum Glück sah die normal aus, keine fremden Postings.

„Und was soll ich jetzt machen?", fragte Laura. „Kann man das nicht bei NetFriends melden?"

„Versuch's." Wesley zuckte mit den Schultern. „Dauert bestimmt eine Ewigkeit, bis das Help Center antwortet. Falls sie's überhaupt tun, die kriegen am Tag Tausende solcher Anfragen."

„Und was ist mit dieser Identity Request?"

„Das ist eigentlich ein gutes Zeichen. Irgendjemand hat dein Profil gekapert. Er muss sich aus einem anderen Land angemeldet haben und dafür musste er zwangsläufig ein anderes Gerät benutzen als das, mit dem du dich sonst immer einloggst, also dein Smartphone oder dein Computer zu Hause. NetFriends erkennt so etwas und sperrt dein Konto automatisch, das ist ein Schutzmechanismus. In der Regel musst du dich dann von deinem üblichen Computer oder dem Smartphone wieder anmelden und alles ist gut. Oder du beantwortest eine Sicherheitsfrage, dann geht das auch von einem anderen Gerät aus."

„Was denn für eine Sicherheitsfrage?"

„Da muss man verschiedene Profilbilder entsprechenden Freunden zuordnen."

„Aber so weit komme ich ja nicht mal", sagte Laura. „Die lassen mich gar nicht erst rein."

„Weil irgendwas faul ist, deswegen die Identity Request.

Das Ganze ist quasi schon im fortgeschrittenen Stadium. NetFriends will Klarheit, so sehe ich das." Wesley nahm Lauras Handy und las noch einmal die Mail, die sie erhalten hatte. „Am besten, du tust, was die verlangen. Mach ein Foto von deinem Ausweis und schick es an User Operations. Dann werden wir ja sehen, was passiert."

„Und warum muss *ich* meine Identität beweisen und nicht der Typ, der mein Profil gekapert hat? Warum hat der Zugang und nicht ich?"

„Weiß ich auch nicht."

Zähneknirschend befolgte Laura Wesleys Rat. Sie legte ihren Ausweis auf den Tisch und fotografierte ihn ab. Genervt hängte sie die Bilddatei an eine E-Mail, in der sie auf ihr gehacktes Profil hinwies und ihrem Unmut Luft machte.

„Ich hab denen geschrieben, dass ich auf einer Ferienreise keine Lust habe, mich mit so einem Mist zu befassen", sagte sie. „Die sollen sich mal besser um die Sicherheit ihres Netzwerkes kümmern. Und ich hab noch gefragt, ob sie den Hacker ermitteln können."

Inzwischen war im Pub einiges los. Die anderen Gäste blickten ein bisschen mitleidig zu den jungen Leuten hinüber, die sich an ihrem Fensterplatz mit Smartphones und einem Laptop beschäftigten, während um sie herum die Stimmung stieg und sich eifrig zugeprostet wurde. Auf einer Videowand lief ein Musikclip, vom Wummern der Bässe vibrierte das Bier in den Gläsern. Ein dünner Rotschopf trat an ihren Tisch und fing ein Gespräch mit Mischa an, die ihr Smartphone endlich einsteckte und interessiert zuhörte.

Wesley und Danny stellten fest, dass sie von der falschen Laura ebenfalls entfreundet worden waren. Sie hatten keine Möglichkeit mehr, etwas auf Lauras Seite zu posten und Einfluss auf die immer zahlreicher werdenden fiesen Kommentare zu nehmen.

„Da geht aber jemand gründlich vor“, wunderte sich Wesley. „Und sehr zielgerichtet.“ Wenigstens konnte er weiter verfolgen, was sich auf Lauras gekapertem Profil tat. Ihre Privatsphäre-Einstellungen schienen inzwischen lächerlich niedrig zu sein, wie bei einer öffentlichen Seite, denn die Zahl ihrer Freunde stieg rasant an. Nur Lauras richtige Freunde waren ausgesperrt, zu bloßen Zuschauern degradiert.

Plötzlich tauchte eine neue Statusmeldung auf. Kein Text, nur ein weiteres Foto. Es zeigte den Pub, in dem sie gerade saßen, von außen. „Flattie Bar“ stand auf dem angestrahlten Schild über dem Eingang. Und wenn man genau hinsah, konnte man hinter den Fensterscheiben ihre Köpfe erkennen.

Laura fuhr herum und blickte nach draußen. Fast erwartete sie, dass ihr eine grinsende Visage entgegenglotzte und jemand winkte wie bei einer Überraschungsparty. Aber da war niemand.

Ihr Handy klingelte. Es war ihr Vater und er hatte schlechte Neuigkeiten.

5

Bei uns wurde eingebrochen.“ Paps klang aufgeregt. „Am helllichten Nachmittag, Laura, ich kann’s nicht fassen. Die haben die Wohnungstür aufgehebelt und sind bei uns zu

Hause einfach so rumspaziert. Ich war mit der Band im Proberaum und deine Mutter ist ja auf dieser bescheuerten Tagung in Salzburg. Ich hab noch gar nicht mit ihr gesprochen, bei ihrem Handy geht nur die Mailbox ran."

„Hat denn keiner von den Nachbarn was gemerkt?", fragte Laura.

„Die Leute kümmern sich nur um ihren eigenen Kram. Ich hab ja noch gar nicht alle kennengelernt, seit wir eingezogen sind."

„Und die Polizei?"

„Ist schon da. Aber eine große Hilfe sind die nicht. Schreiben auf, was geklaut wurde, mehr machen die nicht."

„Was genau fehlt denn?" Laura hatte ein ungutes Gefühl. Doch eine spöttische Bemerkung konnte sie sich nicht verkneifen. „Haben die den Flügel mitgehen lassen? Oder deine E-Gitarren?"

„Ich bin hier am Durchdrehen und du machst Witze!"

„Sorry, Paps."

„Dein Laptop ist weg! Zufrieden?"

„WAS?"

„Diese Scheißdiebe haben alle Computer mitgenommen! Meine neuesten Kompositionen, das Programm für die Konzerte im Herbst, einfach alles war da drauf."

„Die haben mein Laptop?" Laura schnappte nach Luft.

„Dein Zimmer sieht aus, als wär da 'ne Bombe eingeschlagen. Die haben die ganze Wohnung auf den Kopf gestellt."

Im Pub wurde es so laut, dass Laura lieber vor die Tür ging, um weiterzutelefonieren. Da es regnete, blieb sie unter dem Vordach der Flattie Bar stehen und blickte die

Hauptstraße von Stromness hinunter. Nur wenige Leute waren unterwegs.

„Haben die meine Sachen durchwühlt?“, fragte Laura.

„Sieht so aus. Tut mir leid, dass ich dir deinen Urlaub vermiese, aber du musst es ja erfahren.“ Ihr Vater machte eine Pause. „Geht's dir ansonsten gut? Alles in Ordnung da oben in Schottland?“

„Kann ich nicht gerade behaupten.“ Sie erzählte von ihrem gekaperten NetFriends-Profil. Allerdings musste sie es immer wieder von Neuem erklären, bis ihr Vater begriff, was das Problem war. Er nutzte das soziale Netzwerk nur selten, stellte hin und wieder Konzerttermine ein und machte ein bisschen Werbung für seine Band.

„Das muss mehr oder weniger zeitgleich mit dem Einbruch passiert sein“, gab er zu bedenken.

Laura schauderte. „Komischer Zufall, oder?“

„Meinst du, dass es jemand auf dich abgesehen hat?“

„Mit meinem Laptop wäre es erst recht kein Problem, Zugang zu meinem Profil zu bekommen. Alle Passwörter sind dort gespeichert. Irgendjemand muss sich damit eingeloggt und dann alle Daten geändert haben.“

„Und wer sollte das tun?“

„Anfangs hab ich's einfach für einen Streich gehalten, von Gabriel oder Svea. Aber die würden doch nicht bei uns einbrechen.“

„Diese Kerle haben gewusst, dass niemand zu Hause ist“, überlegte Paps. „Die kannten sich ziemlich gut aus bei uns. Vielleicht haben sich deine Freunde mit irgendwelchen schrägen Typen zusammengetan, mit Kriminellen.“

Laura dachte an das jüngste Foto auf ihrem Profil, das den Pub von außen zeigte. Wer hatte das eingestellt? Gab es jemanden auf den Orkneys, der seinen Spaß mit ihr trieb? Der ausländische Touristen auf dem Kieker hatte? Jemand, der sich an das Kidnapping ihrer Seite, die anscheinend in München erfolgt war, dranhängte? Verbreitete sich so etwas derartig schnell?

Oder stellte ihr jemand ganz real nach, vielleicht schon seit dem Rockfestival?

„Ich melde mich wieder, Paps", sagte sie schließlich. „Momentan kommen wir nicht weiter."

„Tut ja schon gut, mit dir zu reden, Kleines." Ihr Vater klang ziemlich ratlos. Er war der Situation nicht gewachsen, ein Musiker, dessen größte Sorge normalerweise das Lampenfieber vor dem nächsten Auftritt war. „Ich sprech noch mal mit der Polizei, Stichwort Internet und geklaute Computer. Möglicherweise ist das ein Anhaltspunkt."

„Mach dich nicht verrückt. So ein Einbruch ist kein Weltuntergang. Irgendwie kriegst du deine Dateien schon zurück."

„Wie denn?"

„Du mailst doch dauernd mit deinen Kumpels und schickst ihnen deine Sachen zum Reinhören. Da werden sich deine Songs schon wiederfinden. Leih dir ein Laptop, check deine Mails und das meiste taucht wieder auf, bestimmt."

„Gute Idee!"

„Und wenn Mom wieder erreichbar ist, kann sie garantiert helfen. Wer ist denn der Sicherheitsfreak der Familie?"

„Du kriegst einen neuen Computer, versprochen. Von der Kohle für meinen ersten Gig im Herbst."

„Du bist süß."

„Pass auf dich auf."

Laura lachte. „Wollt ich auch gerade sagen. Bis bald." Sie legte auf.

So war es immer: Sie musste Paps Mut machen und nicht umgekehrt. Sonst tat es ja keiner.

Sollte sie es selber auf Moms Handy probieren? Lieber hackte sie sich die Hand ab. Laura wusste schon, warum ihre Mutter schwer zu erreichen war. „Tagung“ bedeutete vermutlich, dass Mom gerade an einem Bartresen saß und irgendeinem gut aussehenden Manager Events oder Fortbildungsseminare aufschwatzte. Laura konnte sich vorstellen, wie so was ablief – und wo es manchmal endete.

Es gab viele Gründe, ausgerechnet auf die Orkneys zu fahren. Oh ja.

Laura ging ein paar Schritte in den Regen hinaus und spähte die Straße hinunter. Die Häuser wirkten abweisend und kalt. Hoch im Norden blieb es im Sommer außergewöhnlich lange hell, das hatte sie im Internet gelesen. Aber man musste es mit eigenen Augen erleben, um es zu glauben.

Die Dämmerung setzte erst spät ein und bis dahin wirkte Stromness mit seinen grauen Mauern und den Pfützen auf dem Pflaster wie in ein unbestimmtes Zwielicht getaucht. Bunte Fahnen, vom Wind ganz zerzaust, zierten das Hotel, zu dem die Flattie Bar gehörte. Vor dem Schaufenster eines kleinen Ladens stand ein Pärchen. Die beiden drehten Laura den Rücken zu, sonst war niemand zu sehen.

Trotzdem fühlte sie sich irgendwie beobachtet.

Sie überquerte die Straße. Es war nicht weit zum Fährhafen, etwa zweihundert Meter. In dem Örtchen lag alles nah beieinander.

Dieselgeruch hing in der Luft. Das Schiff der Northlink Ferries hatte bereits angelegt. Erst am nächsten Morgen würde es nach Scrabster übersetzen. Die Motoren liefen trotzdem.

Verzweifelt versuchte Laura, die Ereignisse der vergangenen Stunden in einen Zusammenhang zu bringen. Sie ging zum Rand des Piers und stützte sich schwer aufs Geländer. Das Wasser im Hafenbecken kräuselte sich und bildete kleine Strudel. Sogar hier machten sich die starken Gezeitenströme von Nordsee und Atlantik noch bemerkbar. Fischkutter dümpelten an ihren Vertäuungen, ihre Mastspitzen hoben sich wie die riesigen Zeiger einer Uhr vor dem Himmel ab.

Laura fotografierte einen besonders hübschen Trawler, der schon ein wenig älter wirkte, nicht so modern wie die übrigen Schiffe mit ihren hohen Bordwänden, Antennen und Radaranlagen. Der Rumpf war weiß und dunkelgrün gestrichen und das Steuerhaus bestand aus Holz. „Sea Eagle" stand auf dem Bug, das bedeutete „Seeadler". Laura wählte die beste Aufnahme aus und schickte sie ihrem Vater. Vielleicht munterte ihn das ein wenig auf. Er liebte das Meer genauso wie sie und war immer auf der Suche nach einem guten Titel für einen neuen Song. Außerdem sah die „Sea Eagle" im regnerischen Abenddunst geheimnisvoll aus, wie ein Geisterschiff, das nur vorübergehend in Stromness angelegt hatte und von einem Moment auf den anderen wieder verschwunden sein konnte, ein Adler auf der Jagd. Laura gefiel das.

Es gab eben solche und solche Fotos, dachte sie. Manche waren nichts weiter als Schnappschüsse, die man amüsant fand und gleich wieder vergaß. Andere brachten einen zum Grübeln und einige wenige zum Träumen, noch nach Jahren.

Die Bilder auf ihrer gekaperten NetFriends-Seite hielt sie zwar für ärgerlich, aber noch für relativ harmlos. Ein angebliches Nacktfoto von hinten – es gab Schlimmeres. Die

Tatsache, dass ein Profil gehackt worden war, schien sich jedoch schnell rumzusprechen, Schottland war ja nicht von der Außenwelt abgeschnitten. Sogar auf den Orkneys konnte es jemanden geben, der Laura für Freiwild hielt und ihr zum Spaß ein wenig Angst einjagte. Aber der Einbruch zu Hause, das war ein anderes Kaliber. Was die Diebe mit ihren verschiedenen Passwörtern anstellen konnten, wagte sie sich nicht auszumalen.

Ein Geräusch auf der „Sea Eagle" ließ sie zusammenzucken. Dann legte sich eine Hand auf ihre Schulter.

6

Blitzschnell fuhr Laura herum, duckte sich und ließ ihre rechte Faust nach vorn schnellen.

Wer auch immer sich ihr von hinten genähert hatte, klappte mit einem dumpfen Stöhnen zusammen.

Es war Danny.

„Oh, verdammt!", rief Laura und bückte sich. „Sorry! Alles okay?"

Sie half ihm hoch. Doch es dauerte eine Weile, bis er wieder zu Atem kam.

„Schöne Begrüßung", presste er hervor.

„Warum schleichst du dich auch so an?"

„Hab ich doch gar nicht."

„Hast du wohl!"

„Du warst so lange verschwunden. Da hab ich nach dir gesucht."

Langsam fiel die Anspannung von Laura ab. „Tut mir leid, Danny. Es ist nur ... Ich hab gerade mit meinem Vater in Deutschland gesprochen. Es ist etwas Schlimmes passiert."

Sie erzählte ihm von dem Einbruch und dass ihr Laptop gestohlen worden war.

„Das würde einiges erklären", meinte er. „Mit deinem eigenen Computer kann sich jedes Kind in deinen Net-Friends-Account einloggen."

„Ist mir klar."

„Hast du viele private Sachen gespeichert?"

Daran hatte Laura noch gar nicht gedacht. Entgeistert starrte sie Danny an. „Scheiße!"

Fieberhaft durchforschte sie ihre Erinnerung und rief sich die Verzeichnisse ihrer Festplatte vors innere Auge. Sie erschrak.

Wer auch immer ihr Laptop geklaut hatte: Diese Person wusste jetzt praktisch alles über sie. Er konnte ihre sämtlichen E-Mails lesen, auch die supervertraulichen, die teilweise weit zurückreichten und die sie mit Absicht nicht gelöscht hatte. Was sie mit Mischa und anderen Freunden an Albernheiten, Schwärmereien und Gehässigkeiten ausgetauscht hatte. Und Bilder, ohne Ende Bilder. Jedes noch so dämliche Funfoto, Partyschwachsinn, Posieren im Freibad oder in den Isarauen. Die Zeltlager von früher fielen ihr ein. Auch vom Schullandheim und dem Skilager musste es unzählige Fotos geben. Und diese denkwürdige Kneipentour kürzlich im Mai, da hatte sie ganz schön getankt gehabt. Kurzfilme waren auch dabei: Laura, das Model, in einem sauteuren Rüschenteil von Victoria's Secret.

Auch über die Jungs, mit denen sie mal was gehabt

hatte, waren die Diebe jetzt bestens informiert: Über ihren ersten Freund Frederic war vermutlich noch nicht so viel zu finden – zu der Zeit war sie noch ziemlich brav gewesen. Bei Raffaele hatte es letztes Jahr schon anders ausgesehen: die große Liebe, minutiös dokumentiert für die Nachwelt.

Es fühlte sich an, als wäre sie plötzlich splitterfasernackt. So nackt wie auf dem Foto, das sie angeblich in dem Zelt auf Rockness zeigte. Dazu kam die Ungewissheit, was sich sonst noch auf ihrem Computer befinden mochte und woran sie auf die Schnelle gar nicht dachte? Jede Menge persönlicher Daten, natürlich. Familie.

„Der Schock sitzt tief, wie?“ Danny versuchte, sie zu trösten. „Das legt sich. Einem Kumpel von mir ist das auch mal passiert. An das meiste, was weg ist, kommst du irgendwie wieder ran.“

Genau damit hatte Laura vorhin ihren Vater beruhigen wollen. Was für ein blödes Gerede! Sie war wütend, wollte irgendwas kaputt machen. Mit Schwung trat sie gegen das Geländer am Pier und ein stechender Schmerz durchfuhr ihren großen Zeh.

Plötzlich konnte Laura ein Schluchzen nicht unterdrücken und mit einem Mal flossen die Tränen. „Und diese Mistkerle, die meinen Account gehackt haben!“, sagte sie mit erstickter Stimme. „Was wollen die denn von mir? Ich bin doch total uninteressant.“

„Vielleicht spielt jemand ein bisschen mit deiner NetFriends-Seite rum. Na und? Wenn du nicht reagierst, verliert das schnell seinen Reiz.“

„Meinst du?“

„Ignorier es einfach. Im Internet hat niemand Geduld, da

jagt ein Hype den anderen. Heute sind es anzügliche Fotos, über die man sich das Maul zerreißt, morgen ist es irgendeine NetFriends-Party, zu der Tausende von ungebetenen Gästen kommen. Oder ein Typ hat sich wieder mal umgebracht, weil er auf seinem Profil gemobbt wurde."

„Das macht die Sache doch nicht besser", wandte Laura ein.

„Tut mir leid. Ich wollte dich nur ... beruhigen, okay? Du hast Freunde. Wir helfen dir." Danny lächelte und nickte ihr aufmunternd zu. Dann zog er sie an sich und schloss sie in die Arme.

Wow! Damit hatte Laura nicht gerechnet. Ihr wurde abwechselnd heiß und kalt. Es war, als krabbelte eine Käferarmee über ihren Rücken, rauf und runter krabbelten die kleinen Dinger, vom Nacken bis zur Hüfte. Danny strich ihr über die Schultern und die Haare. Also, „freundschaftlich" ging ein bisschen anders. Ihn plötzlich so dicht an sich zu spüren, kam für sie sehr unerwartet. Danny roch saugut, vielleicht war das sein Duschgel?

Wenn sie sich nicht zusammenriss, würde sie gleich anfangen, am ganzen Körper zu schlottern. Tausend Gedanken schossen ihr durch den Kopf. Doch sie bekam keinen zu fassen.

„N-nett, dass du das sagst", stammelte sie – und verfluchte sich sogleich dafür. Nett ... oh Mann! Warum konnte sie nicht einfach den Mund halten?

Danny fasste sie an den Schultern und sah ihr tief in die Augen. „Du bist was Besonderes, Laura. Aber das wissen nur diejenigen, die dich wirklich kennen."

Du glaubst, du kennst mich, Danny? Aber sie sagte lieber nichts und schmiegte sich an ihn. Sie war etwas Besonderes – seine Worte klangen ihr in den Ohren. Zärtlich fuhr sie ihm durch die blonden Wuschelhaare.

Er nahm ihr Gesicht in beide Hände und küsste sie.

Das konnte er verdammt gut.

Wie weich seine Lippen waren! Endlich. Etwas in ihr gab nach. Sie hatte sich schon gefragt, wie es wäre, Danny zu küssen – und jetzt passierte es. Das Glück durchströmte sie wie ein warmer Lichtstrahl.

Als er Atem holte, küsste sie ihn schnell zurück. Was du kannst, kann ich auch, Danny, dachte sie. Und ich höre erst damit auf, wenn ich vor Erschöpfung umkippe.

Laura hielt sich an ihm fest und fühlte sich dabei federleicht, als würde sie vom Boden abheben. Minuten verstrichen, als wären es Stunden. Durch ihren BH konnte sie Dannys Berührungen spüren.

Dann merkte sie, wie er seine Hüfte gegen die ihre drückte. Das schmeichelte ihr, aber alles zu seiner Zeit.

Laura wich ein wenig zurück, war sich nicht sicher, wie weit sie gehen wollte. Am liebsten bis zur Unendlichkeit und noch viel weiter. Am Hafen ließ sich keine Menschenseele blicken, sie waren ungestört.

Plötzlich beschlich sie ein unangenehmer Gedanke: Dachte er nach dem Foto auf NetFriends vielleicht, dass sie leicht zu haben war?

Seine Finger tasteten nach dem Bund ihrer Jeans.

Vergiss es, Danny! Mit einem Ruck löste sie sich von ihm.

„Was ist?“, fragte er überrascht.

„Gehen wir zurück zu den anderen.“ Sie drehte sich weg. Ihre Knie waren weich wie Gummi.

„Hab ich was Falsches gemacht? Ich dachte ...“

Plötzlich sah er ziemlich bedröppelt aus. Er tat ihr leid.

„Nein, das war ... echt schön." Laura streichelte seine Wange, „aber ich bin ziemlich durcheinander. Wegen diesem Nacktfoto, von dem die Leute glauben, das wäre ich. Verstehst du das?"

„Klar." Er klang wenig überzeugt.

Sie hakte sich bei ihm unter. „Lass uns was trinken."

Schon während sie davonschlenderten, bereute Laura, ihn zurückgewiesen zu haben. Himmel, was hielt sie davon ab, mit Danny in einer dunklen Ecke zu verschwinden? Wenn sie wollten, konnten sie auch ins Guesthouse gehen. Bestimmt war er jetzt beleidigt.

Sie warf noch einen letzten Blick auf die „Sea Eagle". Doch das Schiff wurde vom Dunst verschluckt.

7

Ein Foto des leidenschaftlichen Kusses stand schon auf Lauras NetFriends-Profil, bevor sie mit Danny in der Flattie Bar eintraf. Es zeigte hauptsächlich Laura, mit weit geöffnetem Mund und geschlossenen Augen. Von Danny war nur ein Teil des Gesichts zu sehen, Nase und Wangen, keine Augen, es konnte praktisch jeder sein. Die Aufnahme war dunkel und verschwommen. Gepostet **vor fünf Minuten via Handy**, ohne weiteren Kommentar. Erste höhnische Bemerkungen gingen bereits ein. Jemand schrieb **dislike!**

Als Laura und Danny den Pub betraten, klickte Wesley schnell die Seite weg. „Der Typ lässt auch nichts anbrennen", murmelte er und es klang leicht verärgert.

Mischa saß neben ihm und quatschte auf den Rothaarigen ein, der sie vorhin angesprochen hatte. Sein Name war Connor, er arbeitete in einem Outdoorladen an der Hauptstraße und schien ein witziger Typ zu sein.

Laura erzählte Wesley und Mischa von dem Diebstahl in München. Ihre Freunde waren sprachlos. Aber Laura wollte keine Worte mehr darüber verlieren. „Sonst sitzen wir noch Stunden hier und unterhalten uns nur über diesen Scheiß."

Danny holte eine Runde Whisky-Cola für alle und Wesley klappte endlich das Laptop zu. Vielleicht ließ sich das allgemeine Unbehagen ja mit Hochprozentigem vertreiben.

Es wurde eine ausgelassene Nacht. Sie tranken, tanzten und spielten zwischendurch Billard in einem Nebenraum. Schnell hatte Laura den Einbruch und das NetFriends-Problem vergessen. Social Media war in dem Pub zum Glück kein Thema, niemand schoss hier beim Feiern Fotos, um der Welt draußen zu beweisen, wie gut man gerade drauf war. Wesley gehörte eigentlich zu den Stubenhockern, die ihre Abende am liebsten vor dem Computer verbrachten. Sich einfach unter fremde Leute zu mischen, fiel ihm gar nicht so leicht. Rockness war eine Ausnahme gewesen.

Laura und Mischa grölten Lieder mit, die auf der Videowand liefen. Über Connor hatten sie schnell einige Leute kennengelernt. Alle möglichen Touren wurden ihnen vorgeschlagen, um am nächsten Tag die zahlreichen kleineren Orkney-Inseln zu erkunden, ohne auf die wenigen Fähren angewiesen zu sein. Anscheinend besaß jeder Orcadian ein Boot oder kannte jemanden, der eines hatte.

Danny zog sich mit Wesley an eine Ecke des Tresens zurück. Sie tranken noch einen Whisky und beobachteten dabei die beiden Mädchen.

„Ich mag Laura“, sagte Danny ganz offen.

„Und?“, fragte Wesley. „Läuft da was zwischen euch?“

„Klar!“

„Das heißt wohl, du hättest es gern. Und sie?“

„Laura steht auf mich. Hat sie mir erst vorhin gesagt, draußen am Pier.“

Wesley lächelte säuerlich. „In Lauras Situation sagt man vieles. Sie sucht Schutz. Und das nutzt du aus.“

„Glaubst du etwa, *du* könntest bei ihr landen?“

„Ich glaube gar nichts. Aber ich finde, dass sie ziemlich in der Klemme steckt. Laptop weg, Profil gehackt – und sie sitzt hier auf den Orkneys und kann nur dabei zusehen, wie sie nach und nach die Kontrolle verliert.“

„Kontrolle worüber? Übers Internet?“ Danny stieß schnaubend Luft aus. „Träum weiter!“

„Du hast doch auch einen Computer zu Hause, oder?“

„Nicht nur einen, Kumpel. Eigentlich wollte ich nach Europa meinen Tablet-PC mitnehmen. Aber Dad hat mir davon abgeraten. Weil auf eurem schönen alten Kontinent geklaut wird wie blöd.“

„Wie bei Laura in München. Quod erat demonstrandum.“

„Quod was?“

„Außerdem ist mit ‚Kontinent‘ das europäische Festland gemeint“, korrigierte Wesley. „Großbritannien besteht aus Inseln und Schottland erst recht.“

„Von mir aus! Ist doch egal.“

„Egal, jedenfalls gehört dein Tablet dir, oder nicht? Mit allem, was drauf ist.“

„Will ich schwer hoffen.“

„Na bitte, da fängt Kontrolle schon mal an. Du entscheidest, was die Welt da draußen von dir weiß und was nicht."

„Die wissen doch eh schon alles", sagte Danny. „Net-Friends, Twitter, Facebook, Google, Smartphone-Apps, Cloud Computing. Die sammeln unsere Daten und nutzen das für Werbung oder was auch immer. Hat ja auch viele Vorteile."

„Welche denn?"

„Du kommst an jede Info ran, die du brauchst. Das hat eben seinen Preis."

„Der Preis ist, dass dir nichts mehr gehört, was einmal online ist. Wenn man das Netz dauernd mit Privatinfos und Bildern der neuesten Liebschaften füttert, ist man selber schuld."

„Besser, man findet sich damit ab. Du, ich, Laura, Mischa, wir sind alle irgendwie öffentlich."

„Nicht, wenn du entsprechende Schutzwälle einziehst. Damit es zumindest einen kleinen Bereich gibt, über den nur du selbst bestimmst. Es kommt darauf an, die Kontrolle zu behalten. Sonst nimmt sie dir jemand weg."

„Und wie soll Laura das jetzt noch machen?"

Wesley zögerte. Darauf hatte er noch keine Antwort gefunden. „Weiß ich auch nicht."

„Warten wir mal ab. Vielleicht ist alles nur halb so schlimm." Danny wies mit dem Kopf in Lauras Richtung. Gerade bog sie sich vor Lachen auf einem Barhocker und hielt sich an Mischa fest, damit sie nicht umkippte. Ihre langen schwarzen Haare fielen nach hinten. Sie hatte ihre Softshelljacke ausgezogen, darunter trug sie ein Top mit Spaghettiträgern. „Sie verkraftet's jedenfalls ganz gut."

„Scheint so", gab Wesley widerwillig zu.

„Du nimmst das alles viel zu ernst." Danny stürzte seinen Whisky runter. „Und du bist eifersüchtig. Weil ich mit Laura allein draußen war und ihr das ziemlich gefallen hat."

„Du kannst mich mal!"

„Fang doch was mit Mischa an. Ihr beiden würdet gut zusammenpassen."

Wesley platzte der Kragen. Er dachte an den letzten Eintrag auf Lauras Profil. Inzwischen traute er Danny alles zu. „Hast du vorhin ein Foto von Laura gemacht? Mit dem Handy, während ihr euch geküsst habt?"

„Was?"

„Du hast schon verstanden."

„Ein Foto von Laura, während wir ... Wie kommst du bloß auf so was?" Danny schüttelte ungläubig den Kopf. „Du brauchst dringend ein Mädchen."

„Wirklich? Dann bin ich gespannt, was du dazu sagst." Wesley schaltete sein Laptop an und rief NetFriends auf. Er ging auf Lauras Profil und wollte Danny das Kussbild zeigen.

Aber es war nicht mehr da.

Spurlos verschwunden.

„Was? Das gibt's doch gar nicht!" Es gab nicht mal Kommentare, die sich über die Entfernung des Fotos beklagten. Als hätte es überhaupt nicht existiert.

„Was gibt's nicht?", fragte Danny.

In dem Moment wurde die Eingangstür aufgerissen. Ein Mann stürmte herein, mit einem Bauhelm auf dem Kopf und schweren Bootsstiefeln, sein Gesicht war verrußt. „Feuer!", schrie er. „Es brennt!"

Niemand reagierte, die Musik war zu laut. Nur die Barkeeperin merkte, dass etwas nicht stimmte. Sie schaltete die Anlage aus und die Gespräche im Pub verstummten abrupt. Alle blickten sich verdutzt um.

„Die ‚Sea Eagle‘ brennt!“, wiederholte der Mann in die Stille hinein. „Bald steht der ganze Hafen in Flammen!“

8

So ein Schiffsbrand ist eine Katastrophe“, erklärte Connor Mischa, als sie die Bar verließen. Auf einer Inselgruppe wie den Orkneys stellten Schiffe für viele Bewohner die Erwerbsgrundlage dar. Jede Menge Jobs hingen daran: Fischer, Fährleute, Tauchschulen und Seenotretter verdienten damit ihren Lebensunterhalt. Orcadians waren auf Schiffe angewiesen. Sie liebten ihre Pötte mehr als ihre Häuser.

Die meisten Gäste des Pubs drängten sich schubsend und stolpernd nach draußen. Als die Leute das Feuer sahen, brach Panik aus. Alle liefen wild durcheinander, einige wollten nach Hause, um ihre Familien zu benachrichtigen, andere eilten zu den Schiffen, die in der Nähe des Brandherds vertäut waren, um sie aus der Gefahrenzone zu bringen, darunter Connor und seine Freunde. Viele suchten sich auch nur einen günstigen Platz zum Gaffen und zückten ihre Handys für Live-Bilder.

Die „Sea Eagle“ brannte lichterloh, vor allem das hölzerne Steuerhaus. Riesige Flammen schlugen bis über die Spitze des Kranmastes empor, eine schwärzliche Rauchwolke stieg in den Himmel auf und verdüsterte die Szenerie. Mittlerweile war es kurz nach zehn Uhr nachts, der

Regen hatte aufgehört, hinter Wolkenbänken begann die Sonne unterzugehen. Die Kulisse erschien unwirklich.

Endlich traf die Feuerwehr ein, die mit geübten Bewegungen eine ausfahrbare Leiter und Schläuche bereit machte.

Die Hitzeentwicklung war enorm, Laura spürte es besonders auf dem Gesicht und den Armen. Da sie vom Alkohol ziemlich angeheitert war, fand sie das Ganze anfangs einfach nur aufregend und, na ja, natürlich auch tragisch für den, dem das Schiff gehörte. Bis ihr dämmerte, was hier nicht stimmte.

Vor wenigen Stunden hatte sie die „Sea Eagle" noch bewundert und Fotos davon geschossen. Und jetzt war der Kutter eine einzige Fackel. Schon wieder ein Zufall? Zog sie seit Neuestem das Unglück an?

Danny stand neben ihr. Gebannt starrte er auf das Feuer. Gebannt und entsetzt.

„Denkst du, was ich denke?", fragte Laura. „Da vorn standen wir, ist nicht lange her, du und ich. Dort, wo sie gerade am Löschen sind."

„Ich seh's."

„Was läuft hier eigentlich?"

„Keine Ahnung. Aber anscheinend sind wir mittendrin."

„In *was* sind wir drin?" Sie packte ihn an den Schultern. „Das ist doch kein Film!"

Danny gab keine Antwort.

„Wie oft geraten hier im Hafen Schiffe in Brand, Danny, was meinst du?" Danny zuckte mit den Schultern. Laura sah sich fragend um und sprach einen Schaulustigen an, der neben ihr stand. „Wann ist so was hier zum letzten Mal passiert?"

„Muss vor ein paar Jahren gewesen sein", brummte

der Mann. „Versicherungsbetrug. War ’ne klare Sache damals."

„Meinen Sie, bei der ‚Sea Eagle‘ ist das auch so? Hat da jemand Feuer gelegt?"

„Vor solchen Anschuldigungen würde ich mich in Acht nehmen, Mädchen. Sie war ein feines Schiff. Auf der bin ich schon gefahren, als es noch genug Kabeljau in der Nordsee und im Atlantik gegeben hat. Jetzt geht man mehr auf Heilbutt. Der bringt auch hübsch was ein."

„Heißt das, sie fuhr immer noch raus?"

„Unser Hafen ist doch kein Museum! Die ‚Sea Eagle‘ war bestens in Schuss. Ich glaub, der Eigner hat gewechselt."

„So?"

„Gehört jetzt irgendwelchen Kanadiern. Wer blickt bei dieser verdammten Globalisierung noch durch?" Der Mann, offenbar ein Fischer, machte eine abfällige Geste. „Trotzdem, nie im Leben zündet jemand so ein Schiff an, um einfach nur die Prämie abzukassieren." Er musterte Laura genauer. „Warum willst du das überhaupt wissen?"

„Nur so." Ihr fiel das Geräusch wieder ein, das von der „Sea Eagle" zu ihr gedrungen war, kurz bevor Danny sie am Pier erschreckt hatte. Ein Rumpeln oder dergleichen. Doch sie hütete sich davor, so etwas herumzuerzählen. Am Ende hatte sie sich getäuscht.

Eine Explosion ließ Laura zusammenfahren. Es regnete brennende Holzsplitter, die Leute duckten sich und hielten sich schützend die Arme über den Kopf. Die Feuerwehrmänner riefen nach Absperrgittern und verscheuchten die vordersten Gaffer. Widerstrebend wich die Menge zurück.

Das Schiff brannte immer heller, obwohl die Löschmaßnahmen in vollem Gange waren.

„Könnte eine Gasflasche gewesen sein“, sagte der Fischer.

Jemand zupfte an Lauras T-Shirt. Es war Mischa. Sie blickte auf ihr Handy und reichte es ihrer Freundin. „Das musst du dir ansehen.“

Mischa hatte wieder Lauras gekaperte NetFriends-Seite aufgerufen. Dort war ein Foto der „Sea Eagle“ vor dem Brand zu sehen, man konnte den Schriftzug am Bug genau erkennen.

„Das hab *ich* gemacht“, sagte Laura verdattert. „Vorhin, als ich mal draußen war.“ Dann las sie den dazugehörigen Kommentar, der unter *ihrem* Namen veröffentlicht wurde, mit *ihrem* Profilbild: „Alles bereit für ein Wikingerbegräbnis. Ein Funke reicht.“ Direkt im Anschluss wurde ein Bild des brennenden Schiffes gepostet. Aus der Perspektive des Fotos konnte Laura schließen, dass es ungefähr von ihrem Standort aufgenommen worden sein musste. Der Kommentar lautete jetzt: „So schnell geht's.“

Das Foto bekam ohne Ende Likes und wurde weiter kommentiert, auf Deutsch und Englisch, vorwiegend hämisch und durchgeknallt, aber meist zustimmend. „Burn them, burn them up!“ Die Psychopathen des Internets waren erwacht und hatten ihre helle Freude. „Oh lodernd Feuer! Oh göttliche Macht!“ Zweifelhafte Solidaritätsbekundungen für Lauras „Aktion“ übertrafen die kritischen Stimmen bei Weitem. Das gekaperte Profil wurde im Handumdrehen zu einem Sammelbecken für Radikale. „Starke Bilder. Irgendwo muss man anfangen. Lass dich nicht erwischen!“

„Niemals!“, antwortete die falsche Laura Adams.

Die richtige aber verzweifelte.

9

Binnen Kurzem blieb von der „Sea Eagle“ nur eine verkohlte, qualmende Hulk übrig, beleuchtet von den Halogenscheinwerfern der Feuerwehr und den Laternen im Hafen. Sie lag tief im Wasser, offenbar hatte sie ein Leck. Das Schiff war ein Fall für den Abwracker.

Danny schlug vor, wieder in den Pub zu gehen, doch den anderen war die Lust vergangen. Also kehrten sie ins Guesthouse zurück und diskutierten in Lauras und Mischas Zimmer darüber, wie es sein konnte, dass dieses Foto der „Sea Eagle“ auf Lauras NetFriends-Seite gelandet war. Laura erzählte, dass sie das Bild ihrem Vater geschickt hatte. War es irgendwie abgefangen worden? Hatte jemand auch ihr Handy gehackt und hörte sie jetzt ab wie in einem Agentenfilm?

Inzwischen waren sie müde und abgekämpft, der lange Tag forderte seinen Tribut.

„Ich bleib keine Sekunde länger auf den Orkneys als unbedingt nötig“, verkündete Laura. „Morgen früh hau ich mit der ersten Fähre hier ab.“

Die anderen stimmten ihr zu. Nach diesem Brand war ihnen Stromness nicht mehr geheuer. Und sie stellten sich immer mehr die Fragen: Wurden sie wirklich observiert? Wurde jeder ihrer Schritte genauestens beobachtet in der Absicht, Laura in Schwierigkeiten zu bringen? Und wenn ja, warum hatte es jemand genau auf Laura, eine stinknormale Schülerin, abgesehen?

„Werdet jetzt bloß nicht paranoid.“ Danny versuchte, die Aufregung zu dämpfen. „Schlafen wir erst mal drüber.“

„Und wohin wollen wir morgen?", fragte Mischa. „Doch nicht nach Hause?"

„Nach München? Was sollen wir denn da?" Von einer überstürzten Heimreise hielt Laura gar nichts. Das war der allererste Fluchtreflex, kindisch. Und irgendwie käme es einer Kapitulation gleich. „Von diesem Scheiß lassen wir uns doch nicht unsere Schottlandtour vermiesen." Sie entfaltete einen Plan mit dem Schienennetz von ScotRail. „Unser InterRail-Ticket gilt noch fast drei Wochen."

„Wie wär's mit Glasgow?", fragte Danny.

„Ist mir zu groß."

„Nach Kirkcaldy möchtet ihr bestimmt nicht." Wesley brachte seinen Wohnort nur der Form halber ins Spiel. „Das ist so was von tote Hose."

„Und Aberdeen? Meine Mutter hat mir eine Adresse gegeben, von einer Freundin aus ihrer Studienzeit." Mischa kramte einen Zettel hervor. „Jessie Cahoon, 36 Urquhart Road. Da können wir kostenlos übernachten, wir bräuchten uns kein Hostel zu suchen. Eine Handynummer hab ich auch." Insgeheim sehnte sie sich nach ein wenig Geborgenheit in der Fremde – obwohl sie diese Jessie Cahoon nicht mal kannte.

„Können wir da auch zu viert aufschlagen?" Laura wandte sich den Jungs zu. „Falls ihr noch dabei seid."

„Probieren wir's einfach aus", sagte Mischa. „Mehr als Nein sagen kann die Frau ja nicht. Meine Mutter hat ihr eine Mail geschickt, dass wir uns in Schottland rumtreiben. Vorgewarnt ist sie also."

Danny hatte keine Einwände, auch Wesley fand die Idee gut, vor allem die Aussicht, gratis unterzukommen. Für seine Verhältnisse hatte er in den letzten Tagen ziemlich viel Geld ausgegeben, erklärte er.

Laura hielt Aberdeen für einen guten Kompromiss. „Dann wär das ja geklärt. Wir sehen uns morgen früh."

Damit warf sie die nur schwach protestierenden Jungs raus, die sich verabschiedeten und in ihr eigenes Doppelzimmer gingen. Danny zögerte an der Tür, doch Laura schob ihn ohne weiteren Blickkontakt nach draußen.

Mischa schrieb noch eine Nachricht an ihre Eltern. Dann kuschelte sie sich in ihre Bettdecke. „Wow, was für ein Tag!"

„Bisschen viel auf einmal."

„Dieses verflixte Feuer! Dabei hab ich mich so gut mit Connor verstanden." Sie plapperte noch eine Weile über ihre Beinahe-Eroberung.

Von Danny und ihr schien Mischa nichts mitgekriegt zu haben, dachte Laura, sonst hätte sie sofort alles haarklein wissen wollen. Besser so.

„Gute Nacht!" Laura hatte keine Lust, sich noch ewig zu unterhalten und währenddessen auf die von Rissen übersäte Decke zu starren. Sie löschte das Licht und war endlich für sich. Schwere Vorhänge hüllten den Raum in dichte Dunkelheit – wohltuend nach allem, was auf sie eingestürmt war.

Warum gab es keinen Aus-Schalter für Probleme? Eines jagte das andere, als hätte jemand einen Wettbewerb eröffnet. Dieser NetFriends-Wahnsinn, der Einbruch zu Hause, der schreckliche Zwischenfall am Hafen – wenn die Kacke mal am Dampfen war, dann gleich doppelt und dreifach.

Doch es dauerte nicht lange und Lauras Gedanken kreisten nur noch um eines: den Kuss am Pier. Danny.

Hatte sich verdammt gut angefühlt.

10

Der Brandgeruch hing noch in der Luft, als sie am nächsten Morgen um kurz nach sechs zum Fährterminal stapften. Auf das Frühstück hatten sie verzichtet, das wollten sie während der Überfahrt nachholen. Die Pensionswirtin war beim Kassieren kurz angebunden gewesen, nicht nur wegen der frühen Stunde, sondern weil sie damit gerechnet hatte, dass ihre Gäste länger bleiben würden. Mindestens drei Tage waren vereinbart gewesen! Doch Wesley hatte es geschafft, sie mit ein paar freundlichen Worten zu beruhigen.

Am Schalter der Northlink Ferries herrschte ziemlich viel Betrieb. Jede Menge Leute wollten zu ihrem Arbeitsplatz auf dem schottischen Festland oder hatten dort anderweitig zu tun. Laura, Mischa, Danny und Wesley mussten ihre Personalausweise vorzeigen. Dann lösten sie Tickets und gingen an Bord.

Die Fähre war ein richtiger hochseetauglicher Ozeandampfer, denn die Meerenge zwischen den Orkneys und den nördlichen Highlands, der sogenannte Pentland Firth, gehörte bei Sturm zu den gefährlichsten Seegebieten des Atlantiks.

Nachdem sie ihr Gepäck in einem dafür vorgesehenen Raum deponiert hatten, gingen sie auf das hoch gelegene Aussichtsdeck hinaus. Stromness lag unter ihnen, grau wie eh und je, nur die bunten Schiffe fehlten im Hafenbecken. Überall am Pier standen noch Feuerwehr- und Polizeiautos. Man konnte das Wrack der „Sea Eagle“ deutlich erkennen. Trostlos dümpelte es an der geschwärzten Kaimauer.

Pünktlich um 6.30 Uhr legte die Fähre ab. Kurz davor

kamen noch Polizisten an Bord, wie Laura bemerkte. Sie unterhielten sich mit den Ordnern, die für die Begrüßung und Einweisung der Passagiere zuständig waren, und verschwanden im Bauch des Schiffes.

Die Freunde blieben draußen an Deck, Laura hätte gern fotografiert, ließ ihr Handy aber lieber ausgeschaltet. Als sie aufs offene Meer kamen, nahm der Wind zu. Sie passierten die Klippen, wo sie tags zuvor noch herumgealbert hatten. Vom Wasser aus wirkten sie majestätisch und einschüchternd. Laura verspürte einen kindlichen Stolz, dort oben gestanden zu haben – und nicht runtergefallen zu sein. Langsam rückte der Old Man of Hoy ins Blickfeld, eine über hundert Meter hohe Felsnadel, die wie ein Turm von Wellen umspült aus dem Wasser ragte.

„Es gibt Typen, die klettern da hoch“, sagte Wesley.

Laura konnte es kaum glauben. „Echt?“

„Ja. Das Ding ist aus Sandstein, da findet man ganz gut Halt. Dauert sechs Stunden, rauf- und wieder runterzukommen.“

„Kennst du dich mit so was aus?“

„Nee, hab ich im Internet gefunden. Da gibt's Filme von Kletterern, die ihre Touren dokumentieren.“

„Schau dir diese Steilwände an! Das geht senkrecht nach oben.“ Laura wies auf den schroffen Felsen, Möwen umkreisten das hellbraune Gestein. Es sah aus, als habe ein Riese die Schichten nachlässig aufeinandergestapelt.

„Mit der richtigen Ausrüstung ist das bestimmt gar nicht so schwer.“ Danny holte sein Smartphone heraus, die Bergsteigerclips waren leicht zu finden. Sie schauten in einen rein: Zwei Kletterer hatten ein Fünf-Minuten-Video gedreht, das sie beim Erklimmen des Old Man of Hoy zeigte. Es wirkte lässig, routiniert.

„Irre", sagte Laura. „Ich meine, wir machen uns schon ins Hemd, wenn wir nur da oben am Klippenrand stehen. Und die kraxeln da rum, als wär's 'ne stinknormale Kletterwand."

„Am coolsten finde ich, dass sich das jeder anschauen kann", meine Danny, „in der Kurzversion. Das ist mal was anderes als die lahmen Filmchen von Leuten, die nur unbedeutenden Scheiß produzieren. Man muss was riskieren, sonst macht das alles keinen Sinn."

„Was soll denn Sinn machen?" Laura schaute ihn herausfordernd an. „Das Leben? Unser Schottland-Trip?"

„Ein bisschen durch die Gegend ziehen kann jeder. Davon bräuchtest du keinen Clip online stellen, das interessiert niemanden. Wir müssten uns was Besonderes einfallen lassen."

„Also was da gestern Abend auf NetFriends abging, hat mir schon gereicht. Es muss nicht jeder mitkriegen, was ich so mache, und je weniger Leute über die gefakten Fotos reden, desto besser."

„Wie wär's, wenn wir selbst bestimmen, was über dich da rausgeht?" Danny grinste komplizenhaft. „Wir drehen den Spieß um und posten Sachen auf deiner Seite, gegen die zweideutige Bildchen ein Witz sind?"

„Und was soll ich denn deiner Ansicht nach tun?" Laura runzelte die Stirn.

„Irgendwas Harmloses für den Anfang", erkärte Danny. „Wenn wir in Aberdeen sind, könntest du zum Beispiel ankündigen, was du am Abend unternimmst. Karaoke-Bar. Burger-Wettessen oder am Strand schwimmen gehen und danach Beachparty machen."

„Und was soll das bringen?"

„Es geht darum, die Initiative zurückzubekommen – und ein bisschen Humor ins Spiel zu bringen. Das ist besser, als nur zu reagieren und sich darüber aufzuregen, dass dein Profil gekapert wurde."

„Bisschen viel verlangt, nach allem, was gestern los war." Laura fühlte sich jetzt schon fremdbestimmt und manipuliert. Und dann sollte sie sich freiwillig zur Marionette machen?

„War nur so ein Gedanke. Nach dem Prinzip ‚Feuer mit Feuer bekämpfen'." Danny rief Lauras Profil auf. Inzwischen gab es etwa zweihundert Kommentare zu dem Bild der brennenden „Sea Eagle", mehr als fünfhundert Nutzer hatten es geteilt und über tausend geliket. Der Eintrag war um Links ergänzt worden, die zu Nachrichtenmeldungen über den Schiffsbrand führten, von BBC, dem Scotsman, Daily Record und vielen anderen mehr. „Wenn es uns gelingt, mehr positiven Traffic auf deiner Seite zu erzeugen, rutschen solche Posts automatisch nach hinten. Und irgendwann kräht kein Hahn mehr danach."

„Dafür müssten wir aber erst mal Zugriff auf dein Profil haben", wandte Wesley ein. Er tippte auf seinem Laptop herum. „Fehlanzeige. Ich werde immer noch blockiert."

„Dann ändere das so schnell wie möglich! Wer ist denn hier das Computergenie?"

„Von dir lass ich mir gar nichts befehlen!"

„Leute!" Laura wunderte sich über Wesleys harschen Ton. Seit wann gifteten sich die beiden an? „Ich finde Dannys Vorschlag gar nicht so schlecht. Besser, als auf den nächsten bescheuerten Post zu warten. Was meinst du?", fragte sie Wesley. „Können wir die falsche Laura irgendwie austricksen?"

„Na ja, ich kann etwas probieren“, grummelte er. „Mit Social Bots. Das funktioniert folgendermaßen –“

„Warte. Ich versteh ja kaum noch mein eigenes Wort.“

Während das Schiff die Insel Hoy passiert hatte, war es immer windiger geworden und der Seegang wurde stärker. Sie spürten, wie sich das Deck unter ihnen hob und senkte. Bald würden sie den Pentland Firth erreichen.

„Lasst uns erst mal frühstücken gehen“, rief Laura. „Ich wette, Mischa steht schon in der Schlange.“

11

Mischa saß sogar schon an einem Tisch und starrte wortlos auf ihr Tablett. Bohnen, Würstchen, Eier, Fried Toast und ein Pott Kaffee.

Die anderen hatten sich ähnlich eingedeckt und setzten sich zu ihr.

„Hast du extra auf uns gewartet?“, fragte Laura.

„Ich bring keinen Bissen runter.“ Ihre Freundin war ein bisschen blass um die Nase. „Wie das schaukelt!“

„Seekrank?“

„Bei der Hinfahrt war's total ruhig. Aber jetzt! Die reinste Achterbahn.“

„Könnte auch am Whisky von gestern Abend liegen“, sagte Danny und machte sich über seine Pancakes her. „Das wird schon wieder.“

„Wenn's nur das wäre.“ Mischa wies unauffällig auf die schwarz gekleideten Polizisten, die am Eingang zum Duty

Free Shop standen und Fahrgäste befragten. „Die suchen dich, Laura."

„Mich?" Laura erstarrte. „Was wollen die denn von mir?"

„Musst du sie schon selber fragen. Die haben mich angequatscht, Ausweiskontrolle und alles. Ob ich dich kenne, weil ich aus Deutschland komme."

„Und was hast du gesagt?"

„Nichts. Hab so getan, als würd ich nur Bahnhof verstehen. Gibt ja noch einige andere deutsche Touristen auf der Fähre."

Jetzt verging auch Laura der Appetit. „Das wird ja immer schlimmer. Ich hab die Bullen am Arsch!"

„Ruhig Blut", sagte Danny. „Schließlich hast du nichts verbrochen."

„Wie man's nimmt", gab sie zurück und musterte angestrengt ihren Teller.

„Was soll das heißen?"

Sie zögerte. Ziemlich lange, wie den anderen auffiel. „Na ja, ich hab in Rockness was gekauft."

„Häh?"

Laura senkte die Stimme. „Was zum Rauchen."

Mischa fiel aus allen Wolken. „Wie bitte? Davon weiß ich ja gar nichts."

„Da war so ein Typ, der hat mir Gras angeboten. Als ihr gedacht habt, ich würde zum Zelt zurückgehen und ein Nickerchen machen."

„Ich glaub, es hackt!", legte Mischa los. „Meine beste Freundin kauft Drogen und ich erfahr das erst, bevor sie in den Knast wandert! Warum hast du nichts gesagt?"

„Ich wollt's aufheben." Laura druckste herum. „Für besondere Gelegenheiten."

„Da hätten wir uns gestern Abend ein paar hübsche Joints bauen können. Und weiß Gott, wir hätten's nötig gehabt!“ Mischa ließ nicht locker. „Wo ist das Zeug?“

„In meinem Rucksack, unten in der Gepäckaufbewahrung.“

„Und da wird's auch bleiben.“ Wesley hatte die ganze Zeit über sein Frühstück in sich reingeschaufelt. Er wischte sich den Mund ab und nahm einen Schluck Tee. „Regt euch ab. Glaubt ihr wirklich, die Bullen machen auf der Scrabster-Fähre Drogenkontrollen? Die suchen dich wegen was anderem, Laura.“

„Dann klär uns mal auf“, sagte Mischa.

Wesley wies zu den Polizisten hinüber. „Die zeigen jedem Passagier ein Handy und deuten drauf rum. Seht ihr das?“

„Stimmt“, stellte Danny aus den Augenwinkeln fest.

„Bestimmt ermitteln die wegen dem Feuer im Hafen. Die suchen den Brandstifter. Und durch das Foto der ‚Sea Eagle‘ auf NetFriends hat sich Laura verdächtig gemacht.“

Für eine Weile herrschte Schweigen. Jedem wurde der Zusammenhang klar.

„Aber das ist doch nur ein Bild“, wehrte sich Laura.

„Aufgenommen kurz vor dem Brand, mit ziemlich verfänglichen Kommentaren. Burn them, burn them up – wisst ihr noch? Vielleicht hat die Polizei einen Hinweis bekommen oder sie sind selbst drauf gestoßen. Jedenfalls ist es eine heiße Spur.“

„Und woher wissen die, dass ich auf der Fähre bin?“

„Wir mussten doch beim Kaufen der Tickets unsere Ausweise vorzeigen. Das heißt, du bist bei Northlink im System.“

„Verdammt!“ Laura blickte sich nervös um. „Ich will

nicht mit der Polizei reden. Was ist, wenn die mein Gepäck durchsuchen?"

„Unwahrscheinlich. Aber ausschließen kann man's nicht."

„Also gut." Sie nahm noch ein paar hastige Bissen von ihrem Toast. „Bring mein Tablett für mich zurück, Danny. Ich verzieh mich mit Mischa nach vorn ins Café, in eine ruhige Ecke. Notfalls versteck ich mich für den Rest der Überfahrt auf dem Klo."

Wesley schüttelte den Kopf. „Sei nicht kindisch. Die wissen, dass du auf der Fähre bist und dass du nicht in einem Auto mitfährst, ist ja auf dem Ticket vermerkt. Wenn sie dich nicht bei einer der Kontrollen erwischen, die sie gerade machen, warten sie einfach am Ausgang für Fußgänger und passen dich ab. Sich zu verstecken, macht's nur noch schlimmer. Dann denken die erst recht, dass du was zu verbergen hast."

Gegen diese Argumentation war kein Kraut gewachsen, Laura saß in der Falle. „Und was soll ich jetzt tun?"

„Am besten, du verhältst dich ganz normal." Wesley strahlte eine Ruhe aus, die irgendwie ansteckend wirkte. Er schien mit unangenehmen Situationen vertraut zu sein. „Die Wahrheit ist doch völlig harmlos. Du bist eine Touristin, der man im Internet einen Streich gespielt hat. Niemand kann dich für blöde NetFriends-Kommentare verantwortlich machen, die für sich genommen gar nicht strafbar sind. Und was die Brandstiftung betrifft, hast du ein Alibi: uns und die Flattie Bar. Wir gehen jetzt gemeinsam zu den Bullen und du erzählst ihnen alles, was sie wissen wollen."

„Ohne mich", sagte Mischa. „Ich hab mich vorhin dumm gestellt. Was denken die von mir?"

„Dass du schwer von Begriff bist und ein bisschen gebraucht hast, bis der Groschen gefallen ist! Lass mich jetzt nicht im Stich." Laura fand den Vorschlag gut. Angriff war wohl die beste Verteidigung. Trotzdem war sie etwas wacklig auf den Beinen, als sie sich auf den Weg zu den Polizisten machten. Und das lag nicht nur am Schlingern des Schiffes oder am schwankenden Boden unter ihren Füßen.

12

Alle Leute, die nicht saßen, hielten sich irgendwo fest oder tasteten sich von Handlauf zu Handlauf, während die Fähre durch den Pentland Firth zum schottischen Festland stampfte. Die Stimmung an Bord war angespannt.

Im Duty Free Shop klirrten die Flaschen in den Regalen. Laura fasste sich ein Herz und machte ein paar entschlossene Schritte auf den Laden zu.

Neben dem Drehkreuz standen ein Polizist und eine Polizistin. Sie trugen schwarze Hosen, weiße Hemden, darüber schwarze Westen – waren die kugelsicher? Sie erkannten Laura sofort. „Entschuldigen Sie! Miss Adams?"

Sie bejahte mit gespieltem Erstaunen.

„Schön, dass wir Sie gefunden haben", sagte die Polizistin. „Ich bin Sergeant Haig, das ist Constable Buchanan. Wir würden Ihnen gern ein paar Fragen stellen."

Der Mann sprach etwas Unverständliches in sein Funkgerät.

„Okay", meinte Laura. „Kein Problem."

„Setzen wir uns." Sergeant Haig wies auf eine der Sitzgruppen, die sich im Gang befanden. Durch die dicken Fensterscheiben sah man das aufgewühlte Meer, Gischt spritzte gegen das Sicherheitsglas. „Sind das Ihre Freunde?“ Er warf einen kritischen Blick Richtung Mischa.

„Ja. Dürfen sie dabei sein?“

„Ich möchte mich erst mit Ihnen allein unterhalten.“ Die Polizistin wandte sich an die anderen. „Der Constable nimmt Ihre Personalien auf. Bleiben Sie danach bitte in der Nähe für den Fall, dass wir Sie noch brauchen.“

Sie nahm gegenüber von Laura Platz und musterte sie eine Weile. Zum Aufwärmen begann die Polizistin mit ein wenig Smalltalk. Per InterRail unterwegs, aha. Jungs kennengelernt – wann und wo? Lange Anreise, Guesthouse in Stromness. Was hatte Laura auf den Orkneys unternommen? Eine Wanderung zu den Klippen auf Hoy, Respekt!

Laura gab an, pausenlos mit ihren Freunden zusammen gewesen zu sein.

„Und wo wart ihr gestern Abend?“

„In der Flattie Bar.“

Dann legte Sergeant Haig ein Smartphone auf den Tisch. „Das sind doch Sie, oder?“

Laura betrachtete ihr Profilbild. „Ja.“

Nach einigen Handgriffen erschien das Bild der „Sea Eagle“. „Und dieses Foto haben Sie gemacht?“

„Ja, aber ich hab es nicht gepostet. Keine Ahnung, wie es auf NetFriends gelandet ist.“ Laura erzählte die Sache mit der gekaperten Seite und wie sehr sie das alles beschäftigte. Die Vorfälle in München verschwieg sie lieber, um nicht total unglaubwürdig zu erscheinen. Die würden sonst bestimmt denken, sie hätte sich diese krude Geschichte nur ausgedacht.

Laura holte ihr Handy hervor, um zu beweisen, dass sie keinen Zugriff auf ihr Profil hatte. Hin und wieder suchte sie nach den richtigen englischen Worten. Sich mit Danny und Wesley zu verständigen, ging wie von allein. Aber eine Vernehmung durch Sergeant Haig war etwas vollkommen anderes.

Der Polizistin war anzumerken, dass sie diese Geschichte für äußerst merkwürdig hielt, vielleicht für eine komplizierte, an den Haaren herbeigezogene Ausrede. Und aus ihren Zwischenbemerkungen war zu schließen, dass sie sich mit NetFriends, sozialen Netzwerken und dem Internet nicht besonders gut auskannte. Ob Laura das Bild nun gepostet hatte oder nicht, schien ihr nicht so wichtig zu sein. Sie interessierte sich mehr für die Fakten und wollte wissen, was genau am Pier passiert war.

Laura versicherte, dass sie der Brand geschockt habe. Sie schilderte den genauen Ablauf, nachdem sie die Flattie Bar kurz verlassen hatte, um Luft zu schnappen. Dass sie Danny getroffen habe und mit ihm zusammen wieder in die Bar zurückgegangen sei. Später, als das Feuer ausgebrochen war, sei sie mit allen anderen nach draußen gerannt und habe zugeschaut. Noch am Hafen hatte ihre Freundin Mischa dann bemerkt, dass dieses Foto auf ihrer gehackten NetFriends-Seite aufgetaucht sei.

Sergeant Haig überlegte lange, machte sich Notizen und fragte mehrmals nach. Dann entfernte sie sich ein paar Schritte und telefonierte – mit einem Vorgesetzten, wie Laura vermutete. Sie schaute zu den anderen, die unter der Aufsicht des Constables zwei Sitzgruppen weiter weg saßen: Mischa sah aus wie ein Häuflein Elend, eingeschüchtert, verängstigt – und seekrank. Wesley tippte irgendwas in sein Laptop und Danny blickte ihm dabei aufmerksam über die Schulter.

Die Polizistin kehrte mit leicht gelöster Miene zurück und befragte Lauras Freunde, die ihre Aussage bestätigten. Da sie nicht weit weg saßen, konnte Laura jedes Wort verstehen. Bei Danny hielt sich die Polizistin etwas länger auf. Er schilderte noch einmal aus seiner Sicht, was sich am Hafen zugetragen hatte, und erwähnte auch, wie er und Laura sich nähergekommen seien – was Laura überhaupt nicht passte. Aber er ließ sich von ihren finsteren Blicken nicht abhalten. „Wir zünden doch kein Schiff an, Officer", sagte er augenzwinkernd. „Da hatten wir was Besseres zu tun."

Damit gab sich Sergeant Haig zufrieden. Bei Vernehmungen verfügte sie über einige Erfahrung und diese Jugendlichen hatten einfach kein einleuchtendes Motiv, ein paar Kanister Benzin auf dem Schiffsdeck zu verschütten und das Ganze in Flammen aufgehen zu lassen.

„Ich glaube Ihnen", sagte sie schließlich. „Die ‚Sea Eagle' war übrigens hoch versichert, zum Glück wurde niemand verletzt. Die Feuerwehr ist davon überzeugt, dass es Brandstiftung war."

„Haben wir uns schon gedacht." Laura nickte und atmete innerlich tief durch. War ja noch mal gut gegangen.

„Ist Ihnen eigentlich irgendetwas aufgefallen, als Sie da am Pier standen und das Foto machten?" Die Polizistin konnte ein hintergründiges Lächeln nicht unterdrücken. „Auch wenn Sie danach anderweitig beschäftigt waren."

„Mir ist wirklich was aufgefallen", sagte Laura. „Ich hab ein Geräusch gehört, es kam von dem Schiff."

„Ein Geräusch?"

„Etwas hat gerumpelt, als ob jemand an Bord gewesen sei und eine Tür zugeschlagen hätte. Oder einen Deckel." Sie versuchte, sich zu erinnern. „Es war nur ganz kurz, deswegen hab ich nicht weiter drüber nachgedacht."

„Konnten Sie jemanden sehen?"

„Nein. Tut mir leid."

„Wie viele Fotos haben Sie denn gemacht?"

„Ein paar. Vier oder fünf."

„Sind die alle auf Ihrem Handy?"

„Klar." Laura rief die Bilder auf und reichte ihr Smartphone der Polizistin. „Da kann man aber nichts Genaues drauf erkennen."

„Unsere Experten vielleicht schon", sagte Sergeant Haig lebhaft. Sie klang, als habe sie unvermutet einen guten Fang gemacht. „Ich fürchte, ich muss Ihr Handy beschlagnahmen, Miss Adams. Möglicherweise enthält es Beweismaterial."

„Was? Aber ... das brauche ich!"

„Benutzen Sie ein Gerät Ihrer Freunde. Das wird doch mal gehen, oder?"

„Nein!" Laura streckte die Hand aus. „Sie können mir mein Eigentum nicht einfach wegnehmen!"

„Kann ich wohl." Die Polizistin blieb hart und bat ihren Kollegen, ein entsprechendes Formular auszufüllen. „Nach der Auswertung bekommen Sie das Handy zurück."

„Wie lange dauert das?"

„Schwer zu sagen. Sie müssen sich gedulden."

„Und wenn mein NetFriends-Profil irgendwann wieder funktioniert? Dann kann ich mich nicht mehr einloggen."

„Wie gesagt, nehmen Sie ein anderes Gerät."

„So einfach ist das nicht", protestierte Laura und schaute

Hilfe suchend zu ihren Freunden. Aber die hüteten sich, Sergeant Haig in die Quere zu kommen.

„Wollen Sie mich zur Wache in Stromness zurückbegleiten? Wäre Ihnen das lieber?“

Laura verstummte.

Nachdem die Polizistin etwas unwirsch geworden war, um sich Respekt zu verschaffen, lenkte sie ein. „Hören Sie, wie wär's, wenn Sie Ihre Ferien in Schottland fortsetzen, wie Sie es geplant haben? Geben Sie mir die Nummer Ihrer Freundin. Ich verständige Sie, sobald Sie Ihr Handy wiederhaben können. Dann schicken wir es per Express an Ihre Unterkunft. Mit ein bisschen Glück bekommen Sie es in einer Woche wieder.“

„Und wenn nicht?“

„Geht das Handy natürlich an Ihre Heimatadresse.“

Laura erhielt eine Visitenkarte und den Durchschlag des Konfiszierungsformulars. Sie schrieb Mischas Nummer auf und machte gute Miene zum bösen Spiel.

Sergeant Haig verabschiedete sich. „Danke für Ihre Zusammenarbeit.“

13

Das war knapp“, sagte Mischa.

„Das war voll scheiße!“ Laura schaute missmutig aus dem Fenster. Im Süden kam langsam das graue Festland in Sicht. „Nach meinem Laptop bin ich jetzt auch noch mein Handy los. Was fällt dieser blöden Kuh überhaupt ein?“

„Die macht nur ihren Job“, meinte Danny.

„Und ihr seid dagesessen wie die Lämmchen und habt brav die Klappe gehalten.“

„Was sollten wir denn machen?“ Mischa war immer noch übel, obwohl der Seegang merklich nachgelassen hatte.

Laura bat Mischa um ihr Smartphone, damit sie zu Hause anrufen und ihrem Vater Bescheid geben konnte, dass sie jetzt unter Mischas Nummer zu erreichen war. Ein bisschen hatte sie das Gefühl, von dieser Polizistin über den Tisch gezogen worden zu sein. Durfte die das überhaupt? Handys von Touristen konfiszieren, gegen die nicht das Geringste vorlag?

Na ja, nicht zu ändern. Sie wählte die Festnetznummer. Es klingelte lange, bis jemand abhob. Ihre Mutter war am Apparat.

„Endlich meldest du dich!“, blaffte die zur Begrüßung. „Wurde auch Zeit!“

„'tschuldigung, aber –“

„Bei uns hier geht's drunter und drüber. Wir wurden ausgeraubt!“

„Weiß ich doch, Mom. Paps hat's mir gestern erzählt.“

„Ach wirklich?“ Sie zögerte. „Ist ja wieder typisch, dass ich alles als Letzte erfahre. Kaum ist man ein paar Tage weg und schon herrschen hier Zustände wie in der Bronx. Die haben meinen Schmuck mitgehen lassen! Die Swarovski-Ketten, das Cartier-Armband, meine Ringe. An meinem Kleiderschrank waren die auch, sogar an der Unterwäsche! Ich zieh die Sachen nie wieder an, selbst wenn sie zehnmal gewaschen sind!“

„Komm wieder runter! Das sind doch nur ... Sachen.“

„Nur Sachen? Dafür muss man arbeiten, mein Fräulein,

und zwar nicht zu knapp! *Dein* Geld ist es ja nicht, was da flöten gegangen ist."

„Mein Laptop wurde geklaut. Ist das etwa nicht schlimm?"

„Dein Laptop? In Schottland? Auch das noch! Kannst du nicht besser aufpassen? Weißt du, wie teuer das war?"

Ihre Mutter zeterte noch eine Weile weiter. Glücklicherweise telefonierten sie nur. Wenn sie Mom jetzt gegenüberstände, würden die Fetzen fliegen.

„Halt mal die Luft an!", sagte sie schließlich. „Ich hab das Laptop zu Hause gelassen, für die Reise ist das Ding doch zu sperrig. Die Einbrecher haben es zusammen mit deinem ganzen Plunder eingesackt. Ist das jetzt angekommen?"

Stille in der Leitung. „Ach so."

„Wie geht's denn Paps? Gestern war er ziemlich durch den Wind."

Am anderen Ende der Leitung sog jemand scharf die Luft ein. „Dein Vater ist zu absolut nichts zu gebrauchen! Er hat es zugelassen, dass Kriminelle in unsere Wohnung eingedrungen sind und uns ausgeraubt haben!"

„Da kann er doch nichts dafür."

„Er hat mit seiner Band geprobt – und da ist er jetzt auch wieder, läuft einfach davon, wenn es wichtige Dinge zu besprechen gibt. Ich nenne das verantwortungslos."

„Hör mal, Mom, ich kann nicht den ganzen Tag mit dir quatschen. Eigentlich wollte ich nur durchgeben, dass mein Handy kaputt ist und ich ab jetzt auf Mischas zu erreichen bin. Die Nummer habt ihr ja."

„Wie kann ich mich hier jemals wieder sicher fühlen?" Ihre Mutter sagte das mehr zu sich selbst als zu Laura. „Ich glaube, ich ziehe ins Hotel."

Mom, wie sie leibte und lebte.

„Super Idee!“ Laura legte auf.

Manchmal hatte sie den Eindruck, dass es ihrer Mutter zur zweiten Natur geworden war, Stress zu verbreiten, Laura kannte sie gar nicht mehr anders.

Vor ein paar Jahren war sie noch viel lockerer gewesen. Ihre Mom, Tina Warth-Adams, hatte als Therapeutin für legasthenische Kinder gearbeitet. Doch die ewigen Geldsorgen hatten sie dazu bewogen, beruflich umzusatteln, auf Rhetorikkurse und diesen Fortbildungsscheiß, der Laura immer ein wenig wie Betrug vorkam. Seither war sie ein anderer Mensch geworden, verschlossener, härter, viel unterwegs. Und wenn sie mal Zeit hatte, flüchtete sie sich in ihren Modeklimbim oder fummelte zusammen mit einer Grafikdesignerin an ihrer Internetpräsenz herum.

Paps ließ sie einfach machen, überlegte Laura. Er behauptete, es sei nur eine Phase, Mom käme schon wieder in die Spur. Im Übrigen verdiente Paps gar nicht so schlecht mit seiner Musik. Seit ein, zwei Jahren komponierte er Jingles für Werbeagenturen, das brachte ganz schön was ein.

Aber in Moms Augen zählte das nicht. Für sie war er immer noch der verkrachte Gitarrenlehrer, der seine schulische Laufbahn an den Nagel gehängt hatte, um für die Kunst zu leben.

Laura hatte den Eindruck, als redeten ihre Eltern nur noch aneinander vorbei. Zwischen ihr und ihrer Mutter sah es ähnlich aus. Vielleicht war es gar nicht so schlecht, eine Weile schwer erreichbar zu sein.

14

Als sie Mischa das Handy zurückgab, winkte Wesley sie zu seinem Laptop. Er war in der Zwischenzeit nicht untätig gewesen. Auf dem Bildschirm erschienen kurz hintereinander NetFriends-Profile von Leuten, die Laura nicht kannte. Ralfie Douglas, Brenda Hamilton, John Lymont und andere, alle relativ jung, etwa Anfang zwanzig.

„Wer ist das?", fragte sie.

„Ich hab mehrere Social Bots angelegt, das sind gefälschte NetFriends-Profile inklusive Profilbild, Name und Zusatzinformationen." Wesley lächelte. „Was die können, können wir schon lange."

„Und wie funktioniert das?", fragte Laura.

„Social Bots gaukeln NetFriends vor, echte Nutzer zu sein. Ich habe ein paar Namen erfunden und die Fotos irgendwelcher Leute aus dem Internet als Profilbild verwendet. So, und jetzt verschicke ich in deren Namen Freundschaftsanfragen an Laura Adams. Irgendwie müssen wir wieder Zugang zu deiner gekaperten Seite bekommen."

„Einen Versuch ist es wert."

„Klingt zu einfach, um wahr zu sein", meinte Danny. „Die kriegen dich bestimmt in null Komma nichts."

„Wer soll mich kriegen?", wollte Wesley wissen und hantierte mit der schnurlosen Maus. „Das Immune System?"

Laura runzelte die Stirn. „Was soll das denn sein?"

„Eine Art Verteidigungssystem von NetFriends. Doch im Durchschnitt erkennt das nur zwanzig Prozent der Social Bots. Außerdem hab ich ein Programm, mit dem ich verhindern kann, dass man die Social Bots auf mein Laptop zurückverfolgt."

„Clever."

„Mal sehen, ob es was nützt." Aus dem Computer erklang das Geräusch einer eingehenden Nachricht. „Na bitte, wir sind drin. Unsere Brenda ist schon mal mit der falschen Laura befreundet. Und natürlich mit uns."

„Und was machen wir jetzt?", fragte Laura. „Posten wir, dass die ganze Seite ein Schwindel ist?"

„Dann fliegen wir gleich wieder raus", meinte Wesley. „Nein, wir verhalten uns erst mal ganz still und schauen, was passiert."

„Seht ihr das?" Danny deutete auf den Bildschirm. „Laura hat schon über zweitausend Freunde. Wie viele waren es denn ursprünglich?"

„Fünfhundert und ein paar Zerquetschte."

„So wenig?"

„Ich schau mir eben jeden genau an, bevor ich 'ne Anfrage bestätige."

„Und was, glaubst du, kriegst du da zu sehen?" Danny lachte. „Die meisten Menschen lügen doch auf NetFriends. Diejenigen, die zu viel von sich preisgeben, sind ja total leichtsinnig! Wer schreibt denn noch offen seine Meinung? Unter Umständen bekommt ihr das noch Jahre später bei einem Bewerbungsgespräch aufs Butterbrot geschmiert. Wie die Leute sich darstellen, geht eben immer ein Stück weit an der Realität vorbei. Und wenn ich daran denke, wie schnell Wesley ein fiktives Profil erschaffen kann, frage ich mich, ob ein Großteil von NetFriends nicht inzwischen ohnehin künstlich ist."

„Das halte ich für eine Verschwörungstheorie." Laura

verdrehte die Augen. „Also, ich glaub da nicht dran. Dann wären ja Leute wie ich, die auf NetFriends mehr oder weniger ehrlich sind, in der Minderheit."

„Und genau das macht dich interessant", sagte Wesley. „Und verletzbar."

„Für wen?"

„Für Typen, die nach was Authentischem suchen, nach echten Lebenssplittern, die sich am besten zu einer Art Tagebuch zusammenfügen. Bei dem ganzen Fake, der kursiert, ist das heutzutage Gold wert."

„Und was postest du so?"

„Nur Unverfängliches. Links zu irgendwelchen witzigen Filmchen. Einladungen zu Spielen, um ins nächste Level zu kommen."

„Na dann schauen wir uns mal an, ob das stimmt." Laura schob Wesley weg und setzte sich an sein Laptop. Nacheinander rief sie über Brendas Profil die Seiten ihrer Freunde auf.

Wesley hatte nicht gelogen. Da war wirklich nur Müll auf seiner Seite, völlig unpersönlich. Sogar sein Profilbild hatte wenig Ähnlichkeit mit ihm selber, er trug eine Schiebermütze und eine fette Nerdbrille, die ihn fast unkenntlich machte.

Im Gegensatz zu Danny. Auf NetFriends sah er aus wie ein Musterschüler. Internatsblazer mit Wappen, gescheiteltes Haar. Sämtliche Einträge hatten einen Lebenslaufbezug: welche Kurse er belegte; die Auszeichnungen, die er dabei erworben hatte; erste Plätze bei Sportwettkämpfen und Sozialprojekten. Seine privaten Mitteilungen waren stark familienlastig: ein Ausflug in die Hamptons mit Bildern vom Strand und vom Meer und einer Aufnahme, die ihn mit seinen Eltern auf einer Segeljacht zeigte.

Laura versuchte, dieses Bild mit dem coolen, schlagfertigen Danny in Einklang zu bringen, der immer auf Spaß aus war und kein Bier ausschlug. „Du bist ja ein ganz Braver. Haben sie dich geklont?"

„So läuft das bei uns in den Staaten. Zeig dich immer von der Schokoladenseite – falls du überhaupt eine hast. Meine Alten sind seit Jahren geschieden, Dad drückt kräftig Unterhalt ab."

„Und in der Schule?"

„Muss ich mich ziemlich anstrengen, um aufs College zu kommen."

„Deswegen machst du auf Mister Nice Guy?"

„Genau." Er tat es mit einem Achselzucken ab. „Kurz vor dem Übertritt muss ich das noch ein bisschen aufpimpen. Für die Zeit in Schottland füge ich ein Auslandspraktikum hinzu oder Volunteering in einem Nationalpark, das bringt Punkte im Umweltbereich. Unser Direktor steht auf so was."

„Auf Betrug?"

„Will auch gelernt sein. Wer prüft das schon nach?"

Laura schüttelte skeptisch den Kopf. Sie kannte zwar Dannys leichtfertige Art, aber dass er sein offizielles Ich so unbekümmert frisierte, kam ihr nicht ganz geheuer vor.

Dann rief sie Mischas NetFriends-Profil auf. Das war so langweilig wie der Regen auf den Orkneys.

„Ich weiß gar nicht, was ich da reinstellen soll", meinte Mischa entschuldigend. „Passiert doch eh immer das Gleiche."

„Und unsere Reise?"

„Geht niemanden was an, oder?"

Womit sie ausnahmsweise recht hatte.

Als Letztes klickte sie ihre eigene Seite an.

Nein.

Wie konnte das sein?

„Trouble on the ferry“, stand da. Und ein Link zu einem Fünfzehn-Sekunden-Film, der Laura in der Unterhaltung mit Sergeant Haig zeigte.

„Ich fürchte, ich muss Ihr Handy beschlagnahmen, Miss Adams. Möglicherweise enthält es Beweismaterial.“ – „Was? Aber ... das brauche ich!“ – „Benutzen Sie ein Gerät Ihrer Freunde. Das wird doch mal gehen, oder?“

Die Aufnahme war wackelig und unscharf, als ob sie aus einiger Entfernung aufgezeichnet worden wäre, und der Ton war auch ziemlich mies. Laura sprang auf und schaute sich hektisch um. Irgendjemand musste sie beobachtet und alles mitverfolgt haben.

Doch auf dem Gang war niemand zu sehen. Bald legte die Fähre in Scrabster an und die meisten Leute belagerten schon die Ausgänge.

Misstrauisch beäugte Laura die Wandverkleidungen, die von verschraubten Zierleisten unterbrochen waren. Gab es hier versteckte Überwachungskameras? Und konnte man die Aufnahmen irgendwie anzapfen?

Das Beste kam aber noch. Die falsche Laura Adams kommentierte den Film mit den Worten „Das war knapp“, garniert mit einem Bild von einem Cannabis-Blatt und der Bemerkung „Smoke weed every day. And cheat the police“.

Der Eintrag hatte bereits knapp fünfzig Likes. Die Kommentare waren überwiegend enthusiastisch zustimmend. Laura bekam zunehmend das Image einer Internet-Rebellin, die sich über sämtliche Konventionen hinwegsetzte und bewusst provozierte. Das allein machte ihr nicht so viel aus, doch mit der Polizei wollte sie sich auf keinen Fall anlegen, schon gar nicht im Ausland.

„Wir müssen hier raus", rief Laura. „Auf der Stelle! Wenn das die Bullen sehen …"

Mittlerweile hatte das Schiff am Pier angelegt. Sie stampften die Treppe zum Ausgang hinunter. Das machte eine Menge Lärm, und obwohl sie keine anderen Schritte hörte, hatte Laura das Gefühl, als würde ihr jemand folgen. Im Gehen schaute sie nach oben und glaubte, eine Gestalt in einer grauen oder schwarzen Jacke zu erkennen.

Sie erreichten die Gepäckaufbewahrung und schnappten sich ihre Rucksäcke. Während sie mit den anderen Passagieren vor dem Ausgang warteten, drehte sich Laura immer wieder so unauffällig wie möglich um. Doch außer der uniformierten Besatzung, die an den Aufgängen postiert war, konnte sie keine verdächtigen Personen ausmachen.

Ganz in der Nähe standen Sergeant Haig und der Constabler. Sie nickten Laura gewichtig zu – hieß das, sie würden sie festnehmen, wenn sie an Land ging? Oder schnappte sie jetzt über?

Wer, verdammt noch mal, wusste von dem bisschen Dope, das sie sich in Rockness hatte aufschwatzen lassen? Doch nur ihre Freunde, denen sie es erst vor Kurzem erzählt, und der Typ, dem sie das Zeug abgekauft hatte. Aber der war auf dem ganzen Festival umhergezogen und hatte seine Ware vertickt, konnte er sich überhaupt an sie erinnern?

Endlich öffnete sich die Flügeltür nach draußen.

15

Der Pier von Scrabster lag in einer lang gezogenen Bucht. Wohnmobile und Pkw krochen den Hang hoch. Der nächste Bahnhof lag in Thurso, bis dahin waren es zu Fuß drei oder vier Kilometer. Aber Laura hatte es eilig, vom Anleger wegzukommen. Sie steuerte auf ein Taxi zu, das groß genug war für sie alle.

„Ich zahle“, sagte sie. „Sieht sowieso nach Regen aus.“

Die Gewitterwolken, die für die besonders raue Passage auf dem Pentland Firth gesorgt hatten, waren noch nicht ganz verschwunden. Es konnte jederzeit wieder losgehen.

Der Fahrer verlud ihr Gepäck. Bevor Laura ihm ihren Rucksack reichte, nestelte sie an einer Außentasche herum. Dann stieg sie ein.

„So lass ich mir eine Schottlandreise gefallen“, freute sich Danny. „Dieses ewige Rumgelatsche geht mir langsam auf die Nerven.“

„Wenn man nicht aus Zucker ist ...“, meinte Wesley. „Ihr Amis lasst euch ja gern durch die Gegend kutschieren.“

„Sie sind aus Amerika?“, fragte der Fahrer. „Da hab ich einen Onkel.“ Er fing ein Gespräch mit Danny an, der auf dem Beifahrersitz Platz genommen hatte und munter drauflosérzählte.

Laura öffnete das Fenster, streckte den Arm nach draußen und ließ den kleinen Beutel mit Cannabis fallen. Er landete am Straßenrand, an einer Stelle, wo weit und breit keine Fußgänger unterwegs waren.

„Was sollte *das* jetzt?“ Mischa saß in der Mitte. Fassungslos blickte sie ihre Freundin an. „Wir hatten's doch schon von der Fähre runtergeschafft."

„Weg ist weg", raunte Laura ihr auf Deutsch zu und ließ die Scheibe wieder hochfahren. „Ein Problem weniger."

„Das war total unnötig. Ich meine, auf dem Schiff mit diesen misstrauischen Bullen hatte ich echt Muffensausen, dass wir erwischt werden –"

„Dass *ich* erwischt werde. Von dir hat doch niemand was gewollt."

„Aber das gute Zeug! Schade drum! Damit hätten wir in Aberdeen einen draufmachen können."

„Seit wann bist du eigentlich so scharf aufs Kiffen?", wunderte sich Laura.

„Und seit wann bist du so spießig?" Mischa schaute sie zweifelnd an, als kenne sie ihre Freundin nicht mehr. „Ich versteh ja, dass du sauer bist wegen diesem NetFriends-Zeug, das fühlt sich bestimmt nicht gut an. Aber deswegen muss man ja nicht gleich durchdrehen. Unser Trip ist doch total spannend."

„Spannend?"

„Als wir aus München weggefahren sind, hättest du dir da vorstellen können, was wir alles Verrücktes erleben? Das Festival in Rockness war schon mal der Hammer. Und gestern dieses Feuer ... Also alltäglich ist so was nicht. Und das mit den Bullen – wenn wir nach Hause kommen, haben wir ganz schön was zu erzählen."

Draußen zogen die tristen Häuser von Thurso an ihnen vorbei, der Himmel war schiefergrau. Danny unterhielt sich immer noch mit dem Taxifahrer, Wesley hatte die Augen geschlossen und schien eingenickt zu sein.

Laura seufzte. „Ach, Mischa. Wir sind doch nicht im Zeltlager oder so. Das hier ist kein Spiel. Hier kommt kein Betreuer um die Ecke und sagt: ‚Hey, ihr habt toll mitgespielt, Team eins hat gewonnen, jetzt gibt's Abendessen.'"

„Wer möchte das schon?"

„Ich meine, bei Problemen sind wir auf uns allein gestellt. Da hilft uns niemand."

„Ist es nicht das, was wir wollten? Unsere eigenen Herren sein?"

„Aber ich habe das Gefühl, dass wir genau das nicht mehr sind", entgegnete Laura. „Als würden wir von irgendjemandem durch die Gegend geschubst, dem es Spaß macht, mich in Schwierigkeiten zu bringen."

„Warte mal ab. In Aberdeen wird bestimmt alles anders. Und wenn es Ärger gibt, wenden wir uns an diese Jessie Cahoon. Vielleicht kann die helfen. Ich schick ihr mal 'ne SMS, dass wir kommen." Mischa lachte und versuchte, Laura aufzumuntern. „Wir haken die Orkneys jetzt ab, okay? Immer nach vorne schauen."

16

Wesley ging mindestens zum zehnten Mal ans Ende des Bahnsteigs und starrte angestrengt Richtung Süden. Der Zug nach Inverness hatte inzwischen eine halbe Stunde Verspätung.

Sie warteten zusammen mit etwa fünfzehn anderen Reisenden auf die Abfahrt. Niemand wusste etwas über die Ankunft des Zuges, auch nicht die Einheimischen, die mit stoischem Gleichmut auf Handys herumtippten, in Zeitschriften blätterten oder sich leise unterhielten. Der Bahnhof war wie ausgestorben, nicht mal der einzige Schalter war besetzt.

Immerhin gab es ein Nottelefon an der Wand. Danny las die Bedienungsanleitung und hob kurzerhand ab. Nach einer Weile meldete sich jemand und Danny schilderte die Situation. Schließlich legte er auf und wandte sich an die Anwesenden.

„Alle mal herhören. Der Zug wurde in Helmsdale aufgehalten, heute kommt der nicht mehr."

„Hab ich mir schon gedacht", brummte ein älterer Herr mit einer Tweedmütze. „Immer das Gleiche."

„Jedenfalls schicken sie als Ersatz Busse", erklärte Danny. „Die müssten gleich eintreffen."

Der Mann lachte rau. „*Gleich* ist gut, Junge."

Es dauerte eine knappe Stunde, bis kurz hintereinander drei Kleinbusse ankamen. Laura lud ihr Gepäck ein und nahm mit Mischa auf der hintersten Sitzbank Platz. So hatte sie einen guten Blick durch die Heckscheibe. Die Jungs saßen vor ihnen, Wesley war wieder mit dem Computer zugange.

Dann ging es los. Der Fahrer kündigte an, dass sie gegen dreizehn Uhr in Inverness ankämen.

Nachdem sie die letzten Häuser von Thurso hinter sich gelassen und eine Fichtenschonung durchquert hatten, wurde die Vegetation karger. Statt Bäumen wuchsen Ginster und Heidekraut an den Hängen der rundlichen, lang gezogenen Hügel. Sie waren in den nördlichen Highlands.

Laura genoss die Fahrt. Nach den Ereignissen auf der

Fähre und der Warterei am Bahnhof konnte sie sich endlich ein wenig entspannen. Während Mischa eingedöst war, betrachtete sie versonnen die Landschaft.

Im Grunde war sie gar nicht so unglücklich darüber, dass die Polizei ihr Handy beschlagnahmt hatte. Dadurch geriet sie gar nicht erst in Versuchung, dauernd ihre Mails oder NetFriends zu checken. Sie dachte lieber darüber nach, wie es mit ihr und Danny weiterging – falls es weiterging. Seit gestern Abend verhielt er sich seltsam zurückgenommen, gebremst irgendwie, er hatte gar nicht mehr versucht, ihr näherzukommen. Vielleicht wartete er auch nur auf eine günstige Gelegenheit, den nächsten Schritt zu tun. Warum auch nicht? Falls da mehr war, würde er schon was unternehmen, etwas, das ihr gefiel, wie sie hoffte. Sie musste an den leidenschaftlichen Kuss denken. Dann glitt ihr Blick von Dannys Hinterkopf zu Wesleys, der auf sein Laptop eintippte. Sie fand es goldig, wie sehr er sich in diese NetFriends-Sache reinkniete. Er versuchte, ihr mit allen Mitteln zu helfen, auf einem Gebiet, in dem er sich verdammt gut auskannte. War das seine Art, ihr zu zeigen, dass da eventuell mehr entstehen konnte ...? Ein bisschen eifersüchtig schien er ja auf Danny zu sein. Oder glaubte sie jetzt schon, dass jeder Junge in ihrer Umgebung auf sie flog? Wie eingebildet war das denn?

Was jedenfalls nicht zu leugnen war: Zwischen Mischa und Wesley funkte es definitiv nicht, Laura hatte keine Ahnung, warum. Obwohl Mischa doch sonst gern flirtete: Anbaggern, rumschäkern, eine Runde knutschen und dann mal schauen, was sich ergab. So war es auch in London gelaufen. Adressen wurden gar nicht erst ausgetauscht. Sicher schmeichelte es auch Mischa, dass Danny und Wesley mit ihnen rumhingen, aber sie zeigte an keinem von beiden übermäßiges Interesse.

Und über NetFriends machte sich Mischa noch weniger Gedanken als Laura, vor allem nicht in den Ferien, da hatte sie keinen Bock, sich um ihr Profil zu kümmern.

Laura fiel wieder ein, was sich mithilfe von NetFriends alles anrichten ließ. Aufrufe zum Mord, Ankündigungen von Selbstmord, zerstörte Existenzen durch Mobbing, üble Gerüchte und dergleichen. Das Netzwerk ließ sich aufs Schlimmste missbrauchen und man konnte sich kaum dagegen wehren. Wogen diese Gefahren die Vorteile auf?

Zum x-ten Mal drehte sie sich um und beobachtete durch die Heckscheibe den rückwärtigen Verkehr.

Da war er wieder, ein silberner Renault Mégane. Das Auto folgte ihnen, da war sich Laura sicher. Sie hatte es schon in Thurso bemerkt, allmählich war kein Zweifel mehr möglich. Irgendjemand hatte sich an ihre Fersen geheftet, nicht im Internet, sondern in der realen Welt.

Aggression stieg in ihr hoch wie heiß glühende Lava. Hatte Sergeant Haig etwa Zivilbullen auf sie angesetzt? Wurde Laura jetzt auf Schritt und Tritt überwacht, wegen des Schiffbrands oder wegen des neuen NetFriends-Eintrags? Was sollte das hier sein – ein Scheißkrimi? Sie beugte sich zu Danny nach vorn und erzählte ihm mit gesenkter Stimme von ihrer Beobachtung.

Er dachte eine Weile nach und versuchte dabei, einen Blick auf das Auto zu erhaschen. Der Fahrer trug eine Sonnenbrille, mehr war nicht zu erkennen. „Seltsam", sagte er schließlich. „Seit wann fahren britische Zivilbullen Renault? Das ist doch eine französische Marke."

„Stimmt."

„Und du bist dir sicher, dass er uns seit Thurso folgt?“

„Todsicher, Danny. Es hat massig Gelegenheiten zum Überholen gegeben. Irgendwas will der von mir.“

„Vielleicht ein Stalker?“ Er grinste. „Der durch das Nacktfoto von Rockness auf dich aufmerksam geworden ist?“

„Was weiß ich“, flüsterte sie. „Aber wir haben uns doch schon öfters gefragt, ob uns irgendjemand beobachtet oder irgendwie nachstellt. Bitte, da hast du's! Der Typ klebt an uns wie Fliegendreck.“

„Vielleicht hast du recht.“ Danny schien nicht überzeugt. „Aber dass uns einer hinterherfährt, könnte auch ganz normale Gründe haben. Der Typ ist vielleicht eine Schlafmütze und hat's eben nicht eilig.“

„Netter Erklärungsversuch. Ich glaube, wir werden verfolgt, und zwar schon seit einer ganzen Weile. Seit gestern Abend im Pub.“

„Meinst du wirklich –“

„Das bilde ich mir nicht ein!“, brauste Laura auf. „Denkst du etwa, ich spinne?“

„Nein, reg dich ab. Du bist besorgt, das kann ich nachvollziehen.“ Er strich ihr über den Nacken, sein Mund war dicht neben ihrem Ohr. „Ich bin doch bei dir.“

Es tat gut, seine Nähe zu spüren. Danny konnte so verständnisvoll sein. Warum war sie gestern am Pier nur so abweisend gewesen? Weil sie ihm misstraut hatte? Fehler! Sie brauchte ihn.

Laura drehte sich um. „Er ist immer noch da“, sagte sie leise.

Danny nahm ihre Hand in die seine, vorsichtig, sanft. „Und was sollen wir jetzt machen?“

„Wir halten ihn auf ... stellen ihn zur Rede.“

„Wie stellst du dir das vor?"

Wesley hatte alles mitgekriegt. Er schaute von seinem Laptop hoch. „Also *ich* hätte da eine Idee."

17

Der Kleinbus wurde langsamer und fuhr auf einen relativ großen Parkplatz in einem Dorf namens Brora, etwa auf halber Strecke zwischen Thurso und Inverness, wie an einem Wegweiser abzulesen war. Auf den letzten Kilometern hatte die Straße am Meer entlanggeführt. Laura war der Gedanke gekommen, dass eine große Welle genügen würde, um den Bus samt Ufer wegzuspülen. Nichts dergleichen war geschehen. Die Straße lag in ausreichender Höhe und war gut befestigt. Sie musste langsam wirklich aufpassen, dass sie nicht die Nerven verlor.

Der Renault war auf den letzten Kilometern zurückgefallen und schließlich verschwunden.

„Kaffee- und Pinkelpause", verkündete der Fahrer. „In einer halben Stunde geht's weiter."

Die Passagiere strömten in einen Schnellimbiss neben dem Parkplatz, der Bus leerte sich schnell. Mischa, die gar nichts mitbekommen hatte und gerade erst aufgewacht war, gähnte ausgiebig und marschierte Richtung Klo, gefolgt von den Jungs.

Laura blieb als Einzige beim Wagen. Sie machte Dehnübungen, streckte ihren Rücken durch und tat so, als betrachtete sie einen entfernten Hügelkamm in den Highlands.

Nach ein, zwei Minuten Wartezeit bemerkte sie aus den Augenwinkeln, wie ein Auto auf den Parkplatz rollte. Es war der silberne Mégane. Er blieb in einer Entfernung von etwa zwanzig Metern neben einem Geländewagen stehen, der Motor wurde ausgestellt. Man konnte immer noch nicht erkennen, wer hinter dem Steuer saß.

Danny und Wesley waren ebenfalls in den Schnellimbiss gegangen, wo Burger und Fish and Chips verkauft wurden. Laura beobachtete, wie sie an der Rückseite wieder herauskamen und das Gebäude umrundeten. Bevor der Verfolger kapierte, was vor sich ging, standen die beiden Jungs an der Fahrerseite des Renault. Danny riss die Tür auf.

Es gab einen kurzen Wortwechsel, dann kam es zu einem Handgemenge. Danny prallte gegen den Geländewagen, der Renaultfahrer betätigte den Anlasser, bekam aber die Tür nicht zu. Ein dumpfes Geräusch und der Motor erstarb.

Als Laura hinzueilte, war schon alles vorbei. Danny rieb sich die Schulter. Wesley hatte eine Colaflasche in der Hand. Der Fahrer hing schlaff in seinem Sitz.

„Was hast du getan?“, fragte Laura entsetzt und schaute sich panisch um. Doch außer ihnen befand sich niemand auf dem Parkplatz.

„Ihm mit der Flasche eins übergezogen.“ Wesley zuckte die Achseln. „War Notwehr, der hat uns angegriffen. Außerdem wäre er sonst abgehauen.“

„Bist du noch ganz dicht? Wenn das ein Bulle ist –“

„Ist er aber nicht.“

„Woher willst du das wissen?“

„Warum wollte er wohl abhauen?“ Er wies auf den bulligen Körper des Mannes. Sein kahl rasierter, kantiger Schädel sah aus, als hätte jemand Holzschnitzen geübt. „Keine

Sorge, der Kerl hält einiges aus, irgendwann wacht der wieder auf. Ich hab ihn nur ein bisschen gestreichelt."

Laura staunte nicht schlecht. In Wesley, dem schmächtigen Computernerd, schien mehr zu stecken, als sie für möglich gehalten hatte.

„Und jetzt Schluss mit dem Palaver. Steigt ein!" Wesley schloss die Fahrertür, ging um den Wagen herum und setzte sich auf den Beifahrersitz. Danny und Laura nahmen auf der Rückbank Platz. Wesley zog den Zündschlüssel ab und durchsuchte das Handschuhfach. Danny filzte die Jackentaschen des Mannes. Nach einer Weile hielt er eine Geldbörse hoch und klappte sie auf.

Sprachlos schauten Danny und Laura Wesley zu.

„Das hab ich mir gedacht." Er zeigte ihnen einen Ausweis. „Dwight Hopkins, Privatdetektiv."

„Wie bitte?"

„Und falls noch irgendwelche Zweifel bestehen, auf wen er es abgesehen hat ..." Wesley zog ein Foto aus dem Geldbeutel. Es war Lauras NetFriends-Profilbild. „Er hat dich tief in sein Herz geschlossen."

Laura starrte den Mann mit offenem Mund an. „Was will der von mir?"

„Das kann er uns nur selber sagen. Aber zuvor müssen wir uns darüber klar werden, wie wir das aus ihm rauskriegen."

18

Wesley öffnete die Colaflasche und spritzte dem Detektiv etwas von dem Getränk ins Gesicht.

Hustend und prustend kam Hopkins zu sich. Verdutzt sah er sich um. Als er realisierte, was passiert war, verfinsterte sich seine Miene und er wollte auf Wesley losgehen. Das war nicht so einfach, er hing am Lenkrad fest.

In dem Handschuhfach hatte sich nämlich ein Paar Handschellen befunden. Kinderleicht zu bedienen.

„Was soll die Scheiße?", fuhr er Wesley an.

„Das wollte ich gerade Sie fragen."

„Ich krieg dich wegen Körperverletzung dran, Kleiner. Und wegen Freiheitsberaubung. Du wanderst in den Knast. Was meinst du, was sie da mit einem Hänfling wie dir machen?" Dann bemerkte er Laura. „Wo kommst du denn plötzlich her? Hast dir ja feine Freunde gesucht."

„Schauen Sie mal, das ist ein Andenken von Ihnen", sagte Laura. Sie deutete auf ihre gerötete Wange, wo Danny ihr nach langem Zögern eine kräftige Ohrfeige verpasst hatte. „Wenn Sie uns jetzt nicht etwas ... entgegenkommen, sage ich der Polizei, dass Sie mich begrapscht haben und handgreiflich geworden sind, als ich mich gewehrt habe. Die Jungs konnten Sie gerade noch von mir wegzerren."

„Was redest du da?"

Geistesgegenwärtig beugte sich Laura nach vorn und presste ihre Wange gegen seinen Schädel. Das war ziemlich eklig, aber es erfüllte seinen Zweck. Er zuckte zurück.

„Jetzt ist DNA von Ihnen auf meinem Gesicht. Damit kann ich gleich zur Polizei marschieren", fuhr sie fort.

Hopkins wurde bleich. „Verdammtes Miststück!"

„Und wenn das im Internet rumgeht, sind Sie mindestens Ihren Ruf *und* Ihre Lizenz los, wetten? Ich bin schließlich noch minderjährig."

„Ist ja schon gut!" Der Mann schien sich mit seiner Lage abzufinden. „Was wollt ihr eigentlich?"

„Sie beantworten mir jetzt ein paar Fragen, danach lassen wir Sie in Ruhe."

„Von mir aus. Leg los."

„Warum verfolgen Sie mich?"

„Das ist nur ein Auftrag", gab er unwirsch zurück und setzte leise hinzu: „Ich hätte ihn gar nicht annehmen dürfen. Roch gleich nach Ärger, weil alles nur übers Telefon und per E-Mail lief ..."

„Und worin besteht Ihr Auftrag, Mister Hopkins?"

„Dich zu beschatten. Ich will dir nichts Böses, hab nur berichtet, was du den lieben langen Tag so machst. Und mit wem du zusammen bist." Er warf einen missbilligenden Blick auf Wesley.

„Seit wann sind Sie an mir dran?", fragte Laura.

„Seit diesem Rockfestival. Ihr habt 'nen beschissenen Musikgeschmack, Leute. Was für ein Gejaule! Schon mal was von Jazz gehört?"

„Gestern, das Foto von der Flattie Bar – haben Sie das gemacht?", hakte Wesley nach.

„Kann schon sein."

„Und der Film bei der Polizeivernehmung, heute Morgen auf der Fähre? Hab ich das auch Ihnen zu verdanken?"

„Ich war gerade in der Nähe", sagte Hopkins unverbindlich – und stutzte. „Woher weißt du von dem Film?"

„Weil der auf meiner NetFriends-Seite zu bewundern ist. Vielen Dank auch!"

„Auf deiner Seite? Wie das denn? Ich hab die Aufnahme an einen privaten Mailaccount geschickt, warum ...?"

Laura überlegte. War diese Reaktion gespielt oder echt? Dann schaute sie nach draußen. Sie hatten nicht mehr viel Zeit. Die ersten Fahrgäste gingen schon wieder zu dem Kleinbus zurück. „An wen haben Sie die Informationen über mich weitergegeben?"

„Hör mal, ich darf meine Klienten nicht verraten", protestierte Hopkins.

„Sie sind doch ohnehin aufgeflogen. Ihre Observierung endet hier und jetzt, begreifen Sie das nicht?"

„Na ja", gab er nach, „sieht wohl so aus."

„Also?", beharrte Laura. „Wer ist Ihr Auftraggeber?"

Hopkins rang mit sich. „Ehrlich gesagt, kenne ich den Auftraggeber nicht. Ich hab auch nicht nachgefragt."

So hart, wie er aufgrund seines robusten Äußeren wirkte, war er gar nicht. Und besonders geschickt hatte er sich bei der Verfolgung des Busses auch nicht angestellt, weil er mit dem Renault viel zu wenig Abstand gehalten hatte. Laura schüttelte den Kopf. „Sie lassen sich wohl auf jeden Mist ein, oder?"

„Besonders stolz bin ich nicht drauf, Teenagern hinterherzuschnüffeln. Aber ich hab tausend Pfund im Voraus gekriegt, über ein Schweizer Konto. Da sag ich nicht Nein."

Als sie hörten, dass der Busfahrer schon wieder den Motor anwarf, beendete Wesley das Gespräch: „Ende der Unterhaltung. Wir müssen los."

Laura nickte und versuchte, das Gehörte zu verarbeiten. „Und was ist mit ihm?"

„Das haben wir gleich." Wesley steckte dem Detektiv den Schlüssel für die Handschellen in den Mund und warf beim Aussteigen den Zündschlüssel des Renault in ein Gebüsch, das an den Parkplatz angrenzte. „So, damit sind Sie eine Weile beschäftigt. Tut mir leid, aber für den Rest der Fahrt verzichten wir lieber auf Ihre Begleitung."

Hopkins schaute ihnen ratlos hinterher.

19

Sie erreichten als Letzte den Kleinbus und zogen sich einen ungnädigen Blick des Fahrers zu. „Ihr braucht wohl 'ne Extraeinladung?" Er wartete, bis alle ihre Plätze eingenommen hatten. Dann ging es weiter nach Inverness.

„Wo seid *ihr* denn abgeblieben", fragte Mischa, als sie den Parkplatz hinter sich ließen. „Ich hab euch die ganze Zeit gesucht."

„Erzähl ich dir später." Laura schwirrte der Kopf. Außerdem war sie total zittrig. Um Hopkins aus der Reserve zu locken, hatte sie all ihren Grips und vor allem ihren Mut zusammennehmen müssen. Die Anspannung fiel nicht so leicht von ihr ab.

Oh Mann! Ganz unerwartet war Wesley zur Höchstform aufgelaufen und war richtig brutal und abgebrüht aufgetreten, kaum wiederzuerkennen. Er hatte haargenau gewusst, wie man diesen Kerl anpacken musste. Einen etwas dämlichen Kerl, wie Laura im Nachhinein fand. Hopkins hinterfragte überhaupt nicht, was er tat und für wen. Ein anderer, vorsichtigerer Mann hätte sich vermutlich nicht auf diesen merkwürdigen Auftrag eingelassen, Geld hin oder her.

Wesley hatte ihn richtig überrumpelt und sich sogar noch darum gekümmert, dass Hopkins ihnen nicht so schnell folgen konnte. Dagegen hatte Danny sich aus der Sache völlig herausgehalten. Aus Angst, mit dem Gesetz in Konflikt zu geraten? Oder hatte er nur eine große Klappe und kniff, wenn es drauf ankam?

Laura fand, dass es vielleicht klug wäre, ihren Eltern mal wieder ein Lebenszeichen zu geben. Mit Mischas Handy rief sie bei sich zu Hause an. Ihre Mom ging ran.

„Schon wieder du?“, wunderte sie sich. „Ist irgendwas passiert?“

„Tolle Begrüßung.“

„Ich bin ein wenig in Eile, Schätzchen. Was gibt's?“

„Nichts Besonderes.“ Laura zögerte. „Ich hab mich nur gefragt ... Vermisst ihr mich?“

„Alles in Ordnung?“ Ihre Mom klang alarmiert. „Geht's dir gut? Hast du Heimweh?“

„Ein bisschen“, log Laura.

„Hätte ich jetzt nicht erwartet, so heiß, wie du darauf warst, endlich mal weg von der ‚alten Nervtüte‘ wegzukommen – deine Worte!“

Das stimmte, so hatte Laura ihre Mom noch kurz vor ihrer Abfahrt bei einem Streit genannt.

„Heute sind wir mit der Fähre von den Orkneys aufs Festland übergesetzt. War ziemlich stürmisch.“

„Das kommt davon, wenn man hoch in den Norden fährt, wo's andauernd regnet und der Wind bläst wie verrückt.“

„Und der Zug kam nicht, weil er irgendwo stecken geblieben ist", nölte Laura. „Die karren uns hier mit einem Bus durch die Highlands."

„Na und?"

„Manchmal frage ich mich, ob wir die Tour nicht abbrechen sollten."

Ausnahmsweise war das ehrlich gemeint. Der Gedanke war Laura im Laufe des Tages gekommen. Die Mädchen besaßen nämlich eine Rückkehroption. Sie bestand in einer Geldreserve von dreihundert Euro, damit konnten sie ein Flugticket nach München lösen – natürlich nur in absoluten Notfällen. „Seelenkrisen überspannter Teenager", so Lauras Mutter, gehörten ausdrücklich nicht dazu.

Entsprechend fiel Moms Antwort aus: „Lass dich nicht hängen. Was man sich vorgenommen hat, muss man zu Ende bringen, auch wenn das Wetter mal nicht mitspielt oder einem irgendeine Laus über die Leber läuft. Das kommt in jedem Urlaub vor, solche Stimmungen gehen vorüber. Ihr müsst positiv denken! Was ist noch mal eure nächste Station?"

„Inverness. Und dann Aberdeen."

„Da wird's doch sicher was geben, das eure Laune hebt. Geht ins Kino oder kauft euch was Hübsches, aber nicht zu teuer, versteht sich."

Das klang wie: Habt in drei Teufels Namen Spaß! Und nach: Ist mir egal, was ihr macht, Hauptsache, ihr seid beschäftigt.

„Okay", sagte Laura. „Wir schauen mal, welche Filme laufen."

„Fein! Ich muss jetzt los, Liebes, Termin mit unserem Anwalt wegen diesem Einbruch. Ich habe vor, den Vermieter in die Pflicht zu nehmen, lächerliche Sicherungsmaßnahmen und so weiter, kein vernünftiges Schloss an der Tür. Der muss einen Teil des Schadens übernehmen, mindestens! Wenn er sich querstellt, gehe ich durch alle Instanzen. Den verklage ich, bis –“

„Gute Idee.“

„Ich rede wieder zu viel. Na dann ... Kopf hoch! Bis die Tage.“ Ihre Mom legte auf.

Laura betrachtete das Handy noch eine Weile. Sie hatte gerade etwas total Krasses erlebt und konnte es ihrer Mom einfach nicht erzählen.

Schon Moms Reaktion auf Lauras Krise war einfach nur bescheuert gewesen. Kino und Shoppen – was für ein Schwachsinn! Sie wusste nicht das Geringste über ihre Tochter.

Manchmal fragte sich Laura, ob ihre Mutter sich überhaupt in sie einfühlen konnte oder wollte. Immer hieß es von früh bis spät ich, ich, ich. Immer gab es Termine, immer war irgendwas anderes wichtiger. Zum Kotzen! Oder zum Heulen, je nachdem.

„Jemand zu Hause?“, fragte Mischa und wedelte mit der Hand vor dem Gesicht ihrer besten Freundin herum.

Laura gab ihr das Handy zurück. „Meine Mutter hat ein Rad ab.“

„Das liegt dann wohl in der Familie. Was hab ich da gehört? Du willst die Tour abbrechen?“

„Das wär so ziemlich das Letzte, was ich jetzt tun würde!“

„Aber ... was sollte das dann?“

Sie erzählte, was auf dem Parkplatz vorgefallen war. Weil sie Deutsch sprach und flüsterte, bekam niemand etwas davon mit. Mischas Augen wurden größer und größer. Am Ende beklagte sie sich, nicht dabei gewesen zu sein.

20

Endlich hielt der Bus am Bahnhof von Inverness. Die Passagiere nahmen ihr Gepäck und verabschiedeten sich von dem Fahrer. Laura und ihre Freunde machten das Gleis ausfindig, auf dem der nächste Zug nach Aberdeen abging. Bis zur Abfahrt waren es noch zwei Stunden. Direkt neben dem modernen Bahnhofsgebäude entdeckten sie eine Pizza-Express-Filiale, die in einem alten Haus aus Naturstein untergebracht war. Bis auf Mischa hatten sie alle Hunger und es gab jede Menge zu besprechen.

An der Theke gaben sie ihre Bestellung auf, bezahlten, holten sich Getränke und wählten einen Nischentisch, wo sie einigermaßen ungestört waren. Ihre Rucksäcke stellten sie in einer Ecke in Sichtweite ab. Die ganze Zeit über warfen sie sich verschwörerische Blicke zu in dem Bewusstsein, dass sie jetzt etwas verband, das über ein Urlaubsabenteuer weit hinausging.

Überraschenderweise machte Danny den Anfang. „Reife Leistung, Wes! Als du dem Typen mit der Flasche eins übergezogen hast, dachte ich zuerst, jetzt sind wir geliefert. Der sah aus wie ein Preisboxer."

„Schätze, das hilft ihm bei seinem Job", gab Wesley knapp zurück.

„Bist du schon mal in 'ne Schlägerei geraten? Ich hab richtig Angst vor dir gekriegt."

„Ich kann mich zur Wehr setzen. Und ich weiß, wo man hinschlagen muss, ohne größeren Schaden anzurichten. Hat mir mein Dad beigebracht."

„Dein Dad? Und was macht der so?"

„Er arbeitet auf einer Plattform in der Nordsee, als Ingenieur für Ölbohrtechnik. Ist nur alle paar Monate zu Hause.“ Wesley atmete laut aus, offenbar nervten ihn Dannys Fragen. Doch um eine Erklärung für seine Parkplatzaktion kam er nicht herum. Auch Laura und Mischa schauten ihn erwartungsvoll an. „Als ich achtzehn geworden bin, hat er mich in ein Pub mitgenommen und mir ein Bier ausgegeben. Nicht dass es mein erstes Mal in einem Pub gewesen wäre, aber ist ja egal. Jedenfalls war alles ganz normal, bis uns ein Betrunkener aus heiterem Himmel angepöbelt hat. Der hat mich angerempelt und so blöde Sprüche geklopft. Dad ging dazwischen und hat ihn an die Luft gesetzt. Und danach hat er mir gezeigt, was ich machen muss, wenn ich in Schwierigkeiten gerate.“

„Raue Sitten habt ihr hier“, sagte Danny. „Ich wünschte, *mein* Dad wäre so drauf, ich meine tougher. Man weiß nie, wann man mal härter hinlangen muss, um sich selbst zu verteidigen.“

Laura fand, dass ein Schlag mit einer Colaflasche nicht mehr ganz als Selbstverteidigung durchging, aber das kam wohl auf die Situation an. Sie dachte an ihre Capoeira-Stunden. „Manchmal“, hatte ihr Lehrer in München gesagt, „wenn es richtig brenzlig wird, dann muss man gemein sein.“ Es war um Übergriffe zudringlicher Männer gegangen und wie man sich davor schützen konnte. Dabei sollte sie zum Einsatz bringen, was Sport von einem realen Kampf unterschied: Verschlagenheit, beim Capoeira „Malícia“ genannt. Sich schwächer zu stellen, als man eigentlich war, gehörte zum Beispiel dazu. Wesley hatte das ganz gut hingekriegt: Sie hatten ihn alle unterschätzt, Hopkins vermutlich auch.

„Wie du mit diesem Typen umgesprungen bist ...", fuhr Danny fort. „Cool! Also ich hätte mich nicht getraut, so mit dem zu reden. Und Lauras Idee, ihm zu drohen – meine Fresse!"

Wesley verschränkte die Arme. „Hopkins ist keine große Leuchte. Mir war schnell klar, dass der einknickt."

„Meinst du, er hat gelogen?"

„Nein", schaltete sich Laura ein. „Ich glaube, er war so eingeschüchtert und überrascht, vor allem wegen des Films auf NetFriends, dass er die Wahrheit gesagt hat."

Die Pizza kam, Laura verstummte. Sie warteten, bis der Kellner wieder verschwunden war.

Wesley machte sich über seine Quattro Formaggi her. „Jedenfalls sind wir jetzt einen Schritt weiter", sagte er mit vollem Mund. „Diese ganze NetFriends-Geschichte ist kein Zufall. Da steckt mehr dahinter."

„Wer ist denn nun Hopkins' Auftraggeber?" Laura versuchte zusammenzufassen, was sie für den Rest der Busfahrt beschäftigt hatte. „Wer gibt tausend Pfund aus für mehr oder weniger belanglose Informationen über ein stinknormales Mädchen, das mit ein paar Freunden durch Schottland reist? Für Bilder und Filme, die mich in peinlichen Situationen zeigen?"

„Die gleichen Leute, die nicht vor Einbruch und Brandstiftung zurückschrecken." Wesley säbelte ein weiteres Stück Pizza ab. „Die Typen, die dein NetFriends-Profil und dein Handy geknackt haben, bevor es eingezogen wurde."

„Aber warum? Das ergibt doch keinen Sinn."

„Für irgendjemanden bist du anscheinend ziemlich wichtig", sagte Mischa. „So wichtig, dass er all diesen Aufwand betreibt. Wahrscheinlich ist es etwas, wovon du gar nichts weißt. Vielleicht hast du was gesehen, das du nicht hättest sehen dürfen."

„Zeugin der Anklage?", wunderte sich Danny. Er hatte wie Laura seine Pizza noch nicht angerührt.

„Ja. Vielleicht hat sie ein ... Verbrechen beobachtet und jetzt will der Täter sie in die Enge treiben."

„Wir sind hier nicht in Hollywood", wandte Laura ein. „Ich hab nicht die geringste Ahnung, für wen ich gefährlich werden könnte. Das ist doch Bullshit!"

„Mag sein, dass *du* es noch nicht weißt", sagte Mischa. „Aber *die* wissen es. Wenn du mich fragst, will dir jemand was anhängen. Und dafür ziehen die dir Stück für Stück den Boden unter den Füßen weg. Erst klauen sie deinen Computer in München. Dann ziehen sie dein Handy ein. Und dazu noch die ganzen Verleumdungen: Feuer auf einem Schiff in Stromness zu legen, Dope zu schmuggeln. Als Nächstes werden sie versuchen, uns auseinanderzudividieren. Dann wärst du ganz allein."

Laura bremste ihre beste Freundin. „Das mit dem Handy war doch die Polizei."

„Haben die uns ihre Ausweise gezeigt? Haben wir diese ‚Sergeant Haig' überhaupt danach gefragt?" Mischa ließ ihre Worte wirken. „Was, wenn die Bullen nicht echt waren? Vielleicht waren die nur verkleidet?"

Mischa hatte sich bislang kaum für Lauras Internetprobleme interessiert und sie für eine vorübergehende technische Störung gehalten, die sich irgendwann von selbst aufklären würde. Aber seit sie bei dieser irren Aktion auf dem Parkplatz nicht dabei gewesen war, fühlte sie sich nicht nur ausgeschlossen, sondern machte sich auch vermehrt

Gedanken über die vergangenen Tage. Und wenn Mischa einmal Lunte gerochen hatte, war sie beharrlicher als ihr Jack-Russell-Terrier beim Zerfetzen nagelneuer Socken. Mischa hatte den Hund seit zwei Jahren und Laura fand, dass sich die beiden charakterlich immer mehr annäherten. Sie musste schmunzeln.

„Also falsche Bullen, das glaub ich einfach nicht", sagte sie und begann zu essen. „Ich muss das Ganze erst mal sacken lassen. Außerdem wird unsere Pizza kalt."

Auch Danny machte sich über seine Pizza her. Sie hatten beide eine Diavolo bestellt. Die war genau richtig scharf und schmeckte fantastisch – ein kleiner Trost.

„Glaubt mir, das ist nur der Anfang." Mischa ließ nicht locker.

„Mag ja sein, aber was kann ich momentan dagegen tun?" Laura gestikulierte mit der Gabel. „Zur Polizei rennen? Die lachen sich entweder kaputt oder buchten mich gleich ein, bei denen bin ich ja schon aktenkundig. Oder ... lass mal überlegen. Mister X hat sämtliche Bullen in Großbritannien bestochen und lässt mich in sein geheimes Versuchslabor unter der Erde schaffen. Da foltert mich die NSA, bis ich zugebe, eine Spionin der Russen zu sein. Oder der Chinesen. Auf meinem geklauten Computer sind nämlich brisante Daten über ... das englische Königshaus?"

Danny lachte. „Und James Bond haut dich aus allem raus."

Sie spannen die Idee weiter und machten Witze über Geheimdienste, die auf Rockfestivals nach Staatsfeinden fahndeten und Social-Media-Accounts unschuldiger Leute manipulierten, um allgemeine Verwirrung zu stiften. Laura brachte Anonymus ins Spiel, jenes berüchtigte Aktivistenkollektiv, das sich für Meinungsfreiheit und Filesharing einsetzte und möglicherweise eine weltweite Operation gestartet hatte, um NetFriends zu sabotieren.

„Ihr müsstet euch mal zuhören! Das ist doch kindisch." Mischa rollte mit den Augen und war sichtlich verärgert, dass niemand ihre Alle-sind-verkleidet-Theorie ernst nahm. „Was sagst du dazu, Wes? Findest du das auch zum Lachen?"

Wesley war mit dem Essen fertig. Er stand auf, holte sein Laptop aus dem Rucksack und schaltete es ein. Während das System hochfuhr, dachte er laut nach.

„Mir geht dieser Hopkins nicht aus dem Kopf. Von ihm haben wir die ersten konkreten Anhaltspunkte bekommen, das lässt sich nicht leugnen. Was ist, wenn er doch gelogen hat? Ich meine ‚Schweizer Konto', ich bitte euch! Wer soll das glauben? Vielleicht hat er das nur auf die Schnelle erfunden. Hopkins – falls das sein wirklicher Name ist – könnte auch einfach ein Stalker sein."

„Hab ich Laura schon im Bus gesagt, als sie den Renault bemerkt hat", warf Danny ein. „Ein Stalker, der einen Narren an ihr gefressen hat."

Wesley widersprach. „Du hast es aber gleich ins Lächerliche gezogen, obwohl einiges dafür spricht. Es gibt so viele Verrückte da draußen. Sich einen Detektivausweis zusammenzubasteln, ist nicht schwer. Wer von uns weiß schon, wie so ein Ding tatsächlich aussieht?"

„Gefälschter Ausweis, das stammt von mir!", freute sich Mischa.

Wesley nickte. „Vielleicht hat Hopkins überhaupt keinen Auftraggeber. Auf Rockness laufen bestimmt jede Menge Gestörte rum, die nicht wegen der Musik dort sind, sondern aus ganz anderen Gründen. Und manche von denen halten Ausschau nach Opfern, denen sie hinterherspionieren können. Das ist doch vorstellbar."

„Und was sollte ein Stalker ausgerechnet von mir wollen?" Laura hörte aufmerksam zu. Ihre alberne Stimmung hatte sich verflüchtigt.

„Um dich persönlich geht's vermutlich gar nicht. Wahrscheinlich war es nur Pech, dass der Typ genau dich herausgepickt hat. Du hast seinen Weg gekreuzt, es hat ‚Klick' bei ihm gemacht und seither rückt er dir auf die Pelle, auf NetFriends *und* im realen Leben."

„Du denkst, da steckt nur ein Einzelner dahinter? Ein einziger trauriger Freak?"

„Auf mich wirkte Hopkins wie ein Loser, irgendwie verzweifelt. So einem wäre es schon zuzutrauen, heimlich hübschen Mädchen nachzusteigen." Wesley tippte auf seinem Laptop herum und redete weiter. „Am Anfang hat er noch herumgespielt. Dieses seltsame Nacktfoto im Zelt, so was lässt sich irgendwo aus dem Internet ziehen oder mit Photoshop entsprechend zurechtschneidern. Dann Lauras Aufnahme von der ‚Sea Eagle', die sie an ihren Dad geschickt hat und die abgefangen wurde: An die dafür nötige Software, beispielsweise Open-Source-Firmware, kommt jeder ran, der's drauf anlegt. Über WLAN wird das Zielhandy dann infiziert und los geht's: Man kann über sein eigenes Handy das eines anderen nicht nur abhören, man hat auch Zugriff auf alles, was darauf gespeichert ist, Fotos, E-Mails, SMS und so weiter. Der Hack von Lauras Net-Friends-Profil ist etwas komplizierter, aber mit der nötigen Motivation und ein wenig Geduld lässt sich auch das bewerkstelligen. Tja, und was machen Stalker, wenn sie erst mal dicht genug an ihrem Opfer dran sind? Sie steigern sich rein. In diese Kategorie fallen die zynischen Kommentare der falschen Laura, zuletzt zu der Polizeivernehmung: Smoke weed every day in Anspielung auf das Dope. Übersetzt aus Stalker-Sprache heißt das so viel wie: Ich weiß alles über dich. Du machst mir nichts vor."

Laura hatte nach den ersten Bissen Pizza innegehalten und sich ständig ausmalen müssen, wie Hopkins in seinem versifften Wagen saß und sich mit schwitzenden Fingern an den privatesten Details ihres Lebens ergötzte. Übelkeit stieg in ihr hoch.

„Was ist mit dem Brand?", fragte Mischa. „Würde dieser Typ wirklich so weit gehen und ein Schiff anzünden?"

„Vielleicht wollte er Laura und Danny an dem Abend im Hafen ja nur erschrecken oder vom Schiff aus beobachten. Und dann ist irgendwas schiefgelaufen, eine Panne, ein Missgeschick, keine Ahnung."

„Und der Diebstahl von Lauras Laptop in München? Das kann er doch nicht auch noch gewesen sein."

„Stimmt, aber Stalker agieren häufig vernetzt, die helfen sich gegenseitig, ich hab das recherchiert. Hopkins könnte jemanden in München kennen, der den Einbruch für ihn übernommen hat."

Laura begriff. Anfangs hatte sie es für eine gute Nachricht gehalten, dass möglicherweise nur eine einzige Person für all den Ärger verantwortlich war. Dadurch wirkte die Situation überschaubar, der Schaden begrenzbar. Als ihr jedoch das Ausmaß des Verdachts bewusst wurde, lief es ihr kalt den Rücken hinunter. Das Gefühl, beobachtet und regelrecht gejagt zu werden, war alles andere als angenehm. Es war beklemmend. Als schnürte ihr jemand oder etwas die Kehle zu und sie konnte nichts dagegen tun.

Wesley verschaffte sich wieder über einen Social Bot Zugang zu ihrem NetFriends-Auftritt. Brenda Hamilton erwies sich erneut als nützlich.

Die Seite erschien auf dem Bildschirm. Er sah genauer hin – und traute seinen Augen nicht.

Sein Blick wanderte zur Decke. Dort befand sich eine Kamera. Die rote Kontrollleute blinkte. Sie war in Betrieb und übertrug Bilder.

Es war wie auf der Fähre. Sie hatten ungebetene Zuschauer. Doch diesmal war es anders. Es war live.

21

Danny war am längsten. Er kletterte auf den Tisch, reckte den Arm zur Decke hoch und klatschte ein Stück Pizza auf das Kameraobjektiv.

„Sendestörung“, sagte er und sprang herunter.

Wesley klappte sein Laptop zu. Sie schnappten sich ihre Rucksäcke und nahmen die Beine in die Hand. Ab durch die Mitte. Bezahlt hatten sie ja schon.

Irgendjemand hatte die Kamera im Pizza Express zu einer Live-Cam umfunktioniert, sich ins System des Restaurants gehackt, eingeklinkt, was auch immer, und den Live Stream auf Lauras NetFriends-Seite gestellt. So hatte es zumindest Wesley im Flüsterton erklärt und hinzugefügt: „Ziemlich clever. Beängstigend clever sogar. Wenn Hopkins dafür verantwortlich ist, hat er mehr auf dem Kasten, als ich dachte."

Die Kamera musste alles aufgezeichnet haben, worüber sie sich unterhalten hatten. Den Stalking-Verdacht, ihre Mutmaßungen, Ängste, Spekulationen. Wie viel sie wussten oder zu wissen meinten. Es war, als hätte ihnen jemand über die Schulter geschaut und ins Essen gespuckt.

Lauras ersten Gedanken, den Manager des Restaurants zu verständigen, hatten sie wieder verworfen. Was konnte der schon tun? Das gab nur Scherereien und danach waren sie vermutlich um keinen Deut schlauer.

„Ist man denn nirgendwo sicher?", rief Mischa, als sie den Bahnhof betraten.

„Flächendeckende Videoüberwachung", sagte Wesley. „Schließlich seid ihr in Großbritannien. Wir haben das hier perfektioniert ..."

Danny nickte. „In Amerika ist das auch nicht anders. Da wären es drei Kameras statt einer gewesen."

Am Ticketschalter kauften Wesley und Danny Fahrkarten nach Aberdeen.

Laura sah sich unwillkürlich um und versuchte, Hopkins ausfindig zu machen. Wenn ihre Stalker-Vermutung stimmte, musste er ihnen weiter gefolgt sein, nachdem er sich befreit und den Zündschlüssel des Renaults gefunden hatte. Dann trieb er sich jetzt irgendwo im Bahnhof herum. Mischa begriff, was in Laura vorging, und hielt ebenfalls Ausschau, obwohl sie nicht wusste, wie der Mann überhaupt aussah.

Doch von dem Detektiv fehlte jede Spur. In der Schalterhalle war weniger los als vor einer Woche. Da waren sie hier auf dem Weg nach Rockness umgestiegen, als Konzertbesucher aus allen Teilen des Landes nach Loch Ness geströmt waren.

Der Zug nach Aberdeen stand schon auf dem Gleis. Sie stiegen ein und fanden einen Platz, wo sie sich gegenübersitzen konnten.

„Wir müssen einfach vorsichtiger sein in der Öffentlichkeit", meinte Laura. „Mehr können wir nicht tun."

„Und natürlich die Augen offen halten." Durch das Fenster fixierte Mischa jeden neuen Fahrgast, der den Wagen bestieg, mit Dolchblicken und bat Wesley, ihr Hopkins genau zu beschreiben.

„Am liebsten würde ich jetzt Musik hören", unterbrach Laura und seufzte. „Wenn ich mein Handy noch hätte."

Mischa lieh ihr wieder ihres samt Ohrstöpseln und Laura sperrte die Welt für eine Weile aus.

Sie wählte eine Playlist mit dem Titel „Dubstep" und drehte die Lautstärke voll auf. Wie mit einem Hammerschlag verstummten sämtliche Geräusche um sie herum und stampfende Bässe bearbeiteten ihr Trommelfell, unterlegt mit allerlei elektronischem Geklimper und Effekten. Sie schloss die Augen und lehnte sich zurück, ließ den Rhythmus ihren Körper ausfüllen. Dass Mischa so was hörte! Kaum zu glauben, eigentlich stand die doch auf ruhigere, melodischere Sachen.

Eine Weile funktionierte es. An gar nichts denken, nur mitgrooven. Doch dann ließ ihr diese Kamera keine Ruhe. Was hatte die alles übertragen? War auch zu hören gewesen, worüber sie sich unterhalten hatten?

Die Aufnahme von der Fähre war mit Ton gewesen. Hatte Hopkins da auch seine Finger im Spiel gehabt? War er hinter einem Pfeiler gestanden und hatte gefilmt, während sie ganz auf die Polizistin konzentriert gewesen war?

Laura nahm einen Ohrstöpsel heraus und bat Wesley um die Zugangsdaten dieses Social Bots, den er kreiert hatte, Brenda Hamilton, damit sie mit Mischas Handy das Profil der falschen Laura aufrufen konnte.

Er schaute von seinem Laptop hoch. „Den benutze ich gerade. Nimm Ralfie Douglas, der müsste auch funktionieren." Er nannte ihr Ralfies E-Mail-Adresse und Passwort. „Du hast jetzt dreitausendfünfhundert Freunde. Das greift wie eine Seuche um sich. Wenn du wüsstest, was ‚du' alles postest ... Und die Leute fahren total drauf ab."

„Zeig her!" Sie entriss Wesley das Handy und schaute nach, was er meinte.

Der Post von der Livecam war zu sehen, inzwischen als fertiger Film, glücklicherweise ohne Ton. Er hatte zwar alle möglichen Kommentare hervorgerufen, hauptsächlich blöde Witze, aber das waren nur Spekulationen über ein paar Leute, die in einer Pizzeria saßen und sich über wer weiß was berieten, nichts Beunruhigendes. In der Timeline war der Post bereits nach unten gerutscht. Er wurde von einer neuen Enthüllung abgelöst. Und die war alles andere als harmlos.

Eine Bilderserie. Von Laura beim Capoeira-Training. Sie trug ein bauchfreies Top, weiße Leggings und agierte barfuß, wie es bei diesem Sport üblich war. Es sah ziemlich sexy aus, wie sie mit einer Hand den Boden gerade noch berührte und ihre Beine durch die Luft wirbeln ließ.

Man nannte das eine Meia Lua Reversão in Anlehnung an einen Halbmond. Wer die Meia Lua beherrschte, konnte damit jemanden voll auf die Matte schicken. Man holte

Schwung, als wollte man ein Rad schlagen, das überraschte die meisten Gegner – und schon hatten sie einen Fuß im Gesicht, Ferse voran. Aber dieser Move war mehr als simple Selbstverteidigung. Richtig ausgeführt wirkte er wie ein Tanz, überaus ästhetisch, fand Laura. Sie liebte das akrobatische Element der Capoeira. Es zeigte ihr, was sie mit ihrem Körper alles anstellen konnte. Wenn man die Kampfkunst mit fließenden Bewegungen beherrschte, wirkten die Schläge, Würfe und Ausweichmanöver wie aus einem Guss. Auf die Gewalt kam es Laura dabei gar nicht so an, die war nur ein Nebeneffekt. Im Zweifelsfall aber ganz nützlich. Sie hatte lange geübt, bis ihr Trainer mit ihrer Meia Lua einigermaßen zufrieden gewesen war.

Und jetzt konnte man das Ergebnis auf NetFriends bewundern. War ja klar, was notgeile Spanner bei ihren gespreizten Beinen dachten ... Sie musste sich nur Wesley und Danny anschauen. Die beiden Schwachköpfe hingen vor dem Laptop und warfen ihr hin und wieder anerkennende Blicke zu. Männer! Mischa hingegen starrte immer noch die einsteigenden Fahrgäste an, als wollte sie jeden mit Röntgenstrahlen durchleuchten wie ein menschlicher Scanner.

Lauras Capoeira-Übung war als Sequenz abgebildet, fünf Fotos, kurz hintereinander aufgenommen – von ihrem Vater, vor einem halben Jahr, das wusste sie genau. Er hatte die Bilder beim Abschlusstraining nach dem Winter gemacht, als jeder zeigen musste, was er draufhatte. Paps war stolz wie Oscar gewesen und sie auch.

Aber die Fotos befanden sich nur auf ihrem Computer zu Hause – der geklaut worden war. Wie waren die ins Netz gelangt? War ihr Laptop am Ende nur aus dem Grund entwendet worden, um es für NetFriends auszuschlachten und aus Laura so etwas wie eine öffentliche Person zu machen? Wer konnte davon einen Nutzen haben?

Eins war mal sicher: Dem Typen, der das gepostet hatte, würde sie mit einer Meia Lua gern mal Bescheid stoßen. Und das nicht nur einmal. Schon wurden die Bilder auf anderen Profilen geteilt, dadurch vervielfältigte sich die Zahl der User, die ihre Capoeira-Gymnastik sehen konnten. Fast kam ihr die Pizza wieder hoch.

Die Kommentare auf NetFriends waren kontrovers. Unter dümmliche Beifallsbekundungen mischten sich kritische Beiträge:

„Laura Ninja Fighter show moarrre!!!"

„miaow :-)"

„practising for next body-beats-brain contest??"

„WO kann man das lernen?"

„Awesome. Let me sniff your panties!"

„Impressing self-humiliation! Nothing learned about sexism?"

„Geht das auch ohne Klamotten?"

Der Kommentar mit den Klamotten stammte von Gabrrriel Schuster, wie sich Gabriel auf NetFriends nannte. Bescheuert. Der wollte wohl auffallen mit seinen drei r, sich interessant machen.

Das hatte er auch bitter nötig. Gabriels Vorzüge waren eher dürftig, fand Laura. Er ging in die gleiche Klasse wie sie und war dem Alter, in dem sich Jungs gegenüber Mädchen mit Sticheleien und blöden Bemerkungen hervortun, nie so richtig entwachsen. Vor drei Jahren war sie mal mit ihm aneinandergeraten. Damals hatten sich während eines Skilagers die ersten harmlosen Pärchen in der Klasse gebildet. Gabriel war dabei wohl zu kurz gekommen und hatte sich ausgeschlossen gefühlt. Und da er immer anderen die

Schuld gab, hatte er sich in den Kopf gesetzt, dass Laura an seiner Ausgrenzung beteiligt gewesen war. Nicht für hundert Euro würde sie ihn küssen, hatte sie beim Flaschendrehen gesagt. Seither trug er ihr das nach und ging jedem mit seinem ewigen Beleidigtsein auf die Nerven. Gabriel war ein Einzelgänger von der Sorte Einzelgänger, die es hassten, als solche zu gelten. Deshalb schloss er sich von Zeit zu Zeit Leuten an, die ähnlich drauf waren wie er, Typen, die grundsätzlich alles erst mal scheiße fanden. In diesem Sommer hatte er sich mit Chris und Svea zusammengetan.

Natürlich hatte Laura von Gabriel schon einmal eine Freundschaftsanfrage auf NetFriends bekommen. Sie hatte erst nach Wochen zähneknirschend reagiert, kleiner Wink mit der Friedensfahne auf Anregung von Mischa. Zum Dank mischte er sich immer wieder mit überzogenen Bemerkungen in ihre Posts ein. Und seit ihr Profil gehackt worden war, erwies er sich als besonders eifriger Kommentator.

Was wohl auf seiner eigenen Seite los war?

Laura meldete sich als Ralfie Douglas ab und loggte sich in Mischas Profil ein. Das Passwort ihrer Freundin war auf deren eigenem Handy gespeichert und wurde automatisch ergänzt, wenn man die E-Mail-Adresse eingab.

Dann rief sie Gabriels NetFriends-Profil auf. Und kam aus dem Staunen nicht heraus.

„**Laura kommt ganz schön ins Schwitzen auf ihren langweiligen Orkneys**“, hatte er gepostet, als sie noch in der Flattie Bar gewesen war. Häme, logisch. Das war nicht anders zu erwarten. Chris, Svea und ein paar andere, die sie nicht kannte, schlossen sich ihm an und veranstalteten ein Ping-Pong der Schadenfreude. Hatten die nichts Besseres zu tun?

Fies, das zu lesen, dachte Laura und schaute durch ein

verkratztes Fenster nach draußen. Der Zug stand immer noch im Bahnhof von Inverness. Langsam füllte er sich.

Sie scrollte weiter und arbeitete sich durch das Troll-Gelaber, Kloputzen war angenehmer. Bis sie auf einen verräterischen Spruch stieß, der sich von den anderen unterschied:

„Selber schuld, wenn man sein Profil nicht vernünftig schützt ;-)“

Absender: Leo Nidas. Der war ihr gestern schon mal untergekommen. Er musste etwas mit dem Hack zu tun haben und jetzt brüstete er sich damit. Das Zwinker-Zeichen ;-) sprach Bände, das konnte sie förmlich riechen.

Sie durchforstete Gabriels Seite weiter. Das Foto von der brennenden „Sea Eagle“ hatte er auf seinem Profil geteilt. Da klangen seine Kommentare schon verhaltener:

„Oops, was geht denn da ab?“

„Wo Laura hinkommt, brennt’s eben“, hatte Svea daraufhin geschrieben.

Gabriel antwortete: **„Nicht, dass sie irgendwelchen Mist baut und ihr etwas zustößt.“**

Darauf Leo Nidas: **„Bisschen spät, sich darüber Gedanken zu machen. Schauen wir mal, was noch alles passiert.“**

Das klang irgendwie so, als würde Gabriel bedauern, wie sich Lauras gekapertes Profil entwickelte. Und nach dem Fünfzehn-Sekunden-Film von der Polizeibefragung auf der Fähre, den er ebenfalls geteilt hatte, wurde er richtig kleinlaut.

„Langsam hört der Spaß auf. Hat einer von euch noch Zugriff auf Lauras Profil?“

„Nee, kommentieren kann ich noch, aber neue Posts landen im Nirwana“, erwiderte Svea. **„Ich bin draußen. Ausgerechnet jetzt, wo’s interessant wird.“**

Leo Nidas: „Da war wohl jemand schlauer als wir. Was soll's, wie gewonnen, so zerronnen."

„Am Ende kommt sie noch in den Knast", befürchtete Gabriel. „Das ist dann aber nicht meine Schuld."

So ging es noch ein wenig hin und her. Unglaublich. Anscheinend sprachen die ganz offen über den Hack ihrer Seite, in der Annahme, sie seien mehr oder weniger unter sich. Vielleicht war es ihnen auch egal, wer mitlas. Jedenfalls hörte es sich so an, als wäre ihnen die Kontrolle über das, was sie da angestoßen hatten, entglitten. Als seien sie von irgendjemandem ausgetrickst worden, der weitaus weniger Skrupel hatte, Laura in Schwierigkeiten zu bringen. Jemandem, der nicht davor zurückschreckte, Kameras in Restaurants anzuzapfen, und sie womöglich auch noch verfolgte ...

22

Bevor sie den anderen von Gabriel erzählte, drehte sie erst mal die Musik wieder auf. Das brauchte sie jetzt, Bässe gegen diesen Wahnsinn – und gegen die Enttäuschung. Denn obwohl ihr Verhältnis zu Gabriel und Svea nicht das beste war, fand sie es doch ziemlich niederschmetternd, wie weit die beiden offenbar gegangen waren. Laura hatte ihnen nichts getan, zumindest nichts, was die Kaperung ihres NetFriends-Profils rechtfertigte und sie auf ihrer lang herbeigesehnten InterRail-Tour in derartige Bedrängnis brachte. Selbst wenn Gabriel nur für den Auftakt dieser Schweinerei verantwortlich war und eine Sicherheitslücke ausgenutzt hatte, um ihr einen bösen Streich zu spielen – das war einfach zu heftig. Hatte der nichts Besseres zu tun? Sie erwog kurz, ihn in München anzurufen und zur Rede zu stellen, winkte dann aber ab. Vermutlich würde er alles abstreiten und insgeheim triumphieren – und das gönnte sie ihm ganz gewiss nicht.

Laura merkte nicht, wie der Zug anfuhr. Und sie merkte nicht, wie eine Gruppe Teenager an ihrem Platz vorbeiging und einer von ihnen stehen blieb und auf sie deutete.

Mischa stupste sie an, woraufhin sie die Ohrstöpsel rauszog. „Der will was von dir."

„Du bist doch die mit dem Dope", sagte ein Junge mit blonden Dreadlocks und karierten Shorts. Er machte einen ziemlich abgerissenen Eindruck und kratzte sich immerzu an den Unterarmen. „Ich hab deinen Post gelesen. Hast die Bullen ja ganz schön alt aussehen lassen."

„Was ...?"

„Na auf der Scrabster-Fähre! Die Kontrollen werden immer schlimmer. Demnächst verknacken sie einen noch, wenn man sich nur 'ne Kippe anzündet."

„Ich fand's auch ein bisschen übertrieben", gab Laura unverbindlich zurück.

„Du kommst aus Deutschland, oder? Da ist bestimmt alles viel lockerer."

„Kann schon sein."

Der Junge schaute sich verstohlen um. Dann zwinkerte er Lauras Freunden zu und fuhr fort: „Sag mal, hast du vielleicht was übrig? Was zum Rauchen, mein ich."

„Hat sie nicht", schaltete sich Danny mit Grabesstimme ein. Er saß direkt am Gang.

„Aber auf NetFriends –"

„Das war ein Hoax. Verzieh dich."

„Immer cool bleiben, Mann. Ich wollte nur ... ich hab gedacht ..." Der Junge änderte seine Taktik, so leicht ließ er sich nicht abwimmeln. „Kann sie nicht für sich selbst sprechen? Bist du ihr Macker oder was?"

Danny richtete sich zu voller Körpergröße auf, wodurch er den Dreadlock-Jungen um einen Kopf überragte. „Hast du ein Hörproblem?"

„Man wird doch noch fragen dürfen!"

„Durftest du. Schönen Tag noch."

„Klar habt ihr Dope! Ihr wollt nur nichts abgeben!"

„Verschwinde! War das jetzt deutlich genug?"

Der Junge gab klein bei und ging weiter. An der Schiebetür zum nächsten Waggon drehte er sich noch einmal um. „Ich hätte es wissen müssen. Alles nur Angabe. Aber auf NetFriends den Dicken markieren!"

„Ich mach dir gleich Beine und verpass dir 'ne neue Frisur!" Danny täuschte an, ihn zu verfolgen, worauf er endlich abhaute.

„Leute gibt's ..." Mischa schüttelte missbilligend den Kopf und raunte ihrer Freundin zu: „Jetzt kennt dich schon jeder kleine Junkie."

Verstohlen musterte Laura die anderen Fahrgäste, die den peinlichen Auftritt mitgekriegt haben mussten. Viele hantierten mit ihren Smartphones, tippten und wischten darauf herum oder starrten nur auf das Display. Doch keiner sah zu ihnen herüber. Vielleicht taten sie auch nur so, als seien sie desinteressiert, schwer zu sagen.

Sie fühlte sich geschmeichelt, dass Danny sie verteidigt hatte. Das war echt gut gewesen, denn auf eine längere Unterhaltung mit den Dreadlocks hatte sie absolut keine

Lust gehabt. Tatsächlich schien sie in den Highlands immer bekannter zu werden, die Polizeinummer auf der Fähre sprach sich wohl herum. Nun, auf diese zweifelhafte Ehre konnte sie verzichten. Obwohl sie dem Jungen, der ganz naiv nach Cannabis gefragt hatte, nicht wirklich böse war. Wie gut, dass sie den Beutel mit dem Gras weggeworfen hatte.

Sie zog sich die Kapuze ihres Hoodies über den Kopf, damit man sie nicht mehr auf Anhieb erkannte. Vielleicht brachte das ja was.

Dann erzählte sie den anderen, was sie über Gabriel, Svea und den ominösen Leo Nidas herausgefunden hatte.

„Das wäre eine Erklärung dafür, wie alles angefangen hat“, meinte Wesley. „Aber nicht, warum es so weitergeht.“

„Verdammte Nerds!“ Danny war nach der Begegnung mit dem Jungen immer noch gereizt. „Was fällt denen überhaupt ein? Die sollte man melden, NetFriends muss deren Accounts sperren.“

„Schon dabei.“ Wesley gab etwas auf seinem Laptop ein.

„Was wird das?“, fragte Laura.

„Also eine ‚Meldung‘, dass jemand was Gemeines gepostet hat oder die eigene Seite manipuliert wurde ...“, ein mitleidiger Blick zu Danny, „hat wahrscheinlich überhaupt keinen Effekt. So was geht bei NetFriends eine Million Mal ein. Aber man könnte diesem Gabriel ja das Leben ein bisschen schwerer machen. Ihm einen Virus schicken zum Beispiel.“

„Was für einen Virus?“

„Zugang zu seiner Seite haben wir ja über Mischas Profil. Er bekommt eine Nachricht mit einem Video, das er sich garantiert anschauen wird. Irgendwas mit Laura, darauf fährt er ja ab, das müssten wir noch aufnehmen. Für ihn sieht es so aus, als ob die Nachricht von einem Freund gesendet wurde und sicher ist. Wird der Link geöffnet, heftet sich automatisch ein Virus an Gabriels NetFriends-Account und das Video wird mit all seinen NetFriends-Kontakten geteilt. Für die Freunde führt der Link aber nicht zu dem Video von Laura, sondern auf eine Porno-Seite der schlimmeren Art. Dann steht unser lieber Gabriel wie ein schmieriger Sexwicht da, der den ganzen Tag mit roten Ohren vor dem Bildschirm sitzt."

„Kriegst du so was hin?", staunte Laura.

„Ich brauche nur noch deine Zugangsdaten, um an Gabriel ranzukommen." Wesley nickte Mischa auffordernd zu. „Keine Sorge, das lässt sich nicht zurückverfolgen."

„Die geb ich dir mit dem größten Vergnügen", sagte Mischa. „Wenn's einer verdient hat, dann Gabriel."

„Nein!" Laura hob abwehrend die Hand.

„Häh? Warum nicht?"

„Das hieße, es ihm mit gleicher Münze heimzuzahlen. Ich will das nicht."

„Wow!", machte Mischa. „Laura, die Friedfertige."

„Ich finde, ein Denkzettel kann nicht schaden." Danny schaute Wesley über die Schulter, um zu beobachten, wie er das mit dem Virus bewerkstelligte. „Gabriel soll ruhig merken, dass man sich nicht straflos mit dir anlegt. Wer einen Krieg anzettelt, muss auch mit einem Gegenangriff rechnen ..."

„Und dann?", fragte Laura in die Runde. „Dann überlegt sich dieser Leo Nidas vielleicht was Neues und ich hab noch mehr Ärger an der Backe. Dann geht das ständig hin und her. Nein, so was fang ich gar nicht erst an. Füttere keine Trolle, sonst lecken die erst recht Blut. Gut, wenn Gabriel jetzt hier hereinspazieren würde, könnte er was erleben, das ist mal klar. Aber er sitzt zu Hause in München und baut längst irgendeinen anderen Mist. Soll er, aber ohne mich."

„Deine Entscheidung", sagte Wesley und schloss die Programme, die er geöffnet hatte.

Eine Weile schauten sie Laura stumm an, als wollten sie überprüfen, ob sie wirklich nicht auf Rache aus war. Auf ein klitzekleines bisschen Rache? Nur um zu zeigen, dass sie sich wehren konnte, oder zumindest, um es sich selbst beweisen? Endlich bot sich die Gelegenheit, via Internet zurückzuschlagen, auch wenn es sich nur um Amateure handelte, denen offensichtlich ein Mobbingversuch über den Kopf gewachsen war. Laura wandte sich wieder dem Handy zu und rief ihr falsches Profil auf. Der Dreadlock-Junge hatte seinem Unmut bereits Luft gemacht.

„Don't trust her. She's a liar. Go to hell, Laura!"

Die Reaktionen auf den Post konnte sie nicht mehr lesen – der Akku war leer.

23

Aberdeen empfing sie mit strahlendem Sonnenschein. Sie schulterten ihre Rucksäcke, verließen den Bahnhof, der ganz in der Nähe des Hafens lag, und steuerten die Union Street an, eine belebte Einkaufsstraße mit zahllosen Läden und Geschäften. Schnurgerade zog sie sich mitten durch die Innenstadt, es herrschte viel Verkehr, jede Menge Leute waren unterwegs. Die Gebäude sahen vorwiegend historisch aus, verziert mit Türmen und Säulen und Simsen, hin und wieder durchbrochen von einer modernen Fassade. Die vorherrschende Farbe war Grau, Grau und nochmals Grau.

„Silver City macht ihrem Namen heute alle Ehre", erklärte Wesley.

„Silver?", wunderte sich Laura.

„Die Häuser sind aus Granit gebaut. Wenn die Sonne drauffällt, schimmern die Wände – wegen des Glimmeranteils in den Steinen. Siehst du?"

Sie schaute genauer hin. „Stimmt, das glitzert ja richtig. Und was ist bei Regen?"

Wesley lachte. „Dann kommst du dir vor wie in einem begehbaren Schwarz-Weiß-Foto."

Es tat gut, wieder in einer größeren Stadt zu sein. Laura hatte immer noch ihre Kapuze übergestülpt, das verlieh ihr ein Gefühl der Anonymität. In Aberdeen interessierte sich hoffentlich niemand für den Brand in Stromness oder für die Scrabster-Fähre.

Eine Weile bummelten sie durch die Straßen. Mischa erstand bei einem Straßenhändler einen hübschen Anhänger und Danny kaufte sich ein T-Shirt mit einem Aufdruck der schottischen Fahne, dem weißen Andreaskreuz auf dunkelblauem Grund.

„Man kann's auch übertreiben." Wesley schmunzelte. „Demnächst trägst du noch Kilt."

„Mach ich glatt! Auf Rockness sind einige Typen mit Schottenrock rumgelaufen. Sieht mit T-Shirt und Wanderstiefeln gar nicht mal schlecht aus. Zur Vervollständigung bräuchte ich aber noch brutale Tattoos an den Armen."

„Kannst dir ja welche stechen lassen“, meinte Laura.

„Wenn du mitmachst.“ Er grinste auffordernd.

Sie überlegte einen Moment. Danny schien das ernst zu meinen. „Nee, Tattoos sind out“, sagte sie schließlich. „Außerdem tut es sicher höllisch weh.“

„Das gehört dazu. Sonst würde es sich ja jeder trauen.“

„Hast du etwa schon eins?“

„Es gibt für alles ein erstes Mal. Was sähe denn gut aus?“ Danny deutete auf ein Dutzend T-Shirts, die der Straßenhändler an einem Drahtgestell nebeneinander aufgehängt hatte. Die aufgedruckten Motive eigneten sich auch für Tattoos: Totenköpfe, keltische Kreuze, Drachen, Sternzeichen und verschiedene schottische Symbole wie den roten Löwen oder eine Distel. Und es gab jede Menge Zeichen, die an Klingen oder Sicheln erinnerten, kunstvoll verschlungen.

„Tribals sind am beliebtesten“, sagte Mischa. „Ich hab selber mal mit dem Gedanken gespielt, mir eins machen zu lassen.“

„Du?“, wunderte sich Laura. „Da weiß ich ja gar nichts von! Und wo sollte das Tattoo hin?“

Zweifelnd sah Mischa sie an und drohte mit dem Zeigefinger. „Wehe, du lachst!“

„Ich? Würd ich nie.“

„Versprochen?“

Mischa warf einen genervten Blick nach ... unten.

„Wie jetzt?“

„Rechter Schenkel. Innenseite.“ Mischa räusperte sich. „Das wäre richtig edel geworden.“

Stille. Laura versuchte, sich zu beherrschen. Dann prustete sie los.

„Jedenfalls sind Tribals am coolsten“, sagte Mischa schnell und möglichst laut, um diese treulose Tomate von bester Freundin zu übertönen. „Die bedeuten nichts Bestimmtes, sind nur irgendwie geheimnisvoll. Hätte bestimmt toll ausgesehen.“

„Für die wenigen Auserwählten, die in den Genuss dieses Anblicks gekommen wären.“

„Meint ihr so eins?“ Wesley nahm den Rucksack ab und zog sein T-Shirt aus. Ein schwarzes Tribal-Tattoo mit nur einem winzigen Stich ins Bläuliche bedeckte sein Schulterblatt und zog sich bis zum Hüftansatz hinunter. Schon die Größe war beeindruckend.

Wenn er nur einen athletischeren Körperbau hätte und nicht so knochig wäre, dachte Laura. Trotzdem blieb ihr die Spucke weg.

„Darf ich mal anfassen?“, fragte Mischa.

Wesley zuckte unter ihrer Berührung zusammen.

„Sorry!“

Wortlos zog er sich wieder an.

Danny zuckte mit den Achseln und drehte sich weg. So ein Tattoo war nicht zu toppen, das fand auch Laura.

„Wie lang hat das gedauert?“, fragte sie.

„Lang“, anwortete er knapp.

Damit war das Thema für ihn offensichtlich erledigt.

24

Auf die Dauer empfanden sie ihr Gepäck als hinderlich und beschlossen, erst mal die Freundin von Mischas Mutter aufzusuchen. In der Touristeninfo erkundigten sie sich nach der Urquhart Road und erhielten einen altmodischen Stadtplan, auf dem die Infodame die Lage der Straße mit dem Kugelschreiber markierte. Sie empfahl ihnen noch, abends nach Old Aberdeen zu gehen. Dieses Viertel lag im Norden der Stadt in der Nähe der Universität, es gab dort hübsche Studentenkneipen und -clubs. Auch am Strand sei es recht schön, da könne man meilenweit spazieren gehen. Bei dem ungewöhnlich guten Wetter wäre das bestimmt ein Erlebnis.

Die Adresse von Jessie Cahoon befand sich in Laufweite. Sie gingen weiter zu Fuß, bogen ab in die King Street und folgten der immer trister werdenden Verkehrsader Richtung Norden, während Stadtbusse wie zum Hohn an ihnen vorbeibrausten. Nach einer halben Stunde waren sie da. Dicht an dicht reihten sich hier graue Häuschen aneinander, alle mit Schornstein und weiß gefassten Fenstern.

„Wenigstens kein Neubauviertel", meinte Mischa. „Schaut ganz putzig aus."

„Stell ich mir ziemlich eng vor da drinnen." Laura blieb skeptisch.

Nach hundert Metern wurde die Straße breiter. Die Häuser waren etwas zurückgesetzt, ein saftig grüner Rasenstreifen trennte sie vom Bürgersteig. Nummer 36 sah ganz adrett aus. Von den Fensterrahmen blätterte allerdings die Farbe ab und die Scheiben mussten dringend geputzt werden.

Es gab weder Klingel noch Namensschild. Mischa betätigte den Messingtürklopfer und grinste. „Wie im Mittelalter!"

Sie warteten. Nichts rührte sich.

„Du hast ihr doch 'ne SMS geschickt?" Laura betrachtete die weiß gestrichene Holztür.

„Klar. Sie hat aber nicht geantwortet."

„Vielleicht ist sie weggefahren. Oder auf der Arbeit." Laura stöhnte auf. „Na toll! Hier in der Gegend gibt's bestimmt kein Hostel und Bed and Breakfast ist zu teuer."

Plötzlich war etwas zu hören, von drinnen. Ein dumpfer Schlag, gefolgt von einem Schrei. Dann Schritte.

Die Tür öffnete sich und eine getigerte Katze sprang an Lauras, Mischas, Dannys und Wesleys Beinen vorbei ins Freie. Sie schlug einen Haken, flitzte an der Hauswand entlang und verschwand durch eine Katzenklappe, die wahrscheinlich in den Hinterhof von 36, Urquhart Road führte.

„Da seid ihr ja endlich!"

Eine Frau begrüßte sie in fließendem Deutsch, sogar das R bekam sie einigermaßen hin. Sie trug ein wallendes, mit gestickten Borten verziertes Gewand, das arabisch aussah, sie war barfuß, doch ihre Gesichtszüge wirkten schottischer als ein Dudelsack: überall Kanten, Falten und Furchen. Nur bei der rötlichen Haarfarbe hatte sie wohl etwas nachgeholfen. Ihr Mund war ein einziges Lächeln – ihre Augen weniger, die schwammen nämlich schon, als sie Mischa von Kopf bis Fuß musterte.

„Du siehst deiner Mutter so ähnlich, Darling. Ich kann mir nicht helfen, aber mir kommen die Tränen." Sie schniefte und förderte ein monströses Taschentuch zutage. „Wie vor zwanzig Jahren ..."

„Okay ...", sagte Mischa.

„Und wer ist das?" Jessie Cahoon tupfte sich die Augenwinkel und wandte sich an Laura und die beiden Jungs.

Laura stellte sich vor und erntete ein warmes Nicken.

Jessie fiel wieder ins Englische. „Best friends – das ist man ein Leben lang und weit darüber hinaus. Was für eine schöne Idee, zusammen eine Reise zu machen! Ich beneide euch!“

Danny und Wesley sagten ebenfalls Hallo und wurden einer amüsierten Musterung unterzogen. „Wie alt bist du noch mal, Mischa?“

„Sechzehn.“

„Schon? Na, dann weißt du ja Bescheid.“ Jessie trat zur Seite. „Kommt rein!“

Zunächst zeigte sie ihnen die Räume, in denen sie übernachten konnten. Die Mädchen bekamen Jessies Arbeitszimmer im ersten Stock, wo Bücherregale bis zur Decke reichten und ein altertümlicher PC auf einem winzigen Schreibtisch einen Dornröschenschlaf zu halten schien. Eine Schlafcouch für zwei war bereits aufgeklappt und mit frischen Laken bezogen. Danny und Wesley hatten es weniger bequem. Sie durften später in dem geräumigen Wohnzimmer ihre Isomatten und Schlafsäcke ausbreiten. Von dort führte eine gläserne Sprossentür auf eine kleine Gartenterrasse hinter dem Haus. Jessie brachte eine Platte mit Sandwiches und kochte rasch eine Kanne Tee.

„Setzt euch doch!“, rief sie aus der Küche. „Fühlt euch wie zu Hause.“

Sie nahmen an einem Gartentisch Platz auf Stühlen, die alle unterschiedlich waren. Überall lagen oder hingen hübsche Gegenstände herum, die darauf hindeuteten, dass Jessie viel in der Welt herumgekommen war: Windspiele mit asiatischen Schriftzeichen, Messingschalen von handteller- bis wagenradgroß, Wandteppiche mit unbekannten, vielleicht afrikanischen Mustern, Holzmasken, eine Flötensammlung und vieles andere mehr. Das meiste sah aus, als stammte es aus dem verstaubten Lager eines Trödelhändlers.

Der Garten bestand aus einem Karree mit einer Wiese und war von einer mannshohen Mauer begrenzt, die man kaum erkennen konnte, weil allerlei Pflanzen an ihr empor- und entlangwucherten, Heckenrosen, Rhododendren und wie das Grünzeug eben so hieß.

Laura fand es richtig ... idyllisch? Jedenfalls fühlte sie sich in dieser abgeschiedenen Oase wohl. Jessie schien zwar etwas aufdringlich, aber hin und wieder war es ganz angenehm, umsorgt und bemuttert zu werden.

Der Tee war fertig, er schmeckte nach Früchten und es gab Kandiszucker, der knackend in der heißen Flüssigkeit zersprang. Wie ein richtiges gesittetes Kaffeekränzchen, dachte Laura. Wesley stopfte gleich ein Sandwich in sich hinein. „Die sind echt gut, Mrs Cahoon. Mit Mayo."

„Bevor ich's vergesse ..." Jessie gab Mischa einen Hausschlüssel. „Leider hab ich nur einen."

„Geht klar. Ist echt toll, dass wir so spontan hierbleiben können."

„Keine Ursache. Ich bin froh, wenn ein bisschen Leben in die Bude kommt. Und jetzt will ich wissen, was ihr bisher alles erlebt habt."

Das musste sie Mischa nicht zweimal sagen. Sie erzählte und Jessie kommentierte alles, von London („schreckliche Stadt, hab's dort nur zwei Jahre lang ausgehalten"), von Rockness („Wart ihr schon mal in Glastonbury unten im Süden? *Das* ist ein Festival!") und von den Orkneys und dem Old Man of Hoy („Da kriegen mich keine zehn Pferde hoch!"). Den NetFriends-Ärger ließ Mischa zu Lauras Erleichterung weg.

Es stellte sich heraus, dass Jessie in den Achtzigerjahren ebenfalls mit der Bahn durch Europa gefahren und bis nach Marokko gekommen war. Mischas Mutter hatte sie erst später auf der Universität kennengelernt und natürlich war sie darauf gespannt, möglichst viel über ihre alte Freundin zu erfahren. Beruflich war Jessie als Übersetzerin bei einer Reederei im Hafen tätig. „Bis das Nordsee-Öl alle ist.“ Es sei ein gut bezahlter Job, auch wenn sie ursprünglich irgendwas mit Literatur hatte machen wollen. Mischas SMS hatte sie erhalten, aber versehentlich gelöscht. Den Rest des Tages hatte sie sich für ihren Besuch freigenommen.

Nach einer Weile zogen sich die Jungs ins Haus zurück und machten es sich vor dem Fernseher bequem. Laura trank eine Tasse Tee nach der anderen, hörte Jessie und Mischa zu und genoss es, ausnahmsweise nicht im Mittelpunkt zu stehen. Allmählich forderten die Aufregungen des Tages ihren Tribut und sie nickte auf ihrem Stuhl ein. Im Halbschlaf musste sie an Wesleys Tattoo denken. Nie hätte sie es für möglich gehalten, dass er so ein – noch dazu ziemlich großflächiges – Ding besaß, so unscheinbar und harmlos, wie er sonst wirkte. Allerdings waren Tattoos bei den Schotten auffallend beliebt, man sah alle möglichen Leute mit den verrücktesten Motiven herumlaufen. Bei Danny konnte sie sich jedoch keines vorstellen, es passte irgendwie nicht zu ihm. Umso sympathischer fand sie es, dass er ihr vorgeschlagen hatte, sich gemeinsam eines stechen zu lassen – obwohl es letztlich nur leere Worte gewesen waren. Danny und Wesley hatten beide auf ihre Art etwas Besonderes. Wenn nur der eine nicht so forsch und der andere nicht so verschlossen wäre.

25

Aufwachen!“

Mischa rüttelte an ihrer Schulter. „Genug gepennt! Wir machen ’nen Abflug.“

Laura hatte anscheinend fast eine Stunde geschlafen. Sie gähnte und reckte sich. Ihr Rücken schmerzte. „Was ist los?“

„Pub Crawl, das ist los. Aber geh erst mal ins Bad, du siehst aus wie der letzte Zombie.“

Nachdem Laura sich in Windeseile abgeduscht hatte, warf sie sich ein wenig in Schale. Frisches T-Shirt, ihr Hoodie, Shorts, Chucks und ordentlich Schminke. Zum Haarewaschen war dummerweise keine Zeit, die anderen warteten.

Zu ihrer Überraschung wollte auch Jessie mitkommen. Das war Mischa zwar etwas peinlich, aber Laura und die Jungs hatten nichts gegen Gesellschaft. Laura hatte schon bemerkt, dass sich in den schottischen Kneipen die Generationen häufig mischten. Außerdem konnten sie schlecht Nein sagen, so gastfreundlich, wie Jessie sie empfangen hatte. Vielleicht würde es ja ganz witzig werden.

Nach Old Aberdeen brauchten sie zu Fuß nur eine Viertelstunde. Es war immer noch relativ warm, am Himmel standen nur ein paar Schäfchenwolken. Jessie zeigte ihnen die altehrwürdigen Gebäude des King’s College von außen. So musste es wohl auch in Oxford und Cambridge aussehen, dachte Laura.

„Wollt ihr später studieren?“, fragte sie.

„Klar“, sagte Mischa. „Am liebsten Architektur.“

„Gute Wahl. Die Häuser werden immer hässlicher. Sehen aus wie Bunker. Und du, Laura?“

„Weiß nicht“, meinte Laura. „Das ist noch weit weg.“

„So etwas muss man sich gründlich überlegen. Aber mach bloß nicht das, was dir die Berufsberatung empfiehlt. Die liegen immer falsch und schlagen dir das vor, was in ihren Statistiken steht. Oder willst du Teil einer Statistik werden?“

„Ich will Teil von gar nichts werden. Eigentlich will ich nur ich selbst bleiben.“ Sie seufzte. „Das ist schwierig genug, finde ich.“

Jessie bedachte sie mit einem forschenden Blick. „Bedrückt dich etwas?“

Laura schwieg. Wie konnte die Frau nur eine so direkte Frage stellen? Sie kannten sich doch kaum.

„Bei einer Reise, wie ihr sie macht, kann man schon mal in eine Krise geraten. Aber das ist manchmal gar nicht so schlimm, wie es sich zunächst anfühlt. Meist geht man gestärkt daraus hervor.“

„Ich brauch keine Krisen.“

„Hat’s was mit den Jungs zu tun?“ Jessie nickte in Richtung Danny und Wesley, die hinter ihnen gingen.

„Nee, gar nicht.“

„Trouble zu Hause?“

Laura schüttelte den Kopf.

„Mit Mischa verstehst du dich doch. Ihr wirkt, als wärt ihr ein Herz und eine Seele.“

„Sind wir auch. Alles bestens.“

Jessie nickte besänftigend. „Tut mir leid, dass ich so neugierig bin. Ich dachte nur, na ja, wenn irgendwas ist, dann könnt ihr mir das ruhig sagen. Von mir erfährt niemand etwas. Ich bin einfach nur die redselige Tante aus dem Ausland, der ihr einen Zufallsbesuch abstattet.“

Sie liefen durch die High Street, die mit ihren niedrigen Steinhäusern und dem holprigen Kopfsteinpflaster fast dörflich aussah.

„Internet“, sagte Mischa. „NetFriends.“

„Sei still“, zischte Laura.

„Von NetFriends hab ich ohnehin keine Ahnung.“ Jessie überquerte die Straße und blieb vor einem Pub namens St. Machar Bar stehen. „Aber ich lese einiges darüber – was mich in dem Entschluss bestärkt, gar nicht erst damit anzufangen. Gerüchteschleuder, Selbstdarstellungsplattform, Datendealer. Ich habe also jede Menge Vorurteile und weiß die Vorzüge, die solch ein Netzwerk zweifelsfrei besitzt, nicht zu schätzen. Kann sein, dass mir da etwas entgeht.“

Sie machte eine Pause und suchte Lauras Blick, die krampfhaft wegschaute. „Bevor wir jetzt da reingehen, möchte ich noch etwas loswerden: Auf dieser Welt gibt es überproportional viele Idioten. Und unter den Idioten gibt’s noch mal Riesenidioten. Ist leider so, damit muss man sich abfinden. *Vor* dem Internet war es noch relativ leicht, ihnen aus dem Weg zu gehen. Jetzt ist das nicht mehr ohne Weiteres möglich.“

„Klingt verbittert. Und ein wenig arrogant.“

„Ich bevorzuge ‚realistisch‘.“

„Wenn Sie meinen“, sagte Laura. Welche Lebensweisheiten hatte Jessie wohl noch für sie parat? Sollte sie NetFriends abschalten oder ignorieren? Dann konnte sie ja gleich ins Kloster gehen.

„Was soll mir das jetzt sagen?“, fragte sie schnippisch.

„Werd nicht selber zum Idioten“, gab Jessie zurück. „Lass

nicht zu, dass sie dich zu jemandem machen, der du gar nicht sein willst.“ Sie öffnete die Tür des Pubs und fügte für sich leise hinzu: „Ich möchte wirklich nicht mehr jung sein.“

26

Im St. Machar war es eng, aber gemütlich – und proppenvoll. Sie gingen in den „Beer Garden“ im Hinterhof. Da kein großer Tisch mehr frei war, besetzen sie zwei kleinere separate. Jessie gab eine Runde aus, Cider mit Sprite für Mischa und Laura, Bier für die Jungs.

Seltsamerweise setzte sie sich zu Danny und Wesley an den Tisch, als sie mit ihrem Weißwein von der Theke zurückkam. Binnen Kurzem waren die drei in ein angeregtes Gespräch vertieft, von dem Laura nur „Goa“, „Pass“ und „verbrannt“ aufschnappte. Wenn sie Goa in Indien meinte, erzählte sie offenbar von ihren Reisen. Die Jungs hingen an ihren Lippen.

„Unglaublich.“ Laura wusste nicht, ob sie belustigt oder sauer sein sollte. „Will sie uns die Jungs etwa abspenstig machen?“

„Ist doch prima. Dann können wir endlich ungestört quatschen“, sagte Mischa.

„Wahrscheinlich checkt sie nur ab, ob Danny und Wes der richtige Umgang für uns sind.“

„Solange sie uns nicht mehr mit ihren Fragen löchert.“

„Architektur ...“, überlegte Laura. „Davon hast du mir noch gar nichts erzählt.“

„Geht mir seit London durch den Kopf. Da standen echt krasse Häuser. The Shard und diese Gurke ...“

„Gherkin.“

„Das Gebäude heißt eigentlich 30 St Mary Axe. So was zu bauen, stell ich mir aufregend vor. Vielleicht mach ich ein Praktikum in einem Architektenbüro. Meine Mutter hat einen guten Bekannten, den ich fragen könnte. Da käme ich sicher unter.“

„Das sind ja schon ziemlich konkrete Pläne“, stellte Laura überrascht fest.

„Wie sieht's denn bei dir aus?“

„Fragst du mich das im Ernst? Ich dachte, wir sind im Urlaub.“

„Eben“, sagte Mischa. „Also mir fallen mit ein bisschen Abstand von zu Hause tausend Sachen ein, die ich später machen will. Schon als wir aus München weggefahren sind, auf den ersten Kilometern, fing das an. Ratter, ratter: Worin bist du gut, was interessiert dich mehr als alles andere? Die Bahnhöfe, durch die wir gekommen sind, Stahl und Glas ohne Ende, tolle Konstruktionen. Da hab ich mir gedacht, dass ich mir auf dieser Reise sicher über einiges klar werde. Und genau so ist es gekommen.“

„Hast du in der Flattie Bar beim Billard eine Vision gehabt?“, spottete Laura.

„An unserem ersten Tag auf den Orkneys waren wir doch in Skara Brae, dieser Steinzeitsiedlung, die aussieht wie Hobbithöhlen. Die ganze Anlage ist perfekt, funktional und genau auf die Bedürfnisse ihrer Bewohner zugeschnitten. Und das haben die vor fünftausend Jahren dorthin gestellt, mit den einfachsten Mitteln! Auf der einen Seite die Gurke von London, auf der anderen ein paar runde Hütten am Strand. Beides ist – Architektur."

„Okay", gab Laura zu, die Skara Brae auch beeindruckend gefunden hatte. „Die Hütten waren eine reife Leistung. Bei der Gurke weiß ich nicht so recht."

„Ich komm da ins Grübeln: Wie würde *ich* so ein Gebäude entwerfen? Daher: Architektur. Gibt es denn nichts, was du dir für später vorstellen könntest?"

Laura sah zu den anderen Leuten, die mit ihnen am Tisch saßen. Sie betrachtete Jessie und die Jungs, die ein paar Meter weiter offenbar viel Spaß miteinander hatten. Musterte die Wände und die hölzernen Stützen der Überdachung des Biergartens. Keine Kamera.

„An die Zukunft denk ich schon auch", sagte sie schließlich. „Aber ich will nur wissen, was in den nächsten Tagen passiert. Was mit mir passiert, wenn das auf NetFriends schlimmer wird. Was nach dem Abi kommt, ist mir so was von egal."

„Und was mich bewegt, ist dir anscheinend auch egal. Vergiss doch mal NetFriends."

„Kann ich nicht. Will ich nicht. Jemand bedroht mich und ich weiß nicht, wer und warum. Diese Bilder vom Capoeira-Training ... Was haben die noch alles von mir? Und was planen die sonst noch so damit? Ich mag mir das gar nicht vorstellen."

„Dann stell's dir halt nicht vor!", sagte Mischa eindringlich. „Mach dich doch nicht verrückt."

„Hast du dein Handy bei Jessie aufgeladen? Kann ich mich kurz einloggen?"

„Du bist ja schon süchtig nach diesen bescheuerten Posts."

„Ich möchte nur nachschauen, ob – “

„Das Handy bleibt in meiner Hosentasche, verstanden? Keine Internet-Idioten heute Abend.“

Laura versuchte es noch ein paar Mal, aber Mischa blieb hart.

„Jessie hat recht. Du musst dich mehr vor dir selbst in Acht nehmen als vor irgendwelchen falschen Lauras. Langsam wird das masochistisch.“

„Danny hat mir geraten, auf dem gekaperten Profil die Initiative zurückzuerlangen, mit eigenen Posts, die ich ja über einen Social Bot senden könnte. Jetzt wäre doch ein guter Zeitpunkt dafür.“

„Dann werd mal initiativ und hol uns noch was zu trinken.“ Mischa deutete auf ihr leeres Glas.

Laura gab es auf und ging nach drinnen zur Bar. Warum zickte Mischa so herum? Plötzlich tat sie unheimlich reif und erwachsen. Architektur, Praktikum, man muss an die Zukunft denken ... Dabei hatte sie in Mathe und Physik gerade mal eine Vier. Um Häuser zu bauen, brauchte es mehr als eine Handvoll hübscher Ideen. Und was NetFriends betraf, hatte Mischa ja leicht reden: Über sie waren noch keine Fotos oder Filme veröffentlicht worden.

„Zwei Cider mit Sprite“, verlangte sie am Tresen. „Bitte.“

Der Barkeeper, ein mürrischer älterer Mann mit Glatze, musterte sie skeptisch. „Bist du schon achtzehn?“

„Ja-aa.“

„Zeig mal deinen Ausweis.“

„Wie bitte? Aber das ist doch nur ... Apfellimo?“

„Apfel*wein* mit Limo, Alkohol ist Alkohol. Ohne Altersnachweis kann ich dir nur Sprite geben.“ Der Glatzkopf schaute auf die Uhr. „Und um zwanzig Uhr fliegst du raus, das heißt in zehn Minuten, so sind die Regeln. Du solltest deine Limo also schnell trinken."

„Ich bin in Begleitung von Erwachsenen hier, die sitzen draußen ..." Laura lief rot an. Sicherlich verfolgten alle anderen Gäste diese Demütigung mit. Sie wagte weder links noch rechts zu schauen. Aber sollte sie unverrichteter Dinge zu Mischa zurückschleichen wie ein abgewiesenes Kind?

„Nun kommen Sie schon", murmelte sie. „Drücken Sie mal ein Auge zu."

„Das Getränk übernehm ich", ertönte eine Stimme hinter ihr. „Und für mich einen Cider ohne, aber ein bisschen flott. An diesem Tresen verdurstet man ja. Soll ich Ihnen beim Ausschenken vielleicht zur Hand gehen?"

Das zustimmende Gelächter der Umstehenden löste die Situation in Wohlgefallen auf. Grummelnd füllte der Barkeeper die Gläser.

Die junge Frau, die neben Laura getreten war, schien etwa Anfang zwanzig, war ziemlich groß, hatte rappelkurzes kastanienbraunes Haar und einen ungewöhnlich hellen Teint, wie man ihn in Schottland häufig sah.

„Der Typ macht einen Aufstand wegen Cider mit Sprite", sagte sie. „Man kann's auch übertreiben mit dem Jugendschutz, oder?"

„Keine Ahnung, warum der so schlecht drauf ist", erwiderte Laura. „Danke. Ich geb Ihnen gleich das Geld."

„Lass stecken, du bist eingeladen."

„Na ja ..., dann noch mal danke."

„Ich bin Glynis."

„Laura."

„Schön, dich kennenzulernen, Laura. Mit wem bist du hier?"

„Mit ein paar Freunden." Der Barkeeper stellte zwei Gläser auf den Tresen – den Drink für Mischa hatte er wohl vergessen – und kassierte ab. „Aber die können warten."

„Sicher?" Glynis bezahlte.

„Wir machen eine Tour durch die Pubs. Die sehe ich noch den ganzen Abend."

Sie machten Platz für die nächsten Durstigen, die etwas bestellen wollten, und stellten sich ans Ende des Tresens.

„Du kommst aus Deutschland, stimmt's?"

„Hört man das?", fragte Laura.

„Nur ein bisschen. Du sprichst so exakt, das ist ein untrügliches Zeichen." Glynis lachte. „Die meisten Schotten haben eine entsetzliche Aussprache, vom Satzbau ganz zu schweigen, deswegen fällt das auf."

„Und du?"

„Aberdonian. Aber ich lebe nicht mehr hier, bin nur zu Besuch. Sláinte!"

Sie stießen an und tranken.

„Studierst du?", fragte Laura.

„Design, in London. Hab gerade erst angefangen."

„Cool."

„Das sagen alle. In Wirklichkeit ist es ein Fach wie jedes andere auch – mit dem Unterschied, dass es unglaublich viele Bewerber gibt. Hab's nur durch Zufall geschafft, Losverfahren."

Glynis trug Jeans, ein schwarzes Tanktop und Flip-Flops.

„Du bist aber nicht wie eine Designstudentin gestylt", sagte Laura. „Ohne dir zu nahe treten zu wollen."

„Wenn ich Medizin studieren würde, müsste ich nach dieser Logik ein Stethoskop um den Hals tragen."

„Okay, ein Punkt für dich."

„Und der Typ hinter der Bar wäre ein Friseur, der sich auf Kurzhaarschnitte spezialisiert hat“, fügte Glynis hinzu. „An seiner Stelle würde ich auf Dauerwelle umschwenken, damit verdient man doch mehr.“

Auf diese Weise sponnen sie weiter, erfanden Berufe oder Studiengänge, die zum Aussehen und zum Outfit der jeweiligen Pub-Besucher passten. Dabei lachten sie viel. Wie sich herausstellte, war Glynis neunzehn. Ihr Äußeres und der toughe Blick, mit dem sie ihre Umgebung musterte, ließen sie älter wirken. Sie hatte eine ironische Art und schaltete schnell. Und sie besaß ein gnadenloses Radar für Fehler und Schwächen. „Der pickelige Junge mit dem Kilt und dem Backenbart“, sagte sie und wies auf einen der Gäste. „Bestimmt macht der Stadtführungen, weil er seine Lehre geschmissen hat.“

Irgendwann kamen Mischa und Danny herein, um zu sehen, wo Laura abgeblieben war.

„Hi“, sagte Glynis und stellte sich vor. „Bleibt doch hier, wir haben jede Menge Spaß.“

„Leider zu wenig Platz für uns alle“, meinte Danny. „Draußen führt Jessie mit Wes gerade die große Öl-Diskussion. Man könnte meinen, Schottland kommt gleich nach Saudi-Arabien.“

„Und du bist Mischa?“, fragte Glynis. „Laura hat mir schon viel über dich erzählt.“ Das stimmte zwar nicht ganz, aber Mischa fühlte sich gleich geschmeichelt und lächelte verlegen, was die Hauptsache war.

„Was ist jetzt mit unserem Pub Crawl?“, fragte sie.

„Noch ein Drink, dann ziehen wir weiter“, gab Danny zurück und orderte bei dem Glatzkopf. „Kannst ja mitkommen“, sagte er zu Glynis. „Falls dir Laura bis dahin kein Ohr abgekaut hat.“

Als die Getränke auf dem Tresen standen, ging er mit Mischa wieder in den Biergarten.

„Du hast nette Freunde."

„Ich beklag mich nicht."

Laura erzählte von ihrer InterRail-Tour, wie sie Danny und Wesley kennengelernt hatten und von Jessie, ihrer Gastgeberin in Aberdeen.

Daraufhin waren sie eine Weile still und beobachteten den Trubel im St. Machar. Immer mehr Gäste strömten in das Pub. Zwei Jungs baggerten die beiden halbherzig an, aber Glynis ließ sie elegant abblitzen. Allmählich wurde es Laura ein bisschen zu eng in ihrer Ecke der Bar. Erneut musste sie an NetFriends denken und an all die Leute, die ihre Bilder auf dem gekaperten Profil sehen konnten. Wie auf dem Präsentierteller fühlte sie sich. Stand vielleicht schon wieder etwas Neues im Netz?

„Hast du ein Handy?", fragte sie.

„Klar."

„Würdest du's mir mal leihen? Ich hab meines nicht dabei. Möchte was checken."

„Bitte." Glynis zog ein Smartphone aus der Hosentasche und gab es ihr. „Leg los!"

Laura bat sie, sich auf NetFriends einzuloggen, und rief ihr Profil auf. Da Glynis nicht gesperrt war wie ihre Freunde und abgesehen davon die Sicherheitseinstellungen sehr niedrig waren, konnte sie sich alle Posts und Kommentare ansehen.

Ihre Capoeira-Fotos hatten eine wahre Flut von Kommentaren erzeugt. Nicht alle waren hämisch oder anzüglich. Es gab auch User, die dazu Bilder von sich selbst bei verschiedenen Kampfsportarten hochluden, Kurzfilme von Capoeira-Shows und vieles mehr. Dennoch blieb dieser ungute Beigeschmack, dass jemand über ihre privaten Fotos nach Belieben verfügte.

Während sie das Mobiltelefon noch in der Hand hielt, erfolgte eine Aktualisierung. Diesmal erschien nur ein einziges Foto. Von Laura als Baby.

Es zeigte Laura, wie sie in einem aufblasbaren Pool herumplanschte und eine Gummiente zu Tode quetschte. Das sah lustig aus und Laura hatte sich oft darüber amüsiert. Trotzdem wollte sie nicht, dass jeder Spinner im Internet es sehen konnte.

Ihre Mutter hatte dieses Bild vor ein paar Jahren eingescannt, um es zu digitalisieren. Also wieder ein Fundstück von ihrem Laptop. Im Grunde harmlos, wenn man nicht an die Psychopathen da draußen dachte, die beim Anblick nackter Kleinkinder unterirdische Assoziationen hatten. Entsprechend waren die Kommentare.

„Du fängst ja früh an."

„Bitte vergrößern!"

„Makes my mouth water."

Ein paar User, offensichtlich Mädchen, hatten das Foto jedoch mit dem üblichen „süß" und „voll cute" kommentiert. Den Rest schenkte sie sich. Schweigend legte Laura das Handy auf den Tresen und starrte es an, diesen kleinen leuchtenden Feind, der ihr stets einen Schritt voraus war und Dinge ausheckte, die immer albtraumhafter wurden. Womit hatte sie das verdient? Sie wusste es nicht.

„Alles okay?"

„Was tust du, wenn du dich bedroht fühlst?", fragte Laura.

„Ich wehre mich." Glynis machte eine blitzschnelle Bewegung, mit der sie einen Faustschlag andeutete. Er war nur angetäuscht, spielerisch. Doch Laura hatte schon reflexhaft Verteidigungsposition eingenommen, breitbeinig, einen Fuß vorn, die Hände versetzt vor dem Gesicht.

„Wow! Wo hast du denn das gelernt?"

„Mach das nicht noch mal."

27

Als sie in die nächste Kneipe weiterzogen, hatte Laura einen Entschluss gefasst. Während sich die anderen mit Glynis unterhielten, beriet sie sich im Gehen mit Wesley. Sie kamen überein, einen Social Bot zu „verbrennen". Brenda Hamilton musste dran glauben.

Diesmal benutzten sie keines ihrer eigenen Geräte. Nach einer Viertelstunde erreichten sie einen großen Gastro-Pub namens „Claymore", der über mehrere Internet-Terminals verfügte. Seit es Smartphones gab, wurden normale Internetcafés immer seltener. Doch zugleich nahm die Zahl der Gamer zu, die für ihre Spiele einen großflächigen Bildschirm brauchten und regelrechte Turniere vor Publikum abhielten. Das Claymore hatte sich auf solche Wettkämpfe und viele andere Formen von Spiel und Unterhaltung spezialisiert. Zum Glück gab es neben den riesigen Bildschirmen auch noch eine Handvoll normaler Rechner. Auch altmodische Dartboards hingen an den Wänden.

Jessie hatte das Pub empfohlen, verabschiedete sich aber am Eingang, weil sie am nächsten Tag um acht rausmusste. Sie wünschte allen noch einen schönen Abend und wies darauf hin, dass sie sich fürs Frühstück aus dem Kühlschrank bedienen konnten. Den Jungs schärfte sie ein, gut auf die Mädchen aufzupassen. Was Danny mit einem „Keine Sorge, Mrs Cahoon, die passen eher auf uns auf" quittierte.

Wesley musste ein wenig warten, bis eine Workstation frei wurde. Dann loggte er sich in Brendas Account ein und tauschte das Profilfoto aus. Das neue Bild zeigte – Laura. Dann öffnete er die gekaperte Seite und gab folgenden Text in das Dialogfeld ein:

„Jetzt mal unter anderem Namen. Ich bin's, Laura Adams. Wer heute noch nichts vorhat: Um Mitternacht steigt eine Beachparty an der Aberdeen Bay, Esplanade."

Wesley schickte den Post ab. „Mal sehen, was passiert."

„Wahrscheinlich verschwindet der Aufruf gleich wieder und Brenda Hamilton fliegt aus NetFriends raus. Oder sie wird geblockt", sorgte sich Laura.

„Abwarten. Ich bin gespannt, wie deine ‚Freunde' reagieren."

Zunächst erschienen ein paar zweifelnde Kommentare wegen des neuen Profilbildes. Laura setzte sich ans Terminal und schrieb:

„Laura Adams hat viele Namen. Brenda ist mein schottisches Alias. Heutzutage kann man nicht vorsichtig genug sein."

Das klang kryptisch genug und es machte neugierig.

„Na toll", kam es von Gabriel. „Und wozu dieser Alias-Scheiß?" Er las anscheinend immer noch mit, konnte aber nicht wissen, wer hinter dieser Brenda-Nummer steckte. War es Laura selbst? Die Leute, die sich das gehackte Profil unter den Nagel gerissen hatten? Oder jemand ganz anderes?

Laura postete, was sie sich mit Wesley überlegt hatte: **„Hab Probleme mit meinem Account."** Das hatte sie auch Glynis im St. Machar auf deren Frage erzählt, warum sie so gereizt war.

„Echt?"

„Take it or leave it", versetzte sie knapp und genoss die Genugtuung, dass Gabriel zu Hause in München saß und Aberdeen etwas außerhalb seiner Reichweite lag. **„Midnight at the beach. Be there."**

Woraufhin sich gleich andere User einmischten und die Vor- und Nachteile mehrerer NetFriends-Accounts diskutierten. Einige hielten Brenda für eine Betrügerin, die sich nur als Laura Adams ausgab – verkehrte Welt. Doch eine ganze Reihe stieg auf die Einladung zur Beachparty ein und teilte sie eifrig mit anderen. Dadurch verbreitete sie sich rasend schnell, wie Laura es beabsichtigt hatte. Die Capoeira-Bilder rutschten in der Timeline nach unten, ebenso Lauras Babyfoto, das ohnehin wenig Traffic erzeugt hatte.

„Scheint zu funktionieren", sagte Wesley. „Die Hunde haben einen neuen Knochen, an dem sie herumnagen können."

Eine gute halbe Stunde lang verfolgten sie die Entwicklung des Posts, ohne dass Laura noch einmal eingriff und eine der zahllosen Fragen beantwortete, was genau denn mit einer Beachparty gemeint sei, ob sie vorhätte, in der eiskalten Nordsee schwimmen zu gehen etc. Interessanterweise wurde Brenda Hamilton nicht gesperrt oder entfreundet. Und die falsche Laura unternahm nichts, um die Aktion zu torpedieren oder irgendetwas richtigzustellen.

Ab jetzt tranken sie nur noch Cola. Bis Mitternacht waren es noch zwei Stunden und bis dahin wollten sie auf Alkohol verzichten. Mischa, Danny und Glynis waren irgendwo im Barbereich der weitläufigen Kneipe verschwunden und nahmen an einem Pub Quiz teil. Die drei kamen ohne sie klar.

„Verrückte Sache, diese Profil-Kaperung.“ Laura strich sich die Haare aus dem Gesicht. „Hält uns ganz schön in Atem, wie?“

„Für mich ist das ... eine Herausforderung.“

„So kann man's auch sehen.“

„Auf gewisse Weise ist das echt spannend. Ständig passiert was Neues.“ Wesley räusperte sich, als ob er etwas Ungehöriges gesagt hätte. „Rein technisch gesehen, meine ich.“

„Also das mit Hopkins auf dem Parkplatz war weniger technisch. Das war mutig.“

„Hoffentlich macht der keinen Ärger mehr.“

Er fingerte an dem Salzstreuer herum, der auf ihrem Tisch stand, und testete, ob was durch die Löcher herauskam.

Laura lächelte. Wesley war nicht sehr geschickt darin, seine Unsicherheit zu überspielen. Sobald er keine Tastatur mehr hatte, an der er sich festhalten konnte, verhielt er sich so verschämt wie ein Halbwüchsiger beim ersten Date. Dieser Junge, der einen bulligen, kriminellen Typen eindrucksvoll in die Schranken gewiesen hatte, bekam feuchte Hände, sobald er mit ihr allein war.

„Du kniest dich voll rein und hast echt Ahnung. Willst du das mal beruflich machen? IT und so?“ Sie biss sich auf die Lippen. Verdammt, wie war ihr das denn rausgerutscht? Nervte sie Wesley jetzt mit Zukunftsplänen, wie es Mischa vorhin mit ihr getan hatte? Aber vielleicht half es ja, ihn etwas aufzutauen.

„Ich möchte nicht, dass mir jemand auf der Nase herumtanzt“, erwiderte Wesley schließlich. „Ich will hinter diese Oberfläche blicken.“ Er machte eine vage Geste in Richtung der Bildschirme, an denen inzwischen auch andere Pub-Besucher saßen. „NetFriends ist keine Spielwiese.“

„Sondern?“

„Keine Ahnung. Ein Ozean?“

„Weil es so grenzenlos ist?“

„Ja, aber jemand hat diesen Ozean ja irgendwann mal angelegt, wie einen Gartenteich. NetFriends ist beides: Für manche ist es ein Teich, schön überschaubar und kontrollierbar, und für andere ein unendliches Datenmeer.“

„Mit Millionen von Fischen, die sich drin tummeln“, setzte Laura hinzu.

„Und am Ufer sitzen ein paar Typen und werfen ihre Angeln aus.“ Er stieß unwirsch die Luft aus. „Führt doch zu nichts, dieses Vergleichen. Man muss alles nehmen, wie's kommt, aber man sollte vorbereitet sein. Außerdem gibt es im richtigen Leben schon genug, was schieflaufen kann, dagegen nimmt sich das Internet lächerlich aus.“

„Kommt drauf an.“

„Ach was. Das ist doch alles virtuell.“

„Cybermobbing kann äußerst reale Folgen haben.“

„Soll ich dir sagen, was real ist? Ein Schlag ins Gesicht, der ist real.“

Das hörte sich für Laura so an, als hätte Wesley solch einen Schlag mal am eigenen Leib zu spüren bekommen. Er verbarg etwas. Doch wie kriegte sie es aus ihm heraus?

„Warum das Tattoo?“, wollte sie wissen.

Er lehnte sich in seinem Stuhl zurück und ließ seinen

Blick durch den Raum gleiten auf der Suche nach etwas, das er statt Laura anschauen konnte. Unangenehme Frage, kein Zweifel. Nichts, wofür es eine einfache Erklärung à la „Blöde Wette“ oder „Volltrunken“ gab. Hing es am Ende mit einer Liebesgeschichte zusammen?

„Wenn du's für dich behalten möchtest ...“, half sie.

„War 'ne Art Mutprobe.“ Er trank seine Cola in großen Schlucken aus und hielt inne. Etwas arbeitete in ihm. Wollte heraus, aber noch stellte es sich quer.

Laura streckte ihre Hand aus und ließ sie auf halber Strecke auf dem Tisch liegen, als Aufforderung.

Wesley gab sich einen Ruck. „Ich bin in einem Bootcamp gewesen. Vor zwei Jahren.“

„Ein Bootcamp?“ Laura kamen Fernsehbilder von paramilitärischen Lagern mit sadistischen Ausbildern und Drill von früh bis spät in den Sinn. „Aber –“

„Erziehungsmaßnahme. Weil ich mich in der Schule immer wieder geprügelt hab.“

„Du?“, wunderte sie sich. Die Frage „Bei deiner Statur?“ ließ sie besser weg. Er war ungefähr so groß wie sie und wirkte nicht gerade wie der typische Klassen-Bully, ganz im Gegenteil. Doch dann dachte sie an Hopkins. Körpergröße spielte keine Rolle, wenn man jemandem von hinten eine Flasche über den Schädel zog.

„Ja, ich“, sagte er mit fester Stimme. „Die Geschichte, dass mir mein Dad gezeigt hat, wie man sich bei einer Kneipenschlägerei behauptet, war gelogen. Ich hab mir das alles in meinem Viertel draufgeschafft, in Edinburgh. Das war die Härte damals. Wenn du kein Messer dabeihattest, warst du Freiwild. Nur zum Drohen natürlich. Ich hab niemanden aufgeschlitzt oder so was.“

„Das beruhigt mich ja."

„Dass ich ein Messer besaß, gab schließlich auch den Ausschlag, deshalb hat mich das Jugendamt für eine Weile aus dem Verkehr gezogen. Aber im Bootcamp war es genauso wie auf der Straße. Von wegen Betreuung! Die Psychos, mit denen ich die Bude geteilt hab, waren noch viel schlimmer drauf als die Kerle, an die ich zuvor geraten war. Schottlands Abschaum, vereint in einem Ferienlager des Grauens. Da musst du so tun, als würdest du ticken wie die, sonst gehst du mit fliegenden Fahnen unter."

„Deshalb das Tattoo?"

„Möglichst groß, um zu zeigen, wie viel man aushält." Er nickte bitter.

„Hat's geklappt?"

„Ich wäre heute nicht hier, im Ernst. Hab's mir einen Tag, bevor ich da eingerückt bin, vorsorglich machen lassen. Das Camp war trotzdem kein Zuckerschlecken."

„Und als du wieder rauskamst?"

„Sind wir nach Kirkcaldy gezogen, das sollte ein Neuanfang werden. Ich war quasi auf Bewährung und musste gewaltfrei bleiben, sonst wäre ich noch im Jugendknast gelandet."

„Oh, Wes." Das wurde ja immer krasser, fand Laura. Falls es stimmte.

„An der Schule hab ich gleich einen Computerkurs belegt, um zu zeigen, dass ich nicht so vernagelt bin wie die anderen. Dass aus mir was werden kann." Er machte eine Pause. „Na ja, ich hatte einen super Lehrer. Der hat mir eine Menge Tricks beigebracht. ‚Lass dich nicht verarschen', das war seine Devise. ‚Und wenn, dann verarsch zurück, aber besser!' Guter Mann."

Sie wartete ein bisschen, ob noch etwas kam. Doch Wesley sah aus, als wäre er erschöpft von der Wucht seiner Erinnerungen.

„Schöne Story“, sagte sie und ließ ihre Bedenken am Wahrheitsgehalt seines Geständnisses – oder was es war – bewusst mitschwingen.

„Außer dir und meinem Dad weiß das keiner.“

„Deinen Dad gibt's also wirklich?“

„Klar, inklusive Bohrinsel.“

„Und deine Mutter?“

„Hat sich aus dem Staub gemacht, nachdem ich zur Welt gekommen war.“

„Kein Scheiß?“

„Bei allem, was mir heilig ist.“ Wesley hob die Finger zum Schwur. „Darüber macht man ja wohl keine Witze“, fügte er leicht beleidigt hinzu.

„Klar, tut mir leid.“

„Ende der Story. Glaub mir, ich hätte dir gern was Netteres erzählt.“ Er nickte in sich hinein. „Aber ich bin froh, dass ich's endlich losgeworden bin.“

Laura versuchte, das Gehörte irgendwie mit ihrer ursprünglichen Vorstellung von Wesley in Einklang zu bringen. Seine Zugeknöpftheit. Eine gewisse Angst, als minderwertig zu gelten. Der Drang, ihr im Rahmen seiner Möglichkeiten auf NetFriends beizustehen. Nach und nach ergab es Sinn. Es musste ihm geholfen haben, dass er für Mischa und sie ein unbeschriebenes Blatt gewesen war, als sie sich kennengelernt hatten. Nun, aus ihrer Sicht änderte sich ... letztlich wenig. Sie mochte ihn immer noch. Vielleicht sogar ein bisschen mehr als zuvor.

Wesley sah sie lange an. Als überlegte er, wie er seine Gefühle für Laura beschreiben sollte, ohne kitschig zu klingen. Seine Augen wurden immer kleiner. Ihre Hand lag immer noch mitten auf dem Tisch wie ein Lappen, den jemand beim Aufwischen vergessen hatte.

„Danke, *dass* du es mir erzählt hast“, sagte Laura leise.

„Wem, wenn nicht dir?“, flüsterte er.

Sie beugte sich weit vor und küsste ihn.

28

Es blieb bei diesem einen Kuss. Gerade, als Laura sich von Wesley gelöst hatte und zum Sprechen ansetzte, kam Mischa ganz aufregt an ihren Tisch mit der Nachricht, dass sie beim Pub Quiz eine Flasche Wein gewonnen hatten.

„Wahnsinn, das interessiert mich ja brennend“, sagte Laura ironisch.

„Die entscheidende Frage war, wer die Gurke in London gebaut hat. Und das wusste ich! Norman Foster!“ Mischa lachte. „Mensch, vorhin haben wir uns noch drüber unterhalten.“

„Glückwunsch.“ Ein verlegener Blick zu Wesley, der grinsen musste, als Mischa anfing, ihnen den Hergang des Fragespiels haarklein zu erzählen. Laura kapitulierte. Gemeinsam gingen sie zu den anderen.

Danny und Glynis saßen an der Bar und vertranken ihren Preis, einen Rotwein aus Australien, der sogar ganz annehmbar schmeckte.

„Ohne Glynis hätten wir das nie geschafft", meinte Danny. „Sie hat uns bei den Schottland-Fragen super geholfen."

„Nicht der Rede wert." Glynis winkte ab. „Das hätte Wesley besser beantworten können als ich. In Edinburgh kenne ich mich eigentlich nicht so gut aus. Und dass die Krimiautorin Val McDermid aus Kirkcaldy stammt, war bloß geraten."

Laura hörte nur mit halbem Ohr zu. Sie schaute immer wieder zu Wesley und versuchte, aus seinem Verhalten abzulesen, wie er den Kuss empfunden hatte. Es war ein schöner Kuss gewesen, nicht so leidenschaftlich wie das Geknutsche mit Danny, dafür hatten sie zu wenig Zeit gehabt, sondern zärtlicher, vorsichtiger. Und nach allem, was er ihr von sich erzählt hatte, auch irgendwie ... richtiger.

Er stand neben ihr, schwieg und wusste offensichtlich mal wieder nicht, wohin mit seinen Händen. Hin und wieder berührte er Laura unabsichtlich. Er verhielt sich ihr gegenüber neutral, aber seine Augen lächelten. Anscheinend wollte er vor den anderen nicht zeigen, was in ihm vorging.

Laura ertappte sich bei dem Gedanken, dass ihr diese Schüchternheit gefiel. Besser, als wenn er ihr demonstrativ den Arm um die Schultern gelegt hätte. Erstens waren sie noch nicht so weit und zweitens wäre es unfair gegenüber Danny.

Überhaupt Danny. Sie konnte nicht behaupten, dass er ihr plötzlich egal war, ganz und gar nicht. Vorhin hatte sie einfach nach dem Gefühl gehandelt und ihr Herz sprechen lassen, wie es so schön hieß. Aber was würde Danny sagen, wenn sie jetzt ernsthaft etwas mit Wesley anfing? War das nicht Verrat?

Sie steckte in der Zwickmühle. Hinzu kam, dass sie nicht als männerverzehrendes Luder dastehen wollte. Und dieser Eindruck konnte leicht entstehen, wenn sich die Jungs am Ende noch um sie stritten. Verdammt, was sollte sie tun? Zu Hause wäre das kein Problem, da konnte man sich eine Weile aus dem Weg gehen und zwischenzeitlich eine Entscheidung treffen. Doch auf einer InterRail-Tour hing man so eng zusammen, dass man gleich Stellung beziehen musste.

Weil ihr so viel durch den Kopf schwirrte, verging die Zeit an der Bar wie im Flug. Glynis hatte den Barkeeper überredet, den stolzen Quizgewinnern eine weitere Flasche Wein zum Einkaufspreis auszuschenken, und spendierte sie. „Ich hab noch nie was gewonnen, das müssen wir feiern." Danny ließ sich ebenfalls nicht lumpen, über Geld brauchte er sich wenig Gedanken machen.

So kam es, dass sie doch ein bisschen angeheitert waren, als sie auf Wesleys Drängen mit etwas Verspätung um kurz vor zwölf aufbrachen. Und sie waren nicht die Einzigen. Laura hatte immer wieder Gesprächsfetzen unterschiedlicher Pub-Besucher aufgeschnappt, die von ihrem NetFriends-Post erfahren haben mussten. „Kommst du auch zum Strand? Da steigt eine Riesenparty."

Als sie sich auf den Weg machten, verstärkte sich ihr Eindruck, dass viele von der Party wussten. Auf dem Fußweg, der durch den Seaton Park Richtung Meer führte, waren alle möglichen Leute unterwegs. Sicherheitshalber verbarg sich Laura unter der Kapuze ihres Hoodies. Sie stießen wieder auf die King Street und nahmen die Abzweigung zur Esplanade. Ein paar Minuten später erreichten sie den Strand.

„Bitch please!", entfuhr es Danny. „Der ist ja kilometerlang!"

„Was für ein Anblick" Laura stand der Mund offen. Die Nordsee bei Nacht, hoch im Norden. Es war atemberaubend.

Trotz der vorgerückten Stunde war der Himmel nicht schwarz, sondern tiefblau, tintenblau, wie ein Nachtgewand mit winzigen weißen Punkten, das waren die Sterne. Ein breiter Sandstreifen wies darauf hin, dass das Meer zurückgegangen war und Ebbe herrschte. Lange Buhnen im Abstand von etwa hundert Metern reichten weit in die Aberdeen Bay hinaus. Von fern hörte man die Brandung, ein dumpfes Grollen, als sammelten sich die Wellen bereits für einen neuen heftigen Ansturm aufs Land.

Die Straße war unbeleuchtet. Parallel zur Küste erstreckte sie sich schnurgerade nach Süden, wo man unter anderem die Lichter des Hafens und einen blinkenden Leuchtturm erkennen konnte.

Laura spürte Wesleys Hand in ihrer. „Sind das da drüben am Strand Feuer?", fragte sie ungläubig.

„Sieht so aus, als hätte unser Aufruf voll eingeschlagen."

Verteilt über die gesamte Länge des Strands brannten Lagerfeuer. Dafür mussten die Leute extra Holz oder Kohle mitgebracht haben, denn Bäume waren in Ufernähe rar. Grüppchenweise scharten sie sich um die flackernden Inseln und machten, nun ja, Beachparty.

„Was für ein Aufruf?", fragte Mischa.

Laura erzählte von der jüngsten NetFriends-Aktion, die

sie zusammen mit Wesley ausgeheckt hatte. „Unglaublich. Ich hab ja mit ein paar Leuten gerechnet, aber das müssen Hunderte sein."

„Wirkt zumindest so", meinte Wesley. „Ich zähle etwa zehn Feuer, das ergibt fünfzig bis sechzig Leute."

Und es wurden ständig mehr.

Mischa war skeptisch. „Bist du dir sicher, dass die wegen dir hier sind? Könnte hier ja auch die übliche Abendunterhaltung sein."

„Das werden wir gleich sehen." Laura ging zu dem nächstgelegenen Lagerfeuer und erkundigte sich, was hier los sei.

„Irgend so eine NetFriends-Party", gab ein Mädchen in ihrem Alter zurück, die einen kleinen Strohhut trug und mit vier Freunden beisammensaß. Einer hatte eine Gitarre und spielte einen alten Song von James Blunt. „Tolle Idee, bei diesem Wetter. Ist ja wie am Mittelmeer."

„Schaut mal, diese Verrückten gehen baden", sagte Wesley und deutete auf eine Gruppe übermütiger Jungs. Sie turnten an der Wasserlinie herum und spritzten sich gegenseitig nass.

„Die sind bestimmt betrunken", meinte Laura.

„Ich würde hier jedenfalls nicht schwimmen gehen." Wesley klang besorgt. „Schon gar nicht jetzt. Wenn die nicht aufpassen, werden sie mit dem ablaufenden Ebbstrom ins offene Meer hinausgezogen. Lange kann man sich da nicht über Wasser halten."

„Die sind erwachsen. Lass sie doch, wenn's ihnen Spaß macht." Glynis schraubte eine Weinflasche auf, die sie noch schnell im Claymore erstanden hatte. „Will jemand einen Schluck?", fragte sie in die Lagerfeuer-Runde.

„Her damit!“, rief einer der Jungs.

Sie setzten sich zu der Gruppe, die Flasche ging herum.

„Im Winter kann man hier richtig surfen“, sagte das Mädchen mit Hut. „Dann sind die Wellen höher. Geht natürlich nur mit Neoprenanzug.“

Sie redeten über Gott und die Welt und der Gitarrist legte sich ins Zeug, weil er mehr Publikum als sonst hatte. Nach und nach gesellten sich weitere Nachtschwärmer hinzu. Viele brachten etwas mit, Sixpacks mit Bier, Isomatten, Decken, Brennholz oder große, eiförmige Kohlebriketts, die in Schottland weitverbreitet waren, und natürlich Wodkaflaschen. Manche tippten auf ihrem Handy herum und posteten auf NetFriends, dass die Stimmung einmalig sei – wie Mischa erstaunt registrierte, als sie ihr Smartphone wieder aktiviert hatte. „Das verbreitet sich wie ein Lauffeuer. Bald haben wir halb Aberdeen hier.“

Laura zog ihre Chucks aus, stand auf und ging Richtung Meer. Sie ließ sich absichtlich Zeit, damit Wesley ihr folgen konnte. Oder Danny?

Doch beide blieben sitzen. Danny sprach mit dem Mädchen, das sie begrüßt hatte, Mischa unterhielt sich mit Glynis und Wesley stierte ins Lagerfeuer und schien niemanden um sich herum wahrzunehmen.

Macht doch, was ihr wollt! Zum ersten Mal auf dieser Reise spürte sie Sand zwischen den Zehen. Damit hatte sie gar nicht gerechnet: Strandfeeling bei Nacht, unter einem endlosen besternten Himmel, der Geruch von Salz und Algen in der Nase, auf der Haut eine leichte Brise. So sollte es sein.

Das Wasser schwappte über ihre Zehen. Verdammt, war

das kalt! Sie wich zurück, watete wieder hinein. Langsam gewöhnte sie sich an die Temperatur.

Ein Blick hinaus auf die Nordsee: Am Horizont machte sie Silhouetten von Frachtschiffen und Tankern aus, sie waren an ihren Positionslichtern zu erkennen. Doch abgesehen davon war da nur leerer dunkler Raum. Leere war gut. Darin konnte sie eintauchen und sich verlieren. Und über Schatten nachdenken, die immer länger wurden.

Wo war sie eigentlich noch sicher? Unterwegs mit ihren Freunden wohl kaum, das hatten die Aufnahmen der Überwachungskamera gezeigt. Zu Hause? Dort war sie bestohlen worden. Bei Jessie? Im Grunde war die Urquhart Road seit den Orkneys der einzige Ort, an dem sie nicht in irgendeiner Form belästigt oder angeschwärzt worden war. Wo eine gewisse Normalität geherrscht hatte. Es war wohl am besten, dorthin zurückzukehren.

29

Ein spitzer Schrei riss sie aus ihren Gedanken. Inzwischen tollten jede Menge Leute am und im Wasser herum. Sie schubsten sich gegenseitig, johlten, brüllten. Viele konnten sich allerdings kaum auf den Beinen halten und torkelten mehr oder weniger ziellos durch die Gegend.

Was Laura gehört hatte, war der Angstschrei einer Frau gewesen. Er kam von einer Menschengruppe, die in einer Entfernung von etwa dreißig Metern am Strand zugange war. Laura näherte sich vorsichtig, offenbar hatten mehrere Männer eine Schlägerei angefangen. Aus Leibeskräften droschen sie aufeinander ein, beschimpften sich dabei und machten ein Riesenspektakel. Die Frau kreischte immer noch, entsetzt darüber, was sich vor ihren Augen abspielte. Laura bemerkte, wie andere Leute hinzukamen, vielleicht in der Absicht zu schlichten. Aber das klappte nicht, im Gegenteil, die Schlägerei weitete sich aus zu einem größeren Tumult. Einige Gestalten lagen bereits auf dem Boden.

„Sollen wir irgendwas machen?" Mischa war mit den anderen herbeigeeilt. „Das geht ja ganz schön zur Sache."

„Besser nicht", wehrte Wesley ab. „Da holen wir uns nur blutige Nasen."

Danny war ebenfalls dagegen. „Bringt nichts, sich einzumischen. Das müssen die selber klären."

Aber dafür war es schon zu spät. Das Handgemenge eskalierte und immer mehr Außenstehende wurden hineingezogen. Zwischendurch waren laute Wortgefechte zu hören, denen dann Prügel folgten.

„Sieht manchmal schlimmer aus, als es ist", sagte Wesley.

„So?" Laura hatte einen anderen Eindruck, sie spürte, wie ihr Herz pochte. „Auf mich wirkt das so, als würden die sich totschlagen."

Plötzlich ertönten Sirenen. Mehrere Polizeiautos rasten über die Uferstraße, bremsten scharf ab, Uniformierte sprangen heraus. Mit gezückten Gummiknüppeln gingen sie auf die Streithähne los, die sich schlagartig zerstreuten. Über ein Megafon wurden unverständliche Anweisungen erteilt, starke Scheinwerfer erleuchteten die Szenerie. Ein paar Leute wurden festgenommen.

„Die Bullen sind nicht zimperlich", meinte Glynis. „Wir sollten lieber abhauen."

Sie hielten sich am Rande des Wassers, wo inzwischen kaum jemand mehr war, und liefen Richtung Süden. Laura hoffte, dass sie mit dem dunklen Meer im Hintergrund von ferne nur schwer zu erkennen waren. Mehrmals warfen sie sich in den Sand, wenn ihnen der Polizeischeinwerfer zu nahe kam.

Einmal begegneten sie einem Betrunkenen, der Streit suchte. Danny stieß ihn zu Boden, wo er fluchend liegen blieb. Nach einer Weile hatten sie den nächtlichen Wahnsinn hinter sich gelassen. Von fern sahen sie, wie Dutzende Schläger und vermutlich auch Unbeteiligte unter Protestgeschrei in Polizeibusse verfrachtet wurden. Sie bogen in eine Straße ein, die vom Strand wegführte, und kamen an einem riesigen Gebäudekomplex vorbei.

„Das Pittodrie", sagte Glynis. „Unser Fußballstadion."

Vor dem Eingangsbereich standen ein paar Leute. Ein Mädchen, das gerade eine Zigarette rauchte, sprach sie an.

„Kommt ihr vom Strand?"

Danny wies auf seine Klamotten, er war von Kopf bis Fuß durchnässt. „Sähe ich sonst so aus?"

„Das mit den Bullen war ja voll abgefahren. Wir sind sofort verschwunden, als es losging."

„Wir auch."

„Freunde von uns sind schon früher hingegangen und haben ein Feuer gemacht. Die wurden bestimmt geschnappt – zumindest geht keiner mehr an sein Handy. Wisst ihr irgendwas?"

Danny erzählte kurz, was sie gesehen und erlebt hatten. „Keine Ahnung, wie die Schlägerei angefangen hat. Ein paar Typen sind wahrscheinlich durchgedreht, zu viel Alk, wie das eben so läuft."

„Dabei war die Stimmung am Meer so schön", sagte Mischa.

„Ihr seid nicht von hier, wie?" Das Mädchen trat seine Zigarette aus. „Ich meine, die Idee war ja ganz gut, so ein mildes Wetter haben wir in Aberdeen selten. Aber dieser bescheuerte NetFriends-Aufruf hat eben auch alle möglichen Schwachköpfe angelockt, Leute, die überall auftauchen, wo was los ist, um Randale zu machen. Davon gibt's mehr als genug."

Laura hatte sich bislang im Hintergrund gehalten und sich unter ihrer Kapuze versteckt. „Konnte ja keiner wissen, dass alles so aus dem Ruder läuft."

„Sobald man eine coole Party öffentlich macht, ist sie nur noch die Hälfte wert, höchstens. Wir haben immer total oft am Strand rumgehangen, sogar, wenn's stürmt. Das können wir jetzt vergessen. Die Bullen werden in Zukunft genau kontrollieren, wer sich dort rumtreibt und was man so dabeihat ... Das heißt, die lockeren Zeiten sind erst mal vorbei."

So hatte Laura das noch gar nicht gesehen.

„Auf NetFriends gibt's schon jede Menge Kommentare zu dieser dämlichen Aktion", fuhr das Mädchen fort. „Und natürlich Videos des Polizeieinsatzes. Das wird dieser Laura Adams noch leidtun."

Das tat es jetzt schon. Und Laura mochte sich nicht ausmalen, was geschah, wenn man sie auf der Straße erkannte.

Sie verabschiedeten sich und gingen weiter.

Als sie außer Hörweite waren, checkte Mischa das gekaperte Profil. Es stimmte. Die Resonanz auf die Einladung an den Strand war gewaltig – und überwiegend unfreundlich. Neue Posts erfolgten, die Laura als unverantwortlich und naiv anprangerten. Manche unterstellten ihr sogar, sie habe die Festnahmen mit Absicht angezettelt. Doch es formierte sich auch eine Art Gegenpartei, die voller Begeisterung für die „Schlacht um Mitternacht“ war. Spinner, die Fotos ihrer Blessuren hochluden und sich lustig machten über das Weichspülergelaber. Die Laura für eine clevere Agitatorin hielten.

„Man kann sich seine Freunde nicht immer aussuchen“, meinte Wesley. „Aber eines muss man sagen: Mission erfüllt. Dein Aufruf hat das Interesse von den anderen Posts über dich abgezogen. So war es geplant.“

„Aber um welchen Preis?“ Laura hätte viel darum gegeben, nie auf diesen Bockmist gekommen zu sein. Die Auswirkungen waren offensichtlich unberechenbar. „Wie stehe ich jetzt da?“

„In deiner Haut möchte ich morgen nicht stecken“, sagte Glynis. „Wie lange wollt ihr noch in Aberdeen bleiben?“

„Eigentlich ...“

„Sie hat recht.“ Mischa steckte das Handy wieder weg. „Mir reicht’s. Das ist ja eine wahre Mülllawine. Falls du einem der Leute, die sauer auf dich sind, begegnest, sitzt du in der Scheiße.“

„Aber Aberdeen ist groß.“

„NetFriends ist größer“, widersprach Mischa. „Wir sollten von hier verschwinden. Schade um unsere tolle Unterkunft bei Jessie, aber das lässt sich nicht ändern.“

„Und wohin fahren wir?“, fragte Laura.

„Nach Süden. Am besten raus aus Schottland. Newcastle? York?“

„York klingt gut.“

„Bin dabei. Ihr braucht mich ja, wenn ihr in der Bahn wieder dumm angemacht werdet." Danny probierte ein Lachen, um die Stimmung aufzuhellen.

„Dann haben wir den gleichen Weg. Ich muss zurück nach London. Würd mich gern anschließen, wenn's euch nichts ausmacht." Glynis klopfte Laura beschwichtigend auf die Schulter. „Das wird schon wieder. Sehen wir uns am Bahnhof? Die Züge fahren quasi jede Stunde."

„Um zehn?", schlug Laura vor.

Alle waren einverstanden.

„Und was ist mit dir?", fragte sie Wesley, während die anderen weitergingen. „Steigst du in Edinburgh aus?"

„Nie im Leben."

„Aber das ist deine Heimat. Du musst nicht mitkommen."

„Klar muss ich das." Er nahm ihre Hand. „Vielleicht fällt uns in York ja noch was Dümmeres ein als eine Beachparty."

Da er keine Anstalten machte, sie zu umarmen, gab sie ihm einen Kuss auf die Wange.

30

Zur Urquhart Road waren es nur noch zehn Minuten. Glynis sprach Laura noch einmal Mut zu und ging dann weiter Richtung Innenstadt. „Wir sehen uns."

Sie legten sich so schlafen, wie Jessie es vorgesehen hatte: Im Arbeitszimmer und im Wohnzimmer, brav getrennt. Laura hatte gerade noch die Kraft, ihre Klamotten auszuziehen, bevor ihr die Augen zufielen.

Am nächsten Morgen kamen sie nur schwer aus den Schlafsäcken. Nur Mischa drängte beim Frühstück zum Aufbruch.

Jessie war noch nicht auf der Arbeit und leistete ihnen auf der Terrasse bei Tee, Milch und Cornflakes Gesellschaft. Sie fand es schade, dass Mischa und ihre Freunde Aberdeen schon wieder verließen. Doch als im Radio von den „Ausschreitungen" der vergangenen Nacht berichtet wurde und sie in die bedröppelten Gesichter schaute, zählte sie eins und eins zusammen. „Ihr habt doch am Strand keinen Mist gebaut, oder?"

Laura erzählte ihr, was geschehen war, und versuchte auch, ihre NetFriends-Probleme genauer zu schildern – was ihr, verschlafen, wie sie war, nur unzusammenhängend gelang.

Jessie zeigte sich wenig überrascht. Sie riet Laura, sich bloß nicht als Auslöser der Schlägereien zu betrachten. „Das haben sich diese Knallköpfe selber zuzuschreiben. Bei einer normalen Party kann es schließlich auch passieren, dass ungebetene Gäste Randale machen, und der Gastgeber ist machtlos dagegen." Laura nickte. „Nimm dir das nicht zu Herzen. Sogar auf NetFriends existieren dazu anscheinend sehr unterschiedliche Meinungen, nicht jeder gibt dir die Schuld."

Es stellte sich heraus, dass Wesley im St. Machar ein paar Andeutungen über die Vorfälle auf den Orkneys gemacht und Jessie mehr oder weniger eingeweiht hatte. Sie besaß eine wichtige Information über die „Sea Eagle", die sie noch in der Nacht im Internet eingeholt hatte.

„Der kanadische Konzern, dem das Schiff seit einiger Zeit gehört, ist pleite. Der gesamte Besitz wird gepfändet, der

Erlös fließt an die Gläubiger. Momentan ist unklar, wem durch den Brand der ‚Sea Eagle' überhaupt geschadet wurde und wer die Versicherungsprämie kassiert."

„Vielleicht konnte der unbekannte Eigner ja ganz gut auf das Schiff verzichten", ergänzte Wesley vielsagend.

„Jedenfalls ist daran irgendetwas faul." Jessie nickte und nahm einen Schluck Tee. „Ich arbeite nicht umsonst für eine Reederei. So viele Unregelmäßigkeiten sind mir noch nie untergekommen."

„Und was bedeutet das für mich?", fragte Laura.

„Eigentlich bräuchte es dich nicht zu kümmern. Aber Wes hat mir gesagt, dass die Polizei dich wegen Brandstiftung verdächtigt."

„Nur wegen eines Fotos von dem Schiff, das ist geklärt."

„Zumindest haben sie dich im Visier. Und wenn du Pech hast, wird dir der Party-Post von gestern Abend als Aufruf zu einer Straftat ausgelegt."

„Nee, oder?" Laura wandte sich an Wesley. „Dann löschen wir den Post eben wieder."

„Geht nicht", erwiderte er. „Hab ich schon probiert."

„Oder die Polizei wirft dir Erregung öffentlichen Ärgernisses vor", fuhr Jessie fort. „Die finden schon was. Ich hab da von früher meine Erfahrungen."

„Puh!" Laura stieß die Luft aus und schloss die Augen. Sie fühlte sich überfordert.

„An deiner Stelle würde ich die Stadt also tatsächlich verlassen, das ist das Beste, was du tun kannst. Sonst bekommst du vielleicht doch noch Ärger."

„Heißt das, die Bullen verfolgen mich jetzt?"

„Für eine landesweite Fahndung ist das zu geringfügig",

versuchte Jessie, sie zu beruhigen. „Es reicht, wenn du den Kopf aus der Schusslinie nimmst und keiner Polizeikontrolle in die Arme läufst – falls es welche gibt."

„Na toll!"

„Ihr wollt nach England, hab ich gehört. Das ist ideal." Jessie schaute zu Mischa. „Tut mir wirklich leid. Ihr hättet so lange hierbleiben können, wie ihr wollt. Braucht ihr Geld?"

Wesley schaute hoch.

Mischa schüttelte den Kopf. „Das ist furchtbar nett, aber … nein. Wir kommen schon klar."

Nur langsam realisierte Laura, dass ihr Schottland-Trip damit zu Ende ging. So hatte sie sich das vor einer Woche nicht vorgestellt. Es gab so viel, was sie noch gerne angeschaut hätte, vor allem hatte sie sich auf den Trip zu den Inseln Skye, Mull, Lewis und Harris gefreut. Sie hatte vorgehabt, mit Mischa den Ben Nevis zu besteigen, Großbritanniens höchsten Berg. Auch Jura wollte sie besuchen, wo George Orwell „1984" geschrieben hatte und ein riesiger Meeresstrudel, der Corryvreckan, meilenweit zu hören war. Sie wollte in der Heidelandschaft am Ufer irgendeines silbrig schimmernden Lochs liegen und die Sterne zählen. Das Land wie ein geprügelter Hund verlassen zu müssen, war demütigend, noch dazu wegen einer Sache, mit der sie eigentlich gar nichts zu tun hatte. Wegen einer Sache, die sich an einem Ort abspielte, der streng genommen gar nicht existierte, nur auf dem Bildschirm, wenn man so wollte.

Doch beide Welten überschnitten sich immer stärker, die reale und die virtuelle. Was als x-beliebiger Post begonnen hatte, als eine von vielen Millionen Mitteilungen, hatte kurz darauf schon existenzielle Auswirkungen, verursachte Frust, Schlägereien, Festnahmen durch die Polizei und Flucht. Sie fragte sich, ob es im Grunde genommen nicht umgekehrt sein sollte. Sollte NetFriends nicht einfach nur die reale Welt abbilden, begleiten, illustrieren – anstatt selber Wirklichkeit zu produzieren? Anstatt Lauras Handlungen zu bestimmen und ihr vorzuschreiben, was sie zu tun und zu lassen hatte?

Danny trat auf die Terrasse und gähnte. „Hab ich was verpasst?"

„Ja, dein Frühstück", sagte Mischa. „Wir müssen jetzt nämlich los."

Sie packten ihre Sachen. Jessie blieb noch, bis sie sich an der Haustür verabschiedeten.

„Lasst euch nicht unterkriegen!", sagte sie und umarmte die beiden Mädchen – ungewöhnlich fest, wie es Laura vorkam. Sie dachte an ihre Mutter und ließ sich Jessies Umarmung gefallen.

31

Zügig gingen sie mit ihren Rucksäcken durch die Straßen und näherten sich im Gänsemarsch dem Bahnhof.

„Probier's mal damit." Danny reichte Laura eine dunkelblaue Basecap mit dem Signet der New York Yankees.

„Was soll ich denn mit diesem hässlichen Teil?", fragte Laura.

„Dein Profilbild hat sich geändert." Er blieb stehen und zeigte ihr auf seinem Smartphone die aktuelle Version der gekaperten Seite. Auf dem neuen Profilbild trug Laura ein Sweatshirt mit Kapuze, ihren Hoodie von gestern Abend. Hinter ihr war die Bar des Claymore zu sehen. Ihr Gesicht wirkte todernst, fast drohend.

„Wer mich da wohl wieder erwischt hat?"

„Egal, aber den Hoodie kannst du jetzt vergessen. Damit fällst du auf wie ein bunter Hund."

Widerstrebend setzte sie die Basecap auf. „Ich seh voll bescheuert aus, oder?" Sie zog den Mützenschirm tief ins Gesicht. „So?"

„Besser."

Danny schaute unauffällig zu einer Gruppe von Teenagern, die an einer Bushaltestelle stand und sich angeregt über etwas auf einem Handy-Display unterhielt. Doch niemand blickte zu ihnen herüber.

„Meinst du wirklich, ganz Aberdeen spricht nur über mich?", fragte sie.

„Man kann nie wissen."

„Verfolgungswahn ist das Letzte, was ich jetzt noch brauche."

„Es ist nicht mehr weit. Schau nach unten und halt die Klappe."

Sie mieden die Union Street mit ihren vielen Passanten und gingen auf Nebenstraßen direkt zum Bahnhof. Am Eingang standen zwei Polizisten.

Danny baute sich vor ihnen auf und fragte mit deutlich amerikanischem Akzent nach irgendwelchen Sehenswürdigkeiten. Die Bullen machten auf Touristenfreunde und gaben Auskunft, dadurch waren sie abgelenkt. Gedeckt von Wesley schlüpfte Laura in die Bahnhofshalle. Mischa folgte ihnen.

Glynis war schon neben ihr, bevor sie den Kopf heben konnte. „Gleis drei. Für die beiden Jungs hab ich schon Tickets gekauft."

„Danke!", sagte Wesley. „Du denkst an alles."

„Gute Idee mit der Mütze. Die Bullen gehen überall Patrouille."

„Soll ich auch noch meine Sonnenbrille aufsetzen?", fragte Laura.

„Bloß nicht! Das macht dich nur verdächtig."

Rasch durchquerten sie die Bahnhofshalle. Für die Decke, eine filigrane Stahlkonstruktion, hatte nur Mischa einen Blick übrig.

„Die Rucksäcke sind gut", sagte Glynis. „Die Leute sehen als Erstes diese schweren Dinger und schon bist du an ihnen vorbei, ohne dass du weiter aufgefallen wärst." Sie selbst hatte nur eine große Umhängetasche dabei.

„Ist der Zug nach London schon da?"

„Müsste gleich einfahren."

Sie passierten ein Polizistenduo, das einen Schäferhund mit Maulkorb an der Leine führte. Das Tier spitzte die Ohren, schlug aber nicht an.

Ein Drogenhund?, fragte sich Laura. Würde Sinn machen, wenn die Bullen in ihrem gekaperten Profil gestöbert hatten und auf den „Smoke weed every day"-Eintrag gestoßen waren. Sie dankte allen Engeln, dass sie das Dope weggeworfen hatte.

Danny holte sie wieder ein. „Eure Cops sind ja richtige Fremdenführer. Die können echt nett sein."

„Wie ist der NetFriends-Status?", wollte Wesley wissen.

Danny checkte sein Smartphone. „Seit der Änderung des Profilbildes nichts Neues. Allerdings wurde das Foto bisher

357 Mal kommentiert – und zwar meist wenig schmeichelhaft, wenn ich das sagen darf. Die glauben, dass Laura sich nach der missglückten Strandparty verstecken will. Womit sie ja richtigliegen."

In der Halle waren jede Menge Leute unterwegs, aber nur die wenigsten schienen Reisende zu sein. Grüppchenweise umlagerten junge Einheimische die Imbissstände und Kioske. Vielleicht hatten es sich einige Aberdonians zur Aufgabe gemacht, diese lästige Deutsche abzupassen, bevor sie die Stadt verließ – was nach dem Ärger am Strand leider naheliegend war.

Endlich fanden sie Gleis drei, aber alle Wartebänke auf dem Bahnsteig waren besetzt. Laura stellte ihren Rucksack auf dem Boden ab. Ihre Freunde scharten sich um sie.

„Ich komm mir vor wie in einem Scheißfilm", raunte sie. „Übertreiben wir nicht ein bisschen?"

Mischa machte die anderen auf etwas aufmerksam.

Ein Junge im Alter von Wesley stolzierte mit einem schwarzen T-Shirt herum, das die Blicke auf sich zog. Das T-Shirt hatte einen Aufdruck. Er zeigte das neue Profilbild von Laura mit Kapuze, darüber den Schriftzug *Fuck the Filth.*

„Das heißt, scheiß auf die Bullen", flüsterte Mischa. „Falls du eine Übersetzung brauchst."

Laura konnte es nicht fassen. Der Typ lief mit ihrem Bild auf dem Bauch rum! War sie jetzt so etwas wie ein Idol für Halbstarke? Ein Kriminellen-Promi?

Der Junge wurde sogleich von Polizisten angehalten und aufgefordert, das T-Shirt auszuziehen oder die Jacke, die er darüber trug, zu schließen. Er widersetzte sich lautstark und schimpfte herum, offenbar hoffte er auf Zustimmung durch die Umstehenden.

Die Polizisten fackelten nicht lange. Einer drehte ihm den Arm auf den Rücken, dann wurde er abgeführt, obwohl er protestierte, er müsse seinen Zug erwischen.

Laura hatte alles ungläubig verfolgt. Wie schnell das gegangen war! Provokation, Festnahme, Ende Gelände.

„Bleibt bloß weg von mir“, sagte sie zu den anderen. „Sonst landet ihr auch noch im Knast.“

Wesley trat ganz nah an sie heran und schirmte sie gegen neugierige Blicke ab. „Der Junge traut sich was – auf eine total dämliche Weise, aber das muss man erst mal bringen.“

„Mein Gesicht war noch nie auf einem T-Shirt“, maulte Mischa. „Sei doch froh. Du hast einen Fan.“

„Der bettelt doch nur um Aufmerksamkeit“, spottete Laura. Aber insgeheim gefiel es ihr. Einerseits war es beängstigend, mit zudringlichen Leuten rechnen zu müssen, die ihr auf die Pelle rückten und sie mit Vorwürfen überzogen. Doch es war auch aufregend, einen gewissen ... Bekanntheitsgrad erreicht zu haben. Eine der positiven Seiten von NetFriends: Man konnte aus dem Nichts heraus populär werden, ohne etwas geleistet zu haben, einfach so, mit ein paar Postings.

Endlich fuhr der Schnellzug nach York ein, Zielbahnhof war London King's Cross. Sie warteten in der Schlange vor dem Bahnsteig, bis alle Passagiere ausgestiegen waren. Dann zeigten sie ihre Tickets vor und machten sich auf die Suche nach freien Sitzplätzen. Die Fahrt würde fünf Stunden dauern. Wäre nicht so angenehm, sie im Stehen zu verbringen.

Der Waggon war jedoch noch vergleichsweise leer. Laura wählte erneut einen Fensterplatz.

„Musik?“ Mischa bot ihr wieder ihr Handy an.

Dankbar griff sie danach, verkroch sich unter ihren Ohrstöpseln und stöberte in den Playlists. Sie sehnte sich nach etwas Langsamem, um zur Ruhe zu kommen. Robert Francis? Andy Burrows? Der erste Titel erklang, „Keep on Running“. Na, das passte.

Es dauerte noch zehn Minuten bis zur Abfahrt. Laura beobachtete, wie Wesley auf der anderen Seite des Ganges Glynis das Geld für das Bahnticket gab. Er hielt ein Bündel Scheine in der Hand und zählte sechs bankfrische Zwanzigpfundnoten ab, hundertzwanzig Pfund. Sie wunderte sich, woher er so viel Kohle hatte. Bisher war er doch ziemlich knapp bei Kasse gewesen.

Mischa saß neben ihr und unterhielt sich mit Danny. Die beiden verstanden sich immer besser, vor allem seit diesem Pub Quiz. Aber warum musste Mischa so aufgedreht lachen, wenn Danny einen Witz machte? Und hatte sie heute Morgen nicht mehr Schminke als sonst aufgetragen?

Na ja, Laura konnte es ihrer Freundin nicht verdenken, dass sie das Beste aus der Situation machte. „Das war's jetzt mit Schottland“, wollte sie Mischa eigentlich noch sagen, bevor sich der Zug in Bewegung setzte und das Ende ihrer ursprünglichen Reisepläne besiegelte. Gerne hätte sie ein bisschen Wehmut geteilt.

Wieder kicherte Mischa auf diese künstliche Art. Dann eben nicht.

Draußen strebten die letzten Fahrgäste zu den Eingängen. Ein Schaffner machte sich bereit, das Signal für die Abfahrt zu geben.

Eine Gruppe junger Leute rannte an ihm vorbei.

Laura schaute genauer hin, weil sie ihren Augen nicht traute.

Es waren zwei Jungs und zwei Mädchen, sie trugen Rucksäcke, ihre Jacken standen offen. Darunter war das schwarze T-Shirt mit Lauras neuem Profilbild zu erkennen. Sie waren ausgelassen, einer drehte sich sogar um und zeigte den Mittelfinger, vermutlich den Polizisten in der Bahnhofshalle.

Dann bestiegen sie unter dem missbilligenden Blick des Schaffners den Zug. Ein Stück weiter vorn, wie Laura mit Erleichterung registrierte.

Träumte sie jetzt? Das waren zwei Mädchen und zwei Jungs gewesen, quasi eine Spiegelung ihrer eigenen Gruppe – ohne Glynis, die war ja auch erst seit Kurzem bei ihnen.

Was ging da ab?

Mischa stupste sie an. Laura zog einen Ohrstöpsel heraus.

„Bye, bye, Schottland", sagte sie und hielt Laura eine kleine Flasche Whisky hin, die Hälfte der normalen Größe.

„Wo hast du die denn her?"

„Die ist mir in Rockness ... über den Weg gelaufen. Hab sie gebunkert, für schlechte Zeiten. Trink einen Schluck."

„Ähm, wir haben noch nicht mal zehn Uhr."

„Ist doch egal, man muss die Feste feiern, wie sie fallen. Irgendwann kommen wir nach Aberdeen zurück. Und nerven Jessie wochenlang!"

Laura sah sich um, ob jemand sie beobachtete. Kein Schaffner in Sicht. Sie nahm einen Schluck und unterdrückte ein Husten. Das Zeug brannte wie Feuer und an den Geschmack würde sie sich nie gewöhnen.

Auch Mischa trank und gab die Flasche an den grinsenden Danny weiter. „*So* geht Abschied."

„Fängt jetzt was Neues an?", fragte Laura.

„Worauf du einen lassen kannst!"

32

Lange lebte die Flasche nicht. Sie ging ein paar Mal herum – unter den kritischen Blicken der anderen Fahrgäste, das ließ sich nicht ganz vermeiden. Aber keiner sagte etwas und vom Bahnpersonal ließ sich niemand blicken.

Irgendwann erzählte Laura von ihren Doppelgängern mit den T-Shirts, die weiter vorn im Zug sitzen mussten.

„Du verträgst wohl keinen Whisky." Mischa lallte schon ein bisschen. „Hast du Halli... Halluz..."

„Laura ist eben ein Star." Danny dehnte die Worte und mimte den Entertainer. „Holt sie hier raus!"

„Ich schau mal nach diesen Typen", sagte Wesley und stand auf. Er hatte nur einmal von der Flasche getrunken und sich danach wieder in sein Laptop vertieft, während Glynis mit einem Tablet-PC zugange gewesen war und gleichzeitig in einer Mappe mit Unterlagen geblättert hatte, offenbar machte sie irgendwas für ihr Studium.

„Und was willst du tun, wenn du sie findest?", fragte Laura.

„Aushorchen." Er ging durch den Mittelgang in die Richtung, die sie angegeben hatte.

Mischa schaute ihm eine Weile hinterher. Dann brachte

sie ihren Mund dicht an Lauras Ohr. „Was hast du mit dem bloß gemacht? Der tut ja alles für dich."

„Wo die Liebe hinfällt", flüsterte Laura.

„Echt? Und ich dachte ..." Ein Fingerzeig zu Danny.

„Dachte ich anfangs auch." Sie zuckte mit den Schultern. „Die Dinge ändern sich."

„Is' nich' wahr!"

„Bin ich jetzt ein Flittchen? Na los, sag schon!"

„Nein, überhaupt kein Problem", beeilte sich Mischa zu versichern und überlegte. „Ist wohl gestern Abend passiert. Als ihr im Claymore so lange zusammen vor dem Computer gehangen habt."

„Jep."

„Wes ist ein richtiger Nerd. Das ist dir doch klar?"

„Wenn du wüsstest ..."

„Das Tattoo macht ihn nicht zu Iron Man."

„Er hat 'ne üble Vergangenheit. Frag lieber nicht nach Einzelheiten."

„Und er hat jede Menge Fantasie. Vergangenheiten sind schnell erfunden."

„Penn 'ne Runde. Das mach ich jetzt auch." Laura knüllte ihre Softshelljacke zusammen und benutzte sie als Kissen, steckte die Ohrstöpsel ein und schloss demonstrativ die Augen.

So ohne Weiteres konnte sie natürlich nicht schlafen. Ihr Gehirn arbeitete weiter und produzierte verwirrende Bilder. Sergeant Haig, Hopkins, Gabriel, sogar der Barkeeper im St. Machar – wie gern würde sie denen mal mit ein paar Capoeira-Moves die Fresse polieren, damit endlich Ruhe war. In ihrer Wut durchlebte sie im Geiste mehrere Kämpfe. Alles in ihr war Auflehnung und Hass.

Dieser Typ mit dem T-Shirt. Was fiel dem ein, ihr Bild für seinen bescheuerten Protest oder was auch immer zu benutzen?

Die Polizisten am Strand. Die hatten einen Aufriss gemacht, als wollten die paar Betrunkenen die Regierung stürzen – wie in der finstersten Diktatur.

Dann die Bullen auf der Fähre. Die hatten ihr Handy eingesackt! Ob das überhaupt legal war? Ab jetzt würde sie sich nichts mehr gefallen lassen. Widerstand war angesagt, mit allen Mitteln.

Doch welche Mittel besaß sie schon?

Als Mischa sie weckte, versetzte Laura ihr einen Handkantenschlag gegen das Schlüsselbein.

„Aua!"

Sie setzte sich auf. „Tut mir leid."

„Das tut weh, verdammt noch mal!" Mischa knuffte zurück.

„Bin noch nicht ganz wach."

„Hör dir an, was Wes herausgefunden hat, dann bist du wach!"

Wesley setzte sich Laura gegenüber. Glynis kam hinzu und lehnte sich gegen Mischas Sitz.

„Schieß los!", grummelte Laura.

„Die gute Nachricht zuerst", begann er. „Ich war bei den T-Shirt-Leuten. Die wissen nicht, dass du im Zug bist, und sie wissen schon gar nicht, wo du sitzt. Es ist ihnen anscheinend egal. Die halten dich für eine Art Untergrundheldin und fahren nur auf Verdacht mit."

„Auf Verdacht?"

„Es hat einen neuen Aufruf auf deiner NetFriends-Seite gegeben."

„Oh nein!“ Laura fasste sich den Kopf. „Was ist es diesmal?“

„Diesmal?“, fragte Danny vorwurfsvoll. „Du hast doch damit angefangen.“

Wesley ignorierte ihn. „Du wünschst dir einen Flashmob. In Tottenham, das ist ein Stadtteil von London. Nicht gerade das beste Viertel, eher sozialer Brennpunkt.“

„So?“

„Der Aufruf wird in deinem Namen angekündigt, für heute Abend um achtzehn Uhr, im Tottenham Hale Retail Park, das ist eine Shopping Mall. **Due to the great success at Aberdeen Bay,** so steht das da. Sarkasmus pur.“

„Na und? Wir wollen nach York. Mit London haben wir nichts am Hut.“

„Gerade kommen wir in Kirkcaldy an“, sagte Mischa und wies auf das Bahnhofsgebäude, das wie ein etwas größeres Cottage wirkte. „Wes, hier wohnst du doch.“

Wesley hob kurz den Kopf, sah nach draußen und nickte dabei. „Traurig wie eh und je. Abgesehen von der Küste, die ist ganz nett.“

„Willst du uns nicht zu dir nach Hause einladen?“, fragte Danny grinsend.

Wesley fixierte ihn, als hätte er so eine Bemerkung seit Langem erwartet. „Lieber nicht.“

„Jetzt könntest du aussteigen.“ Laura suchte seinen Blick – und fand ihn, obwohl er sich sträubte. „Vielleicht bekommst den Preis für das Ticket nach York zurückerstattet.“

„Hör mir doch erst mal zu. Dieser Flashmob in Tottenham, da müssen wir hin. Wir müssen in Erfahrung bringen, wer dich in immer gefährlichere Situationen bringt, und das können wir nur dort.“

„Das NetFriends-Herrchen pfeift und ich springe, oder was?“

„Wir haben keine Wahl ...“

„Ist das die schlechte Nachricht?“ Laura schnaufte heftig, beherrschte sich aber. „Dass wieder mal irgendwelche Leute über mich bestimmen?“

Wesley drehte das Laptop auf seinem Schoß zu ihr um. „Schau dir den Aufruf an.“

Der Text enthielt nur die Information **„Flashmob at Tottenham Hale Retail Park, August 14, 6 p.m. More details there.“** Der Post wurde in mehreren Sprachen wiederholt, illustriert mit einem Foto. Es zeigte Laura zusammen mit Mischa, Danny und Wesley vor dem Eingang zum Bahnhof von Aberdeen.

„Verdammt!“, stieß Laura hervor. „Wir werden wieder beschattet!“

„Das war noch nicht die schlechte Nachricht.“ Wesley hielt inne. „Einer von den Leuten, die gestern am Strand waren, ist im Krankenhaus gestorben.“

33

Sie fuhren durch Edinburgh, durch Berwick-upon-Tweed und durch Newcastle. Schöne Städte, interessante Städte, sogar im Vorbeifahren. In Berwick hatten Laura und Mischa auf der Rückfahrt von Schottland nach England haltmachen und zur berühmten Vogelinsel Bass Rock schippern wollen. Doch jetzt schauten sie kaum aus dem Fenster.

Stattdessen beobachteten sie die zahllosen Reaktionen

auf den Flashmob-Aufruf und brachten im Internet mehr über den Tod des Partygastes in Erfahrung: Eine noch unbekannte Person hatte einen siebzehnjährigen Pakistani angeblich beim Prügeln an der Schläfe getroffen, woraufhin er im Fallen unglücklich gegen einen Bordstein geprallt war. Der Junge war sofort tot gewesen. So lautete zumindest die offizielle Version.

Das Ganze hatte sich erst nach dem Polizeieinsatz ereignet, in der Nähe des Strands, und es war erst im Laufe des Tages bekannt geworden.

Die NetFriends-Kommentare waren die übliche widerwärtige Mischung aus echter Bestürzung, flankiert von Hohn und Häme. Unter anderem wurde die Vermutung geäußert, der Junge sei sternhagelvoll und gar keinem Angriff ausgesetzt gewesen. Oder dass in Wahrheit Polizisten seinen Tod verursacht hätten und jetzt alles vertuscht werden solle.

Die Emotionen begannen hochzukochen. Bürgerrechtsbewegungen schalteten sich ein und übten Kritik an der Gewaltbereitschaft der Polizei, aber auch extreme Gruppierungen gaben ihre Meinung zu dem Ereignis ab, um bewusst die Stimmung anzuheizen. Sogar Rassismus kam ins Spiel, es wurde richtig schmutzig. Da halfen auch keine NetFriends-Filter oder Anzeigen gegen politisch fragwürdige Posts – die Aggressionen waren entfesselt.

Während die anderen diskutierten, hatte Laura das Gefühl, ihre Hände gehörten nicht zu ihr. Ihre Wahrnehmung reduzierte sich, als würde sie von einem schwarzen Loch, das sich in ihr auftat, förmlich eingesaugt. Wenn sie diesen Post nicht abgesetzt hätte, könnte der junge Pakistani noch am Leben sein.

„Ich weiß, was du denkst", riss Wesley sie aus ihren düsteren Gedanken. „Aber du kannst nichts dafür. Gib dir nicht die Schuld für die Gewalttätigkeit anderer."

„Wenn wir –"

„Wenn, wenn! Die Menschen sind für sich selbst verantwortlich. Diese Schläger hätten sonst locker einen anderen Anlass gefunden auszurasten."

„Du glaubst den Bullen?", fragte Laura.

„Ausnahmsweise. Die mussten bei den Gewalttätigkeiten am Strand natürlich einschreiten. Und was danach geschah ... War ja klar, dass sich die aufgestauten Gefühle irgendwo anders entladen."

„Trotzdem, es braucht immer einen Anstoß. Ein Funke genügt. Und den haben wir gezündet." Sie senkte den Kopf. „Irgendjemand sorgt dafür, dass der Hack meiner NetFriends-Seite immer weitere Kreise zieht."

„Der Traffic auf deinem Profil ist unglaublich", gab Wesley zu. „Du bist jetzt eine Person des öffentlichen Interesses." Er wies auf das Laptop. „Sieh mal, die Seite wurde vor Kurzem umgewandelt. Du hast die Grenze von fünftausend Freunden erreicht, deshalb mussten die Hacker wohl etwas unternehmen."

„Was sagst du da?"

„Es ist keine private NetFriends-Seite mehr. Sie ist allgemein zugänglich, eine Fanseite – wie bei einem bekannten Sportler oder Schauspieler." Er tippte auf der Tastatur herum. „Allen deinen alten ‚Freunden' wurde die neue offizielle Seite zum Like vorgeschlagen. Die meisten liken dich natürlich, aber das bräuchten sie gar nicht, sie können dein Profil auch so sehen." Verdattert beobachtete er den Bildschirm. „Das ist, als würde ein Damm brechen. Über dreißigtausend Leuten gefällst du bereits, mehr als die Hälfte spricht über dich. Und es werden dauernd mehr."

„Und was hat sich dadurch geändert?", fragte Laura.

„Wir haben über die Social Bots keinen Zugriff mehr. Jeder eingehende Post wird jetzt von einem Administrator geprüft."

„Administrator?"

„Normalerweise wärst *du* der Admin deiner Fansite. Jetzt wissen wir, dass es wirklich einen Mister X gibt, der die Fäden zieht. Er ist der Admin und kontrolliert, was auf der Laura-Adams-Site erscheint oder nicht."

Mister X. Es war nicht lange her, da hatte sie noch mit Danny darüber gescherzt. „Das heißt, die haben den Braten gerochen und uns rausgebeamt. Wir können also nicht mehr so einfach als Brenda, John oder ..."

„Oder als Ralfie dazwischenfunken", setzte Laura hinzu.

„Haargenau!"

„Unser Post hat denen wohl nicht gepasst."

„Kommt darauf an, was *die* mit alledem erreichen wollen." Wesley überlegte. „Ich denke, es hat ihnen nicht gepasst, dass wir uns überhaupt eingemischt haben. Aber mit dem Ergebnis können die schon was anfangen. Mehr Aufmerksamkeit, mehr Likes – langsam wirst du zu einer Marke."

„Und wofür soll ich eine Marke sein?"

„Freedom Fighter steht hier als Berufsbezeichnung. Das klingt zwar ziemlich pathetisch, aber es kommt gut an."

„Freedom Fighter." Laura wiederholte die beiden Wörter nachdenklich. „Gehört ja nicht besonders viel dazu, zur Kämpferin für Gerechtigkeit und Strandpartys aufzusteigen."

„Die Typen, die T-Shirts mit deinem Bild tragen, sehen dich so. Für die ist das ein Statement."

„Die werd ich jetzt mal selber unter die Lupe nehmen, bevor das groß in Mode kommt." Laura erhob sich, ging zu ihrem Rucksack und holte eine Sonnenbrille heraus. Es war eine Ray-Ban mit stark verdunkelten Gläsern, ein Geburtstagsgeschenk ihrer Eltern. Sobald sie stand, spürte sie den Whisky, den sie getrunken hatte, aber die Wirkung hielt sich in Grenzen. Das meiste hatte Mischa erwischt, die alte Schnapsdrossel, und die war bereits am Einnicken. Laura fand, dass ihre Freundin es mit dem Alkohol in letzter Zeit etwas übertrieb.

„Wir kommen bald in York an", wandte Danny ein. „Jetzt müssen wir uns entscheiden, ob wir bis London durchfahren und zu diesem Flashmob gehen wollen."

„Schaffen wir das überhaupt zeitlich?", fragte Laura.

„Die Ankunft in King's Cross ist laut Fahrplan um 16.51 Uhr, der Flashmob soll um achtzehn Uhr steigen." Glynis checkte die Zeitanzeige auf ihrem Handy. „Bisher haben wir keine Verspätung. Und von King's Cross nach Tottenham nehmen wir die U-Bahn, das sind nur ein paar Stationen. Es könnte also klappen."

„Was haben wir denn für Alternativen?" Laura blickte in die Runde. Alle sahen sie an, nur Mischa schnarchte leise vor sich hin.

„Wir können alles ignorieren und uns in Yorkshire eine schöne Zeit machen", meinte Wesley. „Da gibt's ein paar nette kleine Orte am Meer und im Landesinneren liegen natürlich die Dales. Die Hügellandschaft ist zwar nicht so spektakulär wie die Highlands, aber wer's einsam und abgelegen mag, kommt auf seine Kosten."

„Verlockend.“ Laura gefiel der Gedanke. „Sollen die doch ihren Flashmob alleine machen!“ Sie setzte sich wieder hin.

„Vorhin hast du noch behauptet, wir hätten keine Wahl“, sagte Danny zu Wesley. „Wenn wir uns jetzt irgendwo auf dem Land verkriechen, sind wir raus aus dem Spiel. Dann finden wir nie heraus, wer hinter alledem steckt, und lassen den Dingen ihren Lauf – in welche Richtung auch immer sich das entwickelt. Wir würden ... aufgeben.“

„Aber wir haben in Aberdeen doch gesehen, was dabei herauskommt, wenn wir versuchen, selber mitzumischen. Sollte uns das nicht eine Lehre sein?“ Wesley blickte fragend zu Glynis. „Was meinst du dazu?“

„Ich weiß nur eines“, begann sie. „Wer sich aus so einer Sache ausklinkt zu einem Zeitpunkt, an dem es richtig ungemütlich wird, der darf sich am Ende nicht beschweren.“

„Worüber?“

„Wenn alle Welt ihn für jemanden hält, der er gar nicht ist.“

Dieser Satz stand eine Weile im Raum, niemand sagte etwas. Lauras alte Angst erwachte wieder und jenes nagende Gefühl der Ungewissheit, was für ein Schindluder wohl noch mit ihrem Namen und ihren Bildern, ihrem Leben getrieben wurde. Der Diebstahl ihres Laptops war schlimm genug. Aber man hatte ihr noch etwas viel Wichtigeres genommen, nämlich einen Teil ihrer selbst, den Teil, der wusste, was wirklich wichtig war, was sie im Grunde ihres Herzens wollte, was sie sich von dieser Reise noch erwartete und was als Nächstes zu tun war. Und das alles nur wegen ein paar Datenströmen im Internet, die wie ein mächtiger Strudel an ihr zogen, zerrten und sie mitrissen.

Das Einzige, was sie machen konnte, war, den Kopf über Wasser zu halten und sich irgendwie mittreiben zu lassen.

„Keine Ahnung, was in London passieren wird", fuhr Glynis fort. „Aber wenn wir es wissen wollen, sollten wir zu diesem Flashmob gehen, oder?"

Danny nickte zustimmend. „Trotzdem muss Laura die Entscheidung selber treffen. Überlassen wir das ihr."

„Und ihr würdet alle mitkommen?", fragte sie. „Auch du, Wes?"

„Klar."

„Hast du noch genug Geld für das Ticket? Ich kann dir was leihen, wenn du willst."

„Nein, passt schon, kein Problem. Ich mach das online."

„Und was ist mit Mischa?", fragte Danny und deutete auf Lauras schlafende Freundin.

Laura stupste sie an. Ein ungnädiges Stöhnen erklang, ansonsten kam keine Reaktion. „Nehmen wir's als ein Ja."

34

Die Vierergruppe mit den T-Shirts saß drei Wagen weiter vorn. Danny begleitete Laura. Auch er hatte sein Äußeres verändert und sich eine Beanie aufgesetzt. Sie setzten sich auf zwei freie Plätze in Hörweite.

„Nett, dass du mitkommst", sagte Laura leise.

„Interessiert mich doch selber, was das für Typen sind."

Sie taten, als ob sie schliefen, und versuchten, aus dem schottischen Akzent der kleinen Truppe schlau zu werden.

Laura verstand nur, dass es um London ging und was die vier dort in den kommenden Tagen alles unternehmen wollten. Offenbar interessierten sie sich für Märkte und wo man gut shoppen konnte. Die Namen „Brick Lane" und „Shoreditch" fielen. Danach diskutierten sie über Kneipen und Clubs, schließlich kamen verschiedene Bands und DJs an die Reihe. Es waren ungefähr die gleichen Gesprächsthemen, die auch Laura mit ihren Freunden wälzte. Über die vergangene Nacht oder den bevorstehenden Flashmob verloren sie kein Wort, damit waren sie wohl schon durch. Insgesamt machten die vier den Eindruck, als sei ihre Reise nach London bloß ein Kurztrip. Sie hatten wenig Gepäck dabei, nur ein paar Taschen und Tagesrucksäcke. Sie tranken Bier und waren bester Laune. Die Jungs und die Mädchen schienen miteinander liiert zu sein.

Währenddessen fuhr der Zug in den Bahnhof von York ein. Er war wunderschön und stammte aus viktorianischer Zeit. Verblüfft stellte Laura fest, dass sie durch Mischa und ihre Architekturbegeisterung anscheinend schon etwas gelernt hatte. Der Bahnhof wurde von Säulen geschmückt, die ein bisschen wie die eines griechischen Tempels aussahen, und es gab zahlreiche schmiedeeiserne Verzierungen. Wenn Mischa schon aufgewacht war, würde ihr der Anblick sicher gefallen.

„Das kann ewig so weitergehen." Danny nickte in Richtung der Jugendlichen. „Bleib sitzen. Ich quatsch die jetzt mal an."

„Meinst du wirklich?", raunte sie, doch da war er schon weg.

Danny ging an den vieren vorbei, blieb abrupt stehen und drehte sich um, als sei ihm spontan etwas aufgefallen.

„Was soll denn das bedeuten, Fuck the Filth?“, fragte er in breitem Amerikanisch und deutete auf ein T-Shirt mit Lauras Konterfei.

Die Antwort war schallendes Gelächter. „Wo kommst du denn her?“, fragte einer der Jungs.

„Minnesota. Hört man das?“

Erneute Belustigung. „Auf Europa-Tour, wie? Na, viel bist du wohl noch nicht rumgekommen.“ Die vier tauschten amüsierte Blicke und weideten sich an Dannys unschuldiger Miene. „Filth, so heißen bei uns die Cops.“

Danny tat erschrocken. „Und ihr dürft hier mit so was rumlaufen? Verstößt das nicht gegen das Gesetz?“

„Willst du uns verhaften, Minnesota? Bei euch gibt das wahrscheinlich zwei Jahre Guantanamo.“

„Mike“, stellte er sich vor. „Bin in Edinburgh zugestiegen.“

„Travis“, sagte der Junge, der sich jetzt um eine deutliche Aussprache bemühte. „Das sind Kyle, Claire und Bonnie. Wir sind alle aus Aberdeen. Willst du ein Bier? Und sag jetzt nicht, dass man dafür in Amerika in den Knast kommt. Unsere Schaffner hier sind locker drauf.“

Binnen Kurzem hatte die Gruppe Danny als begriffsstutzigen Yankee, mit dem man ein wenig herumalbern konnte, akzeptiert. Er setzte sich auf die Lehne von Travis’ Sitz und erfand etwas über seine Reise. Dann hakte er wegen Lauras Foto nach. „Wer ist denn das Mädchen, das ihr auf den Shirts habt, ein Popstar oder was?“

„Jemand auf NetFriends, heißt Laura Adams, falls das ihr richtiger Name ist. Hat letzte Nacht ziemlichen Wirbel verursacht.“

Bei einem Bier ließ Danny sich die Beachstory erklären

und warf Laura, die alles aufmerksam verfolgte, hin und wieder einen schnellen Seitenblick zu.

Travis und seine Freunde hielten Laura für eine junge Deutsche, die von zu Hause ausgerissen war und seit Monaten quer durch Europa reiste. Sie sei mit wechselnden Leuten unterwegs, würde gern Party machen und sich ab und zu mal einen Joint gönnen. Für sie war Laura: ein Selbstverteidigungsgenie, eine echte Überlebenskünstlerin, NetFriends-Aktivistin, Cannabisbraut und ständig vor der Polizei auf der Flucht. Ihr jüngster Coup war eine Party am Strand von Aberdeen, die sie von langer Hand vorbereitet und erst in letzter Minute öffentlich angekündigt habe, um das restriktive Vorgehen der Bullen gegen Ausländer anzuprangern. Leider gab es ein Todesopfer, was beweise, dass an ihren Anschuldigungen gegen die Staatsmacht etwas dran sei.

„Und woher wisst ihr das alles?“, fragte Danny. „Vom NetFriends-Profil dieser Laura?“

„Sie ist natürlich vorsichtig und hält sich auf ihrer eigenen Seite ziemlich zurück“, erwiderte Claire in dem wissenden Ton von jemandem, der über Hintergrundinformationen verfügt. Mit einem Auge schielte sie auf ihr funkelnagelneues Apple-Smartphone. „Aber es gibt inzwischen jede Menge Laura-Adams-Gruppen auf NetFriends und Facebook, Twitter-Hashtags, Google+-Communitys, Instagram-Profile, eigene Fanpages und was noch alles. Dort setzt sie manchmal selber Posts ab und nimmt kein Blatt vor den Mund. Das meiste passiert allerdings auf NetFriends.“

„Ihr seid also Fans. Sympathisanten.“

„Was denn sonst?“ Travis richtete sich stolz auf, damit der Aufdruck auf dem T-Shirt gut zu erkennen war.

„Und ihr seid nicht sauer auf Laura? Strandpartys könnt ihr in Aberdeen nach diesen Vorfällen wohl erst mal vergessen."

„Die Bullen können uns mal. Von denen lassen wir uns gar nichts verbieten."

„Ach so."

„Das nächste Ding steigt in Tottenham – ist ein Viertel in London, falls du nicht weißt, wo das liegt. Ein Flashmob, den lassen wir uns nicht entgehen, das wird 'ne heiße Nummer."

„Tottenham ...", wiederholte Danny nachdenklich. „Waren da nicht mal Unruhen? Krawalle mit brennenden Autos, Plünderungen, Polizeirazzien?"

„Ein verdammtes Pulverfass ist das, mit einem hohen Ausländeranteil." Travis rieb sich die Hände. „Da wird's anders zur Sache gehen als in Aberdeen. Bin schon gespannt."

„Heißt das, ihr wollt da hin?"

„Aber sicher. Wir fahren ins Auge des Hurrikans! London calling!" Sie prosteten sich mit ihren Bierdosen zu, tranken aus und rissen den nächsten Sixpack an.

„Tut mir leid, aber ihr seht gar nicht aus wie ... Demonstranten." Danny machte ein zweifelndes Gesicht und wies auf die Hosen und Schuhe der vier. „Ich meine, ihr tragt Markenklamotten. Abercrombie & Fitch, Bench, Ash."

„Du doch auch!"

„Ich hab aber nicht vor, in einer Arrestzelle zu landen. Oder beklaut zu werden."

„Wir passen schon auf", sagte Claire. „Zur Not haben wir CS-Gas dabei." Sie holte ein kleine Sprühdose aus ihrer Hosentasche.

Es stellte sich heraus, dass die vier auf eine Privatschule gingen und ihren Ausflug nach London als einziges großes Abenteuer verstanden. Die Krönung wäre, Laura tatsächlich zu begegnen und ein Foto mit ihr zu machen. In der Zwischenzeit hatte der Zug York längst verlassen und fuhr weiter Richtung Süden.

„Ich werd dann mal schauen, ob mein Rucksack noch da ist", sagte Danny und stand auf. „Habt 'ne gute Zeit in Tottenham."

„Willst du dich uns nicht anschließen, Mike?" Travis wirkte beleidigt. „So viel wie mit uns wirst du auf deiner ganzen Tour nicht erleben."

„Danke für das Bier, aber mit den Cops lege ich mich lieber nicht an." Er wandte sich zum Gehen.

Höhnische, aber nicht ganz ernst gemeinte „Feigling!"-Rufe schallten ihm hinterher. „Hast du deine Eier beim Zoll abgegeben?"

Wenigstens Claire fiel etwas Versöhnliches ein: „Wenn du dich doch noch dafür entscheidest, mit nach Tottenham zu kommen, und wir Laura dort zufällig treffen, kannst du damit auf deiner eigenen NetFriends-Seite angeben. Dadurch könntest du auch in den USA Werbung für Lauras Ideen machen. Der Hype muss sich immer weiter verbreiten!"

Danny ging an Laura vorbei und signalisierte ihr, noch sitzen zu bleiben und ihm nicht sofort zu folgen. Also wartete sie noch eine Weile.

Travis und Co. verfielen wieder in ihren Slang, von dem Laura nach wie vor nur die Hälfte kapierte.

Oh Mann! Was hatte sie da gerade gehört? Das waren ja die reinsten Räuberpistolen! Selbst wenn sie wollte, war es ihr gar nicht möglich, alles, was sich im Internet auf ihre Person bezog, zu verfolgen. Dazu hatte sie auch gar keine Lust, das war ja ein Fass ohne Boden.

Selbstverteidigungsgenie. Das hatte ihr gefallen.

Cannabisbraut weniger.

Kaum zu glauben, was diese Typen von ihr dachten. Sie sollte eine Ausreißerin sein? Das war ihr bisher entgangen. Über ihre ursprünglichen Profileinträge, etwa vom Beginn ihrer Tour in München, schien niemand mehr zu sprechen. Was war das bloß für eine wirre Mixtur aus Gerüchten und Halbwahrheiten, aus denen sich diese Aberdeener etwas zusammengereimt hatten. Eine Mixtur, die ihren Idealvorstellungen von aufsässigen Teenagern entsprach, die sie selbst nicht waren? Es sei denn, T-Shirts zu tragen, galt für sich genommen schon als revolutionärer Akt.

Ideal – Idol. Laura fühlte sich geehrt, das schon, aber gab sie jetzt das Pin-up-Girl irgendwelcher höherer Söhne und Töchter ab, die ein paar aufregende Tage in Tottenham planten, um das wahre Leben kennenzulernen?

Es war immer wieder lehrreich zu sehen, wie viele verschiedene Arten von Idioten es auf der Welt gab. Manchmal wirkten die Leute auf den ersten Blick ganz annehmbar, cool, irgendwie auf der gleichen Wellenlänge. Und dann – zack! – entlarvten sie sich wieder als ein paar Idioten mehr. Jessie lag vollkommen richtig. Und Danny hatte ihr das gerade nochmals deutlich vor Augen geführt.

Laura war froh, dass er sie begleitet hatte. Was wäre sie ohne ihre Freunde? Er hatte gelogen, ohne mit der Wimper zu zucken, und durch seine geschickten Fragen alles erfahren, was sie wissen wollten. Sie selber hätte das nie hingekriegt.

Danny hatte immer die richtige Antwort parat. Mike aus Minnesota. Warum konnte sie nicht ähnlich abgebrüht schauspielern? Zum x-ten Mal rückte sie ihre Sonnenbrille zurecht. Was für eine jämmerliche Maskerade.

Andererseits: *Wenn* sie es darauf anlegen würde, ein NetFriends-Star zu sein, hätte sie ein Bild von sich entworfen, das sich gar nicht so sehr von dem unterschied, das diese Upperclass-Teenies sich zusammengesponnen hatten. Überlebenskünstlerin im lässigen Hoodie – damit konnte sie sich anfreunden. Und für die Rechte von Ausländern einzutreten, lag auch auf ihrer Linie.

Während sie auf den passenden Zeitpunkt wartete, wieder zu ihren Freunden zurückzukehren, versuchte Laura, nicht mehr zu belauschen, was ihre „Fans“ ein paar Sitze weiter von sich gaben. Draußen zog die Landschaft von Yorkshire an ihr vorbei, eine Ebene mit Feldern, Äckern und einzelnen Bauernhäusern. In der Ferne, wo man die Hügelkuppen der Pennines erahnen konnte, gingen Gewitter nieder. Ein schwärzlicher Wolkenmantel bedeckte die Anhöhen.

Eigentlich hatten Mischa und sie diese kahle, wie leer gefegt wirkende Landschaft durchstreifen wollen, auf die Laura jetzt im Vorbeifahren nur einen Blick erhaschen konnte. Sie hatte sich viel davon versprochen gehabt. Einen Kontrast zu den Städten hatte sie sich gewünscht, deren betonierte Eitelkeit sie zur Genüge kannte. Auch deswegen hatte sie es ja zu den Orkneys gezogen.

Ihre Freunde wollten stattdessen nach London.

NetFriends lotste sie nach London.

Scheißlondon.

Oder eher: Scheiß-NetFriends?

Sie galt doch als „Freedom Fighter“? Vielleicht war es an der Zeit, sich von ihren Freunden zu trennen und eigene Wege zu gehen, um ein Stück von sich selbst zurückzugewinnen.

Laura schüttelte den Kopf. Gerade war sie doch noch froh gewesen, Danny und die anderen bei sich zu haben. Machte sie jetzt schon ihre realen Freunde für das verantwortlich, was ihre sogenannten NetFriends-Freunde veranstalteten? Das war doch schizophren, oder?

Egal, momentan, in diesem Augenblick, wollte sie nur noch weg von alledem, raus aus diesem Zug, am besten raus aus Großbritannien. Und vielleicht nur eine einzige Person mitnehmen. Aber wen?

Ihre gedankenlose „beste“ Freundin, die sich schon im Zug einen Whisky reinzog und ihre Sympathien verteilte wie Gummibärchen? Einen plötzlich zu Geld gekommenen Nerd mit – eine Runde Mitleid – Bootcamp-Vergangenheit? Das blonde amerikanische Großmaul, das in jede nur erdenkliche Rolle schlüpfen konnte und sein Fähnchen immer nach dem Wind hängte? Oder ihre neue Freundin Glynis, wegen der sie überhaupt in diesem Zug saßen? Glynis war es schließlich gewesen, die ihnen eingeredet hatte, sie sollten ihre gemütliche Unterkunft in Aberdeen Hals über Kopf verlassen.

Manchmal tat es ganz gut, ungerecht zu sein.

35

Um 17.15 Uhr fuhr ihr Zug in King's Cross ein. Schon eine Viertelstunde später stiegen sie in die rappelvolle U-Bahn, die Victoria Line. Offenbar wollten jede Menge Leute in dieselbe Richtung wie sie. Laura trug immer noch Sonnenbrille und Basecap. Es entging ihr nicht, dass in der U-Bahn über sie und den bevorstehenden Flashmob geredet wurde. Überall glühten die Smartphones. Immerhin gelang es ihnen, Travis und Co. aus dem Weg zu gehen.

Sie stiegen in Tottenham Hale aus. Die Luft auf dem Bahnsteig war schwer von den Abgasen der U-Bahn und dem Körpergeruch der Fahrgäste. Alles drängte über die Treppen nach oben. Die Uhren zeigten 17.45. Sie waren gut in der Zeit.

Der Tottenham Hale Retail Park lag gleich auf der gegenüberliegenden Straßenseite. Laura hatte sich die Shopping Mall beeindruckender vorgestellt. Doch es waren nur relativ niedrige, eingeschossige Gebäude in der Art eines etwas größeren Supermarkts. Die Werbeflächen verwiesen auf die üblichen internationalen Ketten, Burger King, KFC, Lidl, Subway, O_2, sowie auf verschiedene Schuh-, Klamotten- und Bikeläden. Die Gebäude waren karreeförmig um einen Parkplatz angeordnet, zu dem es zwei Zufahrten gab. In dessen Mitte versammelte sich eine ständig anwachsende Menschenmenge.

Viele ankommende Pkws, die hier parken wollten, gerieten mit den Flashmob-Teilnehmern aneinander, gaben schließlich auf und fuhren wieder weg.

„Wer sind denn die?“, fragte Laura, als sie eine Gruppe

Demonstranten bemerkte, von denen einige weiße Käppis trugen und so ziemlich alle Bärte hatte. Sie hielten Schilder und Spruchbänder hoch und reckten hin und wieder die Fäuste in den Himmel. Die Aufschriften variierten: „Kill All Who Hate Islam“, „Police You Will Pay“ und „Freedom Go To Hell“. Einige schienen kurzfristig gebastelt worden zu sein. Auf ihnen stand: „Revenge For Samir“.

„‚Rache für Samir‘“, sagte Wesley, „so heißt der in Aberdeen getötete Pakistani. Er war Muslim.“

„Das sind Islamisten“, meinte Glynis. „Na ja, man kann's ihnen nicht verdenken, dass sie hier aufkreuzen.“

Einige Bürgerrechtsbewegungen waren auch gekommen und Aktivisten unterschiedlichster Couleur. Der Protest richtete sich gegen den Kapitalismus, die Regierung, die EU und vieles mehr. Viele kleine Gruppen mit eigenen Krachmachinstrumenten wie Tröten und Trillerpfeifen entstanden. Einiges auf den Transparenten fand Laura durchaus in Ordnung, doch was hatte all dies auf einem Flashmob verloren?

Die Demonstranten bildeten jedoch nur eine kleine Minderheit. Die meisten Besucher wirkten wie ganz normale Leute und gehörten offensichtlich keiner politischen Gruppierung an. Sie schienen bloß gespannt zu sein, was als Nächstes passierte. Schaulustige, Menschen in Feierlaune, Partypeople – und immer wieder waren T-Shirts mit Lauras Hoodie-Bild zu sehen. Der Geruch von Alkohol und Joints lag in der Luft.

Rassisten und Neonazis waren glücklicherweise nicht zu sehen. Oder wurden sie bereits beim Anmarsch aufgehalten, wer konnte das wissen?

Eine kleine Truppe Polizisten hatte vor dem Burger King Aufstellung genommen, der in einem gesonderten Block direkt an der Einfahrt lag. Die Bullen beobachteten die Lage und redeten wie verrückt auf ihre Funkgeräte ein, vermutlich forderten sie Verstärkung an.

Mischa, Glynis und Danny hingen an ihren Handys. Sie blieben ein wenig abseits vor dem Subway-Laden stehen, um alles im Blick zu haben, und stellten ihr schweres Gepäck auf dem Boden ab. Wesley setzte sich auf seinen Rucksack und startete sein Laptop.

„Was wollen wir jetzt eigentlich machen?", fragte Laura. „Gibt es schon irgendwas Neues über den Flashmob? Kommt nicht ein Aufruf zu einer gemeinsamen Aktion?"

„Hier steht nur **„Wait for further instructions"**, tausendmal kommentiert. Das ist der aktuellste Post." Mischa verzog das Gesicht. „Ich schieb ganz schönen Kohldampf. Ich glaub, ich hol mir einen Burger."

„Ist doch gleich sechs", sagte Laura. „So lange hältst du es schon noch aus. Ich hab auch Hunger."

„Und was ist um sechs? Spontaner Striptease?"

Danny lachte. „Das würde schon mal die ganzen Möchtegerntaliban rauskegeln. Oder die flippen dann richtig aus. Nackte Haut ist sicher nicht im Sinne des Propheten."

„Kein Wunder, dass Amerika seit Nine Eleven nur noch Mist baut." Wesley sah Danny abfällig an. „Alles nur Vorurteile. Was haben dir die Muslime bitte schön getan? An deren Stelle würde ich auch auf die Straße gehen."

Daraufhin begannen die Jungs zu streiten und warfen sich allerlei Schimpfworte an den Kopf. Danny meinte, ein Witz müsse doch wohl noch erlaubt sein. Wesley knurrte, darüber mache man keine Witze. Mischa und Laura versuchten zu schlichten. Glynis hielt sich raus und spielte weiter mit ihrem Handy herum.

Sie standen nicht lange im Abseits. Jede U-Bahn, die im Viertelstundentakt fuhr, spuckte noch mehr Leute aus. Der Parkplatz füllte sich. Die Polizisten wichen etwas zurück, hielten aber ihre Stellung vor dem Burger King. Es waren gerade mal zehn Uniformierte, die immer mehr Schiss und keine Verstärkung bekamen.

Danny und Wesley beruhigten sich wieder. Laura-Adams-Sprechchöre wurden angestimmt, es ging auf die volle Stunde. So ziemlich alle starrten dabei auf ihre Handys und warteten auf irgendeine Anweisung oder einen Vorschlag, was jetzt zu tun sei, vielleicht auch einfach auf eine harmlose Auflösung des Spektakels à la „Thank you for being here. Let's party!".

Die Zeitanzeige auf Dannys Handy sprang um: achtzehn Uhr.

Endlich erschien auf Lauras NetFriends-Seite eine neue Mitteilung: **„Flashmob: Buy something to drink!"**

Ratlosigkeit machte sich breit. Man sollte was zu trinken kaufen?

Es gab Flashmobs, bei denen alle Teilnehmer bestimmte Tanzschritte vollführten. Oder eine Kissenschlacht veranstalteten. Oder ein bestimmtes Lied sangen. Aber das?

Die Ersten setzten sich in Bewegung und wiederholten belustigt den Text: „Buy something to drink! Na, wenn's weiter nichts ist." Die Leute gingen in die Fressbuden und Minisupermärkte und kamen mit vollen Bechern, Dosen, Flaschen auf den Parkplatz zurück.

Natürlich blieb auch das Subway, vor dem Laura mit ihren Freunden stand, nicht ausgenommen. Sie zögerten, dann meinte Danny: „Was soll's. Ich brauch jetzt dringend 'ne Cola."

Sie reihten sich in die Schlange ein, die sich binnen Kurzem gebildet hatte, Wesley und Glynis blieben draußen. Laura schätzte, dass der Flashmob inzwischen auf mehr als tausend Teilnehmer angewachsen war. Immer mehr Leute strömten in den Laden und drängelten sich an der Kasse. Und alle blickten dabei auf ihre Handys.

Nach etwa fünf Minuten kam die nächste Anweisung der falschen Laura Adams: **„Plunder!"**, las Mischa laut vor.

„Plündern?" Laura entriss ihrer Freundin das Handy. „Häh?"

„Plunder! Fuck the money! Free yourself!"

Ungläubig starrte sie auf das Display. Das war der Startschuss zum Massendiebstahl. Lag es an der schieren Menge der Flashmob-Teilnehmer, an den aufgestauten Aggressionen einiger weniger, am Mitmachdrang? Es gab kein Halten mehr. Die Leute griffen in die Regale und nahmen mit, was sie kriegen konnten, ohne zu bezahlen. Viele hatten sich mit Tüchern vermummt oder zogen T-Shirts und Sweaters vors Gesicht wegen der allgegenwärtigen Überwachungskameras.

Die Subway-Mitarbeiter gaben ihre Theke auf und flüchteten in den Aufenthaltsraum. Es war ein schreckliches Schubsen und Schieben, Laura wurde gegen ein Regal gepresst und fürchtete, keine Luft mehr zu bekommen. Mischa und Danny waren verschwunden. Sie zwängte sich durch einen Seitenausgang nach draußen in eine Passage – und wurde von den Menschenmassen in ein Schuhgeschäft gedrängt.

Dort herrschte reine Anarchie. Die Verkäufer hatten sich in Sicherheit gebracht, während der Mob den Laden und unzählige Schuhkartons auseinandernahm. Scheiben zersplitterten, Schreie des Triumphs oder der Schmerzes ertönten, es war ein schrecklicher Lärm. Wer etwas ergattert hatte, flüchtete, notfalls unter Einsatz des Ellenbogens, aus dem Laden.

Irgendwie gelangte Laura von dem Schuhgeschäft zu Lidl und kam dort vom Regen in die Traufe. In dem Supermarkt war es am schlimmsten. Die Leute stritten sich um Sandwiches, Chipspackungen, Bier und Schokoriegel, vor allem aber um Spirituosen, die in einem abgetrennten Bereich neben den verwaisten Kassen verkauft wurden. Sie wurde getreten und zur Seite gestoßen, verlor das Gleichgewicht und stürzte in einen Sonderposten mit Fruchtsafttüten. Im Nu waren die Schnapsregale leer, die Menge zog johlend weiter.

Nur ein paar vereinzelte Gestalten und ein unrasierter Typ mit Sommersprossen und einer Army-Jacke blieb zurück. Er hatte eine Flasche Gin geöffnet und trank in großen Schlucken. In seiner Sporttasche schien er bereits einen ganzen Vorrat gebunkert zu haben.

Dann bemerkte er Laura, die gerade benommen versuchte, wieder auf die Beine zu kommen. Ihr Fuß hatte sich zwischen den Tetrapaks verkeilt.

Der Gin-Mann ging auf sie zu und gab ihr eine schallende Ohrfeige. Blitzschnell hielt er ihr mit der einen Hand ein Klappmesser an die Kehle und zog mit der anderen seine Hose herunter. „Lass die Sonnenbrille ruhig auf, Kleines. Sei nett zu mir oder ich schneid dir dein Gesicht in Streifen."

Die Messerspitze verharrte dicht über Lauras Mund. Sie roch seinen säuerlichen Atem. Mit seinen knotigen Fingern knöpfte er ihre Jeans auf, schien darin Übung zu haben.

Laura war starr vor Schreck. Sie wagte nicht, sich zu rühren. Panik schnürte ihr die Kehle zu.

Plötzlich verdrehte er die Augen. Sein Blick brach und er sackte in sich zusammen.

36

Laura strampelte sich frei und stieß den schlaffen Körper mit aller Kraft von sich. Endlich fand sie ihre Sprache wieder. „Verdammtes Mistschwein!"

Danny beugte sich über den reglosen Mann und legte einen Finger auf seine Halsschlagader. „Lebt leider noch."

Er hielt eine verchromte Stange in der Hand, Überrest des Geländers, das zwischen den Drehkreuzen am Eingang angebracht gewesen und von der plündernden Meute niedergerissen worden war. Als der Mann sich wieder aufrichteten wollte, holte Danny ein weiteres Mal aus.

„Nicht!", rief sie.

„Wie du meinst." Danny zuckte mit den Schultern. Dann warf er die Stange weg und sah sich um. Irgendwo in den Tiefen des Supermarkts waren noch Leute mit Plündern beschäftigt, niemand hatte etwas bemerkt, und falls doch, hatte keiner eingegriffen.

Mit zitternden Fingern knöpfte Laura ihre Jeans zu. Tränen liefen ihr über die Wangen.

„Bist du verletzt?"

„Nee, ich ... ich glaube nicht."

„Dann raus hier.“

Sie schafften es gerade noch auf den Parkplatz, bevor ein Trupp behelmter Polizisten in Schutzkleidung und mit Schlagstöcken die Geschäfte stürmte.

Rasch rannten sie an den Einsatzfahrzeugen vorbei, wurden jedoch von keinem Bullen angehalten. Die waren alle damit beschäftigt, Plünderer mit Plastiktüten voller Beutegut abzufangen. Glücklicherweise trugen Laura und Danny nichts bei sich, was sie verdächtig gemacht hätte. Neben ihnen stolperten auch viele Kunden und Angestellte nach draußen, um sich der Gewalt der Polizei zu entziehen. Von überall her ertönten Sirenen.

Vor dem Burger King blieben sie schließlich stehen und rangen nach Atem. Das Schnellrestaurant war verrammelt, offenbar hatte der Manager rasch geschaltet und seinen Laden dichtgemacht.

„Wo sind die anderen?“, fragte Laura.

„Keine Ahnung. Mischa hab ich zuletzt im Subway gesehen.“

„Wir hätten einen Treffpunkt ausmachen sollen.“ Lauras Blick irrte umher. Ihre Sinne waren immer noch zum Zerreißen gespannt. Die Körperstellen, wo der Typ sie begrapscht hatte, brannten wie Feuer. „Wo sind die, verdammt noch mal! Warum haben die nicht auf uns gewartet!“ Sie nahm ihre Sonnenbrille ab und warf das Ding mit einer wütenden Geste von sich. Sofort wurde sie von einem Flüchtenden zertrampelt.

Danny wischte auf seinem Smartphone herum. „Ich ruf Glynis an. Dauert nur –“

„Auch schon wieder da?“ Mischa war um die Ecke gebogen und hielt den kümmerlichen Rest eines Sandwiches in der Hand. „Geht ja richtig ab hier. Flash-Rob statt Flashmob, richtig? Habt ihr was ergattert? Ich könnte jetzt einen Drink gebrauchen."

Unwillkürlich musste Laura lachen. Mischas Appetit war ein untrügliches Zeichen dafür, dass bei ihrer Freundin alles in Ordnung war.

„Wo sind Glynis und Wesley?", wollte Danny wissen.

„Unseren Sherlock findet ihr wie immer bei der Arbeit." Mischa führte die beiden zu einem Seiteneingang, wo sich die neugierige Burger-King-Belegschaft versammelt hatte. Alle filmten das Geschehen auf dem Parkplatz mit ihren Handys. Sie wirkten wie der stumme Chor einer griechischen Tragödie – Laura fühlte sich an die letzte Theateraufführung an ihrer Schule erinnert.

Inzwischen trafen die ersten Kamerateams der Fernsehsender ein, wodurch die Polizei noch mehr zu tun bekam. Für die kleine Versammlung vor dem Burger King interessierte sich jedoch niemand.

Wesley hockte im Schneidersitz vor seinem Laptop und nickte Laura nur knapp zu, als er sie sah.

„Wo warst du?", herrschte sie ihn an. „Ich hätte deine Hilfe gebraucht!"

„Hab zu tun." Er tippte etwas ein.

Laura knallte seinen Computer zu. „Ich wäre da drin fast vergewaltigt worden!"

Wesley sah sie bestürzt an. „Was? Das ist ja furchtbar."

Sie ballte die Fäuste. „Was bist du bloß für ein beschissener Nerd! Wenn's ernst wird, verschanzt du dich hinter ... diesem Ding!"

Behutsam klappte Wesley das Laptop wieder auf. Ein

Handy war über Kabel mit seinem Computer verbunden. Er schwieg.

Mischa legte einen Arm um Laura und zog sie fest an sich. „Bist du okay?", fragte sie leise.

Laura seufzte.

Danny erzählte von dem Vorfall im Supermarkt. „Mann, bin ich froh, dass das noch mal gut ausgegangen ist", schloss er seinen Bericht. Mischa und Wesley nickten erleichtert.

Das Reden und die Anteilnahme ihrer Freunde taten Laura gut. Sie fühlte sich wieder sicherer und ihre Beine hörten langsam auf zu zittern.

Schließlich fragte Mischa: „Willst du wissen, was hier passiert ist?"

„Was soll denn passiert sein? Wo ist überhaupt Glynis?"

„Glynis hat uns verraten. Und Wesley hat sie drangekriegt."

37

Woher wusste Glynis, dass ich in Kirkcaldy wohne?", fragte Wesley. „Das hat sie im Zug gesagt, wenn ihr euch erinnert. Ich bin sofort stutzig geworden. Im Internet steht nichts davon und ich hab zu Hause nicht mal einen Telefonanschluss. Von mir hat sie es nicht erfahren. Vielleicht von euch?"

Alle schüttelten den Kopf.

„Das war der Auslöser. Danach fielen mir noch andere

Sachen auf. Sie war immer so gut informiert über alles, was wir gemacht haben. Und streng genommen hat sie uns nach London gelenkt."

„Das sind doch noch lang keine Beweise, dass sie uns ausspioniert hat", sagte Laura.

„Ich hab Glynis damit konfrontiert und ihr meinen Verdacht auf den Kopf zugesagt. Aber sie hat alle Vorwürfe zurückgewiesen." Wesley machte eine Pause. „Deswegen hab ich sie um ihr Handy gebeten. Das wollte sie natürlich nicht rausrücken."

„Warum auch?", wollte Danny wissen. „Hättest du auch nicht gemacht ..."

„Ich hab ihr das Ding einfach abgenommen. Mischa hat geholfen." Wesley zwinkerte ihr zu.

Mischa zeigte Kratzspuren auf ihren Unterarmen. Jetzt bemerkte Laura auch, dass ihre Lippe angeschwollen war. „Die hat sich gewehrt wie eine Furie. Nicht dass mir das was ausgemacht hätte."

„Als klar war, dass wir sie am Wickel hatten, ist unsere liebe Glynis stiften gegangen, einfach auf und davon." Wesley wies in Richtung U-Bahn-Station. „Die sehen wir nicht wieder."

„Du bist dir deiner Sache wohl ziemlich sicher", sagte Laura.

„Gerade hab ich damit angefangen, ihr Handy auszuwerten. Da gibt es jede Menge Firewalls und Sicherheitscodes – was einem allein schon zu denken geben sollte. Eines kann ich mit Sicherheit sagen: Glynis hat dich bei jeder Gelegenheit, die sich bot, aufgenommen. Fotos, Kurzfilme. Warum hat sie das getan?"

„Schnappschüsse zur Erinnerung?"

„Aber sie hat die Bilder in NetFriends-Posts über dich eingebaut, unter einem anderen Namen natürlich. Ihr Alias lautet Lindsey Wilcox, damit war sie eingeloggt. Und Lindsey Wilcox scheint der größte Fan von Laura Adams zu sein, den es überhaupt gibt – nach der Menge an Posts und Kommentaren zu urteilen. Ihren letzten Eintrag hat sie abgesetzt, kurz nachdem es mit dem Flashmob losging, um 18.01 Uhr. Seht selbst."

Sie ließen sich neben Wesley auf dem Boden nieder und betrachteten den Bildschirm des Laptops. Der Post, der auf Lauras gekapertem Profil erschienen war, zeigte ein neues Foto von Laura – diesmal mit Sonnenbrille und Basecap – und war mit der Bemerkung versehen: **„Heading for Subway Shop – new camouflage."**

„Eindeutig, oder?"

„Ich fass es nicht." Laura stieß die Luft aus. „Und ich hab ihr vertraut."

„Geh nie mit Fremden mit, die dich an der Bar ansprechen", sagte Mischa.

„Du hast sie doch auch supernett gefunden", entgegnete Laura. „Sag bloß nicht, du hättest es von Anfang an geahnt."

„Als Nächstes checke ich alle Nachrichten, die Glynis in den vergangenen Tagen verschickt und bekommen hat", erklärte Wesley. „Obwohl ich kaum glaube, dass sie wirklich Glynis heißt. Oder Lindsey."

„Aber tu das bitte nicht hier." Mischa klang besorgt. „Langsam wird's ungemütlich."

Mittlerweile befanden sich mehr Einsatzkräfte auf dem Parkplatz als Flashmob-Teilnehmer oder Demonstranten. Etliche waren verhaftet worden und saßen bereits in den Polizeiautos. Andere knieten in Handschellen auf dem Asphalt, teilweise blutüberströmt. Um sie herum sah es aus wie auf einem Kriegsschauplatz – und es war schwer zu sagen, wer zu Recht geschnappt worden war und wer einfach Pech gehabt hatte. Überall lagen Protestschilder und Spruchbänder, Pappbecher, Plastikflaschen, Dosen. Die Polizei hatte begonnen, die Personalien von jedem aufzunehmen, der ihnen in die Finger geriet, auch von Gaffern und unbeteiligten Zuschauern, die eventuell als Zeugen fungieren konnten.

„Wo wollen wir hin?", fragte Laura. „In die City?"

„Zu teuer", erwiderte Wesley. „Bleiben wir lieber hier in der Gegend."

Danny blickte zum Subway hinüber, wo sie ihr Gepäck abgestellt hatten. „Vorher hätte ich gern meinen Rucksack wieder."

Mischa lächelte gequält. „Ähm, das wisst ihr ja noch nicht. Unsere Sachen sind weg."

„Was?"

„Weg, geklaut. Als diese Spinner alle durchgedreht sind, wurden wir abgedrängt. Da gab's kein Halten mehr, die haben mitgenommen, was nicht niet- und nagelfest war. Die Rucksäcke sind schneller verschwunden, als ich ‚Piep' sagen konnte."

„Auch das noch!", stöhnte Laura und ließ die Hiobsbotschaft einen Moment sacken. „Meine schönen Klamotten! Meine Unterwäsche!"

„Camping können wir auch vergessen", meinte Wesley. „Haben alle noch ihre Geldbörsen? Das ist am wichtigsten."

Reihum bejahten sie, jeder besaß noch seinen Ausweis und mehr oder weniger viel Bargeld. Mischa und Laura hatten noch ihre EC-Karten und Danny zwei verschiedene Kreditkarten. Allerdings vermisste er seinen Notgroschen, fünfhundert Dollar, die er in einem Innenfach seines Rucksacks aufbewahrt hatte. Und Mischas und Lauras Geldreserve von dreihundert Euro war ebenfalls futsch.

„Jetzt haben wir nur noch, was wir am Leibe tragen", sagte Mischa und grinste.

„Und unsere Handys", ergänzte Danny. „Was ist daran so witzig?"

Plötzlich prustete Mischa los und kriegte sich vor Lachen nicht mehr ein.

Laura begriff nicht, was in sie gefahren war. „Bist du noch ganz sauber? Wir werden bis aufs letzte Hemd beraubt und du ..." Sie blickte von einem zum andern. „Ihr macht nur Spaß, stimmt's? Ihr verarscht uns."

Mischa schüttelte bedauernd den Kopf. „Tut mir leid, aber ich find das cool. Man fühlt sich gleich leichter."

„Bis du duschen und Zähne putzen willst. Unsere Kulturbeutel sind nämlich auch weg, falls dir das noch nicht aufgefallen ist. Inklusive Schminkzeug."

„Scheiß auf das Schminkzeug. Ist sowieso schlecht für die Haut."

Jetzt musste auch Laura lachen. „Sagst ausgerechnet du."

„Wie hieß es in dem Post? Fuck the money. Bitte sehr! Man muss auch mal loslassen können."

38

Es war tatsächlich kein Scherz. Ihr Gepäck war während des Flashmobs komplett flöten gegangen. Was die Frage aufwarf, wo sie in London übernachten sollten. Sie verließen den Parkplatz, bevor ihnen die Polizei zu nahe auf die Pelle rückte. Niemand kam auf den Gedanken, den Rucksack-Diebstahl oder Lauras unangenehme Begegnung im Supermarkt bei den Bullen zu melden. Dann müssten sie sich ausweisen und bei dem Namen „Laura Adams“ würden alle Alarmglocken schrillen. Schließlich galt Laura als Urheberin der Plünderungen, das gaben die inhaftierten Plünderer sicherlich zu Protokoll – falls die Herren Gesetzeshüter nicht in der Lage waren, selbstständig im Internet zu recherchieren. „Aufruf zu einer Straftat“, so hatte es Jessie ausgedrückt, als sie sich über die Folgen des Party-Posts in Aberdeen unterhalten hatten. Dieser Tatbestand war jetzt garantiert erfüllt.

Danny fand mithilfe seines Smartphones ein günstiges Hotel. Es lag in einer Straße namens Amhurst Park, etwa drei Kilometer entfernt. Er rief dort an und reservierte zwei Zimmer mit Etagenbad für jeweils achtzig Pfund die Nacht, nachdem er sich kurz mit den anderen abgesprochen hatte. Für London und so kurzfristig war das kein schlechter Preis. Danny, das Organisationstalent.

Auf dem Weg zum Hotel kamen sie an Leuten vorbei, die sich offenbar ebenfalls an dem Flashmob beteiligt hatten und jetzt wild darüber diskutierten. Aber es waren nur versprengte Grüppchen. Wer nicht festgenommen worden war, hatte sich in alle Himmelsrichtungen abgesetzt.

Laura brauchte dringend eine neue Tarnung. Bei einem Straßenhändler kaufte sie ein grünes Tuch mit großen schwarzen Punkten, das sie sich im Piratenlook um den Kopf band. Besser als nichts. Danny meinte sogar, das Tuch würde ihr Gesicht total verändern – und interessanter machen. Na dann.

Sie gingen im „Lime Palace“ essen, einem billigen Bangladeshi-Restaurant in einer Nebenstraße der Seven Sisters Road. Dort war es so gut wie leer, die meisten Gäste bestellten Gerichte zum Mitnehmen. Der Wirt freute sich über die unverhoffte Kundschaft – wohl auch über Gesellschaft – und gab ihnen auf Lauras Wunsch einen Tisch weit hinten in dem schlauchartigen Lokal. Zwar waren sie hier von asiatischem Kitsch förmlich umzingelt, doch das war ein geringer Preis dafür, dass es in dem Lokal keine Überwachungskamera gab wie bei den großen Fast-Food-Ketten.

Alle hatten einen Bärenhunger, sogar Mischa. Während sie auf ihre Currys warteten und die Getränke serviert wurden, nahm Wesley sich wieder Glynis' Handy mithilfe seines Laptops vor. Dadurch bekam er rasch einen Überblick über alles, was auf dem Handy gespeichert war. Das dafür nötige USB-Kabel stammte von einem Jungen, der ebenso wie er Hals über Kopf von dem Parkplatz geflohen war und in der Hektik die Hälfte seiner Ausrüstung verloren hatte. Netzteil, Ladekabel, Ohrstöpsel und was sonst zu Wesleys Laptop gehörte, befand sich in seinem Rucksack und war auf Nimmerwiedersehen verschwunden.

Schnell klickte er sich durch die verschiedenen Ordner.

„Also“, fing er an, „hier gibt es ein ganzes Verzeichnis nur mit Dateien, die Laura betreffen. Zum Beispiel Capoeira-Fotos, und zwar nicht nur die paar, die auf NetFriends erschienen sind, sondern viel mehr. Außerdem Familienfotos, Fotos von Freunden, Fotos in … knapper Bekleidung? Sind das Dessous?“

„Hab ich vor einem Jahr aus Scheiß gemacht, zu Hause in meinem Zimmer.“ Sie wurde rot.

„Jedenfalls nimmt es kein Ende. Glynis besitzt hier ein Album deines ganzen Lebens.“

Sie saß neben ihm und verfolgte jede seiner Aktionen mit. „Das stammt alles von meinem Computer, der in München geklaut wurde. Wie kommt Glynis da ran?“

„Schauen wir uns mal die Videos an.“ Er wechselte das Verzeichnis. „Aha, der Film von der Fähre, mit Sergeant Haig.“

„Den kann sie sich von NetFriends runtergezogen haben.“

Wesley rief das gekaperte Profil auf. Dort gab es noch nichts Neues von der falschen Laura Adams und auch nicht von Lindsey Wilcox. Er scrollte die Zeitleiste herunter, bis er den Eintrag mit der Polizeibefragung fand. Verglich ihn mit dem Film auf dem Handy. „Siehst du das Aufnahmedatum? Das Video wurde gemacht, *bevor* es auf NetFriends landete. Was bedeutet – “

„Glynis hat es selbst aufgezeichnet. *Sie* war das!“

„Holy shit“, stieß Mischa hervor. „Und was hat euch dieser Detektiv dann erzählt?“

Wesley überlegte. „Vielleicht arbeitete er mit Glynis zusammen oder in ihrem Auftrag. Sie hielt sich im Hintergrund, während er quasi in vorderster Linie agierte. Und nachdem er aufgeflogen war, hat Glynis in Aberdeen übernommen, als unbedenkliche Kneipenbekanntschaft.“ Er setzte seine Suche fort.

„Würde mich nicht wundern, wenn sie es war, die auf dem Schiff Feuer gelegt hat“, warf Danny ein. „Gibt's da irgendwelche Hinweise?“

„Auf dem Handy? Welcher Brandstifter nimmt sich schon selbst auf beim ... na ja, Brandstiften? Das wäre der Beweis für eine schwerwiegende Straftat, so blöd war Glynis bestimmt nicht." Wesley zog die Augenbrauen hoch. „Ich kann ja weiter stöbern, aber ..." Dann hatte er einen Einfall. „Warte mal."

Er klickte in die Browser-History und wählte die Zeit vor dem Brand aus. Dadurch konnte er sehen, welche Internetseiten Glynis in den letzten Tagen und Wochen aufgerufen hatte. Nach einer Weile wurde er fündig. „Du hast recht, Danny. Sie hat über die ‚Sea Eagle' recherchiert, unter anderem auf einer veralteten Website, die ein Vorbesitzer des Schiffes erstellt hat. Dort kann man Konstruktionspläne aufrufen und sich anschauen, wie das Schiff aufgebaut ist, wo die Frachträume liegen, wie groß sie sind und so weiter. Das hat sich Glynis mehrmals angesehen, daran besteht kein Zweifel."

„Vor dem Brand", wiederholte Laura, um sicher zu sein, dass sie richtig gehört hatte.

„Definitiv davor." Wesley nickte.

„Dann muss sie etwas damit zu tun haben. Glynis steckt da total tief drin."

„Aber warum hat sie das getan?", fragte Mischa.

Ihr Gespräch wurde unterbrochen, weil der Kellner mit einem Tablett voller dampfender Schüsseln anrückte ...

39

Das Curry war schärfer, als sie erwartet hatte. Doch Laura nahm es kaum wahr. Während die anderen lebhaft weiterdiskutierten, stocherte sie in ihrem Hühnchenfleisch herum und brütete vor sich hin. Es war zu viel auf einmal. Der Flashmob, die Plünderungen, dieser verfluchte Gin-Mann und jetzt auch noch Glynis' doppeltes Spiel. Seltsamerweise war sie nicht besonders wütend, sondern einfach nur verwirrt. Nach einer Erklärung für das zunehmend Unerklärliche zu suchen, fühlte sich an, als stolpere man in eine Nebellandschaft hinein oder in ein Moor. Der Untergrund war tückisch, die Sicht eingeschränkt und jedes Mal, wenn man dachte, einen Schritt weitergekommen zu sein, taten sich neue Hindernisse auf und der Weg zurück war versperrt.

Vielleicht, überlegte Laura, war da eine weltweite Verschwörung im Gange. Vielleicht war sie nicht die Einzige, deren NetFriends-Identität missbraucht wurde. Vielleicht fand im Internet zeitgleich einen Massenkaperung von Social-Media-Profilen statt und Laura Adams war nur eine von vielen Betroffenen?

Das war zwar weit hergeholt, aber auch ein tröstlicher Gedanke: nicht allein zu sein, Leidensgenossen zu haben. Wie bei einem dieser global auftretenden Computerviren, die durchs Internet geistern und vor denen dann irgendwann gewarnt wird, sodass man Gegenmaßnahmen treffen kann.

Laura hörte auf zu grübeln und zwang sich, noch ein paar Bissen von dem Curry zu nehmen. Wesley war schon mit dem Essen fertig und wieder am Laptop zugange.

„Von wem hat Glynis ihre Infos bekommen?“, wollte Laura wissen. „Und an wen hat sie das, was sie selber über mich herausfand, weitergeleitet?“

„Wenn wir das wüssten, hätten wir den Täter“, meinte Mischa.

„Dazu komme ich gleich." Wesley untersuchte immer noch das gekaperte Profil. „Etwas ist seltsam. Da gibt es Posts, die Glynis als Lindsey Wilcox verfasst hat und die ganz normal auf Lauras Seite erscheinen – offenbar freigegeben von einem Administrator, den wir noch nicht kennen. Und dann sind da noch Posts, die von Laura Adams persönlich stammen."

„Und?"

„Manche dieser Posts sind fast identisch. Das geht aus ihrem Aktivitätenprotokoll hervor."

„Noch mal", sagte Mischa. „Das kapier ich nicht."

„Es läuft folgendermaßen: Lindsey Wilcox setzt einen Post ab. Und kurz darauf, also nach zwei oder drei Minuten, ist es ein offizieller Laura-Adams-Post. Der Wilcox-Post verschwindet und verwandelt sich in einen verborgenen Beitrag."

„Eine Art Upgrade?", schlug Danny vor.

„Sozusagen. Ich vermute, dass der Admin des gekaperten Profils darüber entscheidet, was zum Laura-Adams-Post geadelt wird und was nicht. So war das zum Beispiel mit dem Video auf der Fähre. Es sind immer spektakuläre Sachen mit vielen Likes und Kommentaren."

Laura versuchte, einen Sinn darin zu erkennen. „Die besten Ideen, diejenigen, die am meisten Aufsehen erregen, verwandeln sich also in Laura-Adams-Posts", fasste sie zusammen.

„Ich checke jetzt Glynis' E-Mails." Wesley wollte schon weitermachen, als der Wirt an ihren Tisch kam und fragte, ob sie noch irgendwelche Wünsche hätten. Sie verneinten.

„Du kennst dich aus mit Computern, wie?" Der Mann lächelte, als würde er dafür bezahlt.

„Ein bisschen“, sagte Wesley.

„Kannst du mir helfen bei meiner Lime-Palace-Website? Ich hab keine Ahnung, wie das geht.“

„Was wäre denn zu tun?“

„Neue Preise, neue Speisen. Kleinigkeiten. Und dieses NetFriends will ich auch, fürs Restaurant.“

„Ich seh's mir mal an.“ Wesley folgte dem Wirt in dessen winziges Büro und klemmte sich hinter ein Desktop, das schon bessere Tag gesehen hatte. Währendessen bekamen die anderen eine Runde Mango-Lassi spendiert und unterhielten sich weiter.

Laura legte ihre globale Verschwörungstheorie dar, aber Mischa und Danny hatten ihre Zweifel. Davon hätte man doch schon gehört, so etwas lasse sich nicht lange geheim halten. „Ist natürlich trotzdem möglich, dass auch andere NetFriends-User betroffen sind“, lenkte Mischa ein. „Aber das können nur ein paar wenige sein, nicht so viele, um von einem Massenphänomen auszugehen.“

Nach einer halben Stunde kam Wesley zurück, gefolgt von einem überglücklichen Gastwirt. „Hab seinen Webauftritt auf Vordermann gebracht und noch ein paar zusätzliche Gimmicks installiert“, sagte er. „Und eine NetFriends-Seite hat er jetzt auch.“

„Die Rechnung geht aufs Haus. Alle eingeladen.“ Der Mann verbeugte sich mehrmals und strahlte, als hätte er im Lotto gewonnen.

Sie bedankten sich ebenso überschwänglich und klopften Wesley auf die Schulter.

„Schont den Geldbeutel“, meinte er.

„Das solltest du echt beruflich machen.“ Laura erinnerte sich an ihr Gespräch im Claymore, als sie ihm das vorgeschlagen und es fast im selben Atemzug spießig gefunden hatte. „Dann müsstest du nie für dein Essen bezahlen."

„Wenigstens *ein* Vorteil."

40

Sie machten sich auf den Weg zum Hillside Hotel. Von außen wirkte das Gebäude wie ein normales Wohnhaus aus Backstein, mit einem Türmchen, Erkern und Giebeln. Doch neben der Tür prangte ein Messingschild und im Inneren gab es eine kleine Rezeption in Form eines gebogenen Schreibtisches und mehrerer Wandleisten mit Haken und Zimmerschlüsseln. „Hotel" war ein wenig hoch gegriffen, man konnte das Hillside eher als ein Guesthouse bezeichnen.

Eine Frau um die dreißig mit einem schwarzen Rollkragenpulli, grauem Strickrock und einer Strubbelfrisur kam durch eine offen stehende Tür und begrüßte sie. Im Nebenraum lief der Fernseher.

Die Bezahlung erfolgte im Voraus. Laura und Mischa benutzten ihre EC-Karten, Danny erledigte das online per Paypal. Nur Wesley zahlte bar und es dauerte eine Weile, bis er den Betrag zusammengekratzt hatte. Es waren eine Menge Münzen dabei.

„Bist du jetzt pleite?", fragte Laura.

„Nee." Er steckte schnell seine Geldbörse ein. „Wollte nur ein bisschen Kleingeld loswerden."

Es schien ihm peinlich zu sein, darüber zu reden, und da die anderen dabei waren, ließ Laura es auf sich beruhen.

Die Frau wollte ihnen schon die Zimmerschlüssel aushändigen, als sie bemerkte, dass keiner von ihnen Gepäck dabeihatte – wenn man von Wesleys Laptop absah. Sie stutzte und musterte die neuen Gäste genauer. „Habt ihr nichts zum Übernachten dabei, Leute?"

Erst jetzt fiel ihnen auf, wie komisch sie wirken mussten, so ganz ohne einen Rucksack oder eine Tasche. Wie Teenager, die einen ungestörten Ort suchten, um ein bisschen ... Spaß zu haben. Einer blickte zum anderen, aber niemand sagte etwas.

„Ich kann euch ja verstehen", fuhr die Frau fort, „aber wir sind hier kein Stundenhotel. Unter diesen Umständen muss ich die Buchung rückgängig machen." Mit einem Seufzer griff sie nach dem Kartenlesegerät.

Danny fand als Erster seine Sprache wieder. „Ob Sie's glauben oder nicht, Ma'am", begann er und dehnte die Vokale wie ein amerikanischer Hinterwäldler, „wir wurden beklaut. Gerade standen unsere Rucksäcke noch unschuldig auf 'ner Parkbank – und hastenichgesehn waren die einfach weg. Haben sich regelrecht in Luft aufgelöst. Unser Wesley hier hätte drauf aufpassen sollen, aber er wurde abgelenkt."

Die Masche mit dem belämmerten Akzent. Was zweimal geklappt hatte, konnte auch ein drittes Mal funktionieren.

„Ihr wurdet beklaut", sagte die Frau mit unbewegter Stimme. „Alle vier auf einmal?"

„Das muss 'ne ganze Diebesbande gewesen sein, Profis, so schnell, wie die wieder verschwunden sind. Sie haben nicht zufällig Zahnbürsten für ein paar harmlose Touristen, die ohne eigenes Verschulden in eine Notlage geraten sind?"

„Da hattet ihr ja wirklich Pech. Diese Stadt ist ein gefährliches Pflaster, dagegen muss man unbedingt etwas unternehmen." Die Frau stützte die Ellenbogen auf der Schreibtischplatte ab, verschränkte die Hände unter dem Kinn und schien Gefallen an der Unterhaltung zu finden. „Ich finde dich ja ganz drollig, Junge, und ich will gar nicht wissen, wo man so spricht, wie du das, na ja, angestrengt versuchst. Aber in London haben wir das Lügen erfunden, lange bevor wir euren wundervollen Kontinent entdeckt haben. Also versuch's noch mal."

Danny schaute betreten zu Boden. Laura und Mischa betrachteten interessiert die Struktur der Tapete.

Schließlich machte Wesley der Farce ein Ende. „Wir haben unser Gepäck bei einem Flashmob verloren. Klingt unwahrscheinlich, ist aber so." Er sprach betont schottisches Englisch, um sich von Danny abzusetzen. „Und nach dem, was man in einem Stundenhotel macht, ist uns momentan echt nicht zumute. Wenn wir unsere Sachen noch hätten, würden wir uns einen Campingplatz suchen."

„Flashmob?" Die Frau horchte auf. „Meinst du die Unruhen am Retail Park?"

„Genau. Wir sind da irgendwie reingeraten, wie eine Menge andere Leute auch."

„Da läuft gerade etwas drüber im Fernsehen. Was war denn los?"

Wesley gab einen kurzen Bericht und schilderte, wie alles urplötzlich eskaliert war aufgrund einer mysteriösen Internetaktion. „Und jetzt sind wir bis hierher gelaufen und haben sogar schon bezahlt", schloss er und fügte in gekränktem Tonfall hinzu: „Wir brauchen nur eine Bleibe. Keine Angst, wir bringen Ihr Haus nicht in Verruf."

„Na gut, tut mir leid." Sie überreichte ihnen die Zimmerschlüssel, diesmal war ihr Lächeln echt. „Willkommen im Hillside. Das Bad findet ihr auf der Etage."

41

Inzwischen war es kurz nach neun. Die beiden kleinen Zimmer machten einen überraschend sauberen Eindruck, blütenweiße Bettdecken und schlichte, aber neue Möbel. Lauras und Mischas war etwas geräumiger als die Besenkammer, die sich die Jungs teilten. Sie setzten sich auf die Betten der Mädchen und lobten Wesley dafür, dass er die Nerven behalten hatte. Danny erntete viel Spott, den er jedoch mit Humor ertrug. Die Masche mit Minnesota klappte eben nicht immer.

„Lasst uns mit Glynis' Handy weitermachen", sagte Laura. „Wenn wir an ihre E-Mails rankämen –"

„Noch 'ne Computersession?" Mischa trat ans Fenster und schaute sehnsüchtig auf die Straße hinaus. „Ohne mich. Die Nacht ist jung. Ich will ausgehen nach dem ganzen Trouble, den wir hinter uns haben."

Auch Danny hatte keine Lust, im Hillside zu versauern. Sie kamen überein, sich zu trennen. Laura und Wesley blieben im Hotel, um die Nachforschungen fortzusetzen. Die anderen beiden wollten stattdessen Tottenham unsicher machen.

Als sie gegangen waren, warf Laura den Wasserkocher an, der auf einem kleinen Tisch stand, und goss zwei Becher Tee auf. Wesley stöpselte Glynis' Handy wieder an sein Laptop und legte sich bäuchlings auf eines der beiden Betten.

„Wir haben ein Problem", verkündete er. „Der Akku meines Laptops ist bald leer. Hält höchstens noch eine Stunde."

„Und der von dem Handy?"

„Das kriegt Strom über das Laptop. Aber mein Ladekabel samt Netzteil war in meinem Rucksack."

„Verdammt!" Laura schlug auf die Lehne des klapprigen Lehnstuhls, den sie neben das Bett geschoben hatte.

Er stand auf. „Ich frag mal unsere Freundin im Erdgeschoss. Bin gleich wieder da."

Nach fünf Minuten kam er mit einem Netzteil samt Adapter zurück. „Bingo! Für das Laptop hatte sie was. Wurde von einem Gast vergessen. Die Dinger sind weitgehend standardisiert." Er schloss es an. „Sie glaubt wohl, was gutmachen zu müssen. Jedenfalls ist sie jetzt die Hilfsbereitschaft in Person."

„Fangen wir an."

Wesley überspielte diejenigen Daten, die er für wichtig hielt, auf sein Laptop. Dann öffnete er Glynis' E-Mail-Ordner und ging die Nachrichten Zeile für Zeile durch.

Es dauerte nicht lange, bis er auf etwas Verdächtiges stieß.

„Sieht aus wie Chinesisch", sagte Laura. „Oder Thailändisch. Irgendwas Asiatisches."

„So eine Schrift hab ich noch nie gesehen." Wesley schüttelte den Kopf und öffnete die Nachricht. „Das sind Geheimzeichen. Die gesamte E-Mail ist verschlüsselt."

„Codiert? Wie bei Agenten?"

„Wie bei Leuten, die was zu verbergen haben. Sieh mal,

von diesen Mails gibt es noch mehr.“ Er scrollte weiter. „Wenigstens sind sie chronologisch geordnet. Zwischen den normalen Mails tauchen immer wieder verschlüsselte auf. Die erste hat Glynis erhalten, als wir in Rockness waren.“

„Kannst du den Code knacken?“

„Glaub ich kaum.“ Er kopierte einige Schriftzeichen und googelte sie. Kein einziger Treffer. „Das ist wie ein eigenes, extra für diesen Zweck erfundenes Alphabet.“

„Und wenn wir versuchen, die Symbole den Buchstaben unseres Alphabets zuzuordnen?“

„Das dauert vermutlich eine Ewigkeit. Außerdem können wir nicht sicher sein, ob ein bestimmtes Symbol immer für denselben Buchstaben steht. Bei einem guten Code wechselt das, zum Beispiel von Satz zu Satz.“

„Meinst du wirklich?“

Er deutete auf den Bildschirm. „Dieser komische Kringel mit dem Punkt in der Mitte könnte ein E sein, so häufig, wie er vorkommt. Aber im nächsten Satz befindet sich überhaupt kein Kringel, obwohl der ziemlich lang ist. Die Zuordnung verschiebt sich, nach einem Schlüssel, den nur Sender und Empfänger kennen. Klar?“

„Klar“, sagte Laura enttäuscht.

„Das kann man nicht mal mit einem entsprechenden Computerprogramm dechiffrieren, zumindest nicht auf die Schnelle.“ Er überlegte. „Aber weißt du, was? Ich schicke diese Mails einem Freund, den ich aus dem Internet kenne.“ Mit einem bedeutungsvollen Lächeln machte er sich an die Arbeit. „Eigentlich nicht aus dem Internet, sondern aus dem Deep Web.“

„Deep Web? Was soll denn das sein?“

„Der Teil des World Wide Web, der über die herkömmlichen Suchmaschinen nicht zu finden ist – im Gegensatz zum Surface Web. Es liegt quasi unter dem Internet. Oder dahinter, wie man's nimmt."

„So was gibt's?"

„Ist ziemlich kompliziert. Wenn du etwas machen möchtest, was all diese Datenkraken à la Google oder NetFriends nicht mitkriegen sollen, benutzt du das Deep Web." Wesley verließ das Betriebssystem seines Computers und gab allerlei Befehle ein. „So, das wär's. Mal sehen, was Poe706f65 herausfindet. Mich würde nämlich brennend interessieren, von welchem Server diese kryptischen Mails abgeschickt wurden."

„Ist der Absender auch verschlüsselt?"

„Was denkst du denn? Sonst könnte man die Nachrichten ja zurückverfolgen."

„Und dieser Poe ... mit den Zahlen hintendran, ist der ein Experte?"

„Einer der besten. Ich habe keine Ahnung, wer er in Wirklichkeit ist, wo er wohnt und so weiter. Aber wir verstehen uns ganz gut."

„Dann heißt das wohl: abwarten und Tee trinken."

„Wie?"

„Eine Redewendung, kommt aus dem Deutschen. Kennt ihr das nicht? Ihr seid doch die große Tee-Nation!" Sie schaltete den Wasserkocher wieder ein und bereitete zwei neue Teebeutel vor. „Lustig, dass er sich ‚Poe' nennt."

„Warum?"

„Na, damit meint er doch sicher Edgar Allan Poe, den Schriftsteller. Der liebte es nämlich, Geheimschriften zu entziffern."

„Poe? Nie gehört."

„The Raven. Nevermore! Tolles Gedicht. ‚Mitternacht umgab mich schaurig, als ich einsam, trüb und traurig, sinnend saß und las von mancher längst verklungnen Mär ...'", zitierte sie. „Das haben wir in der Schule übersetzt."

„Was passiert in diesem Gedicht?"

„Ein Rabe fliegt ins Zimmer eines Dichters, der um seine Geliebte trauert, und ... löst eine Flut von Gedanken aus."

Wesley betrachtete sie eine Weile vom Bett aus, während Laura vor dem dunkel gewordenen Fenster stand und an den „Raben" dachte, den sie zusammen mit Mischa auswendig gelernt hatte, vor zwei Jahren, als die Welt noch einfacher, langsamer und überschaubarer gewesen war, allerdings auch weniger aufregend. Nur die Nachttischlampe brannte und machte dem blauen Lichtschein des Laptops Konkurrenz, während sich die Schatten in dem Zimmer vermehrten.

„Du bist auch nicht einfach zu entziffern", sagte er schließlich mit einem Klang in der Stimme, den sie so noch nie bei ihm gehört hatte. Ausnahmsweise nicht abweisend, nicht unwirsch, genervt oder gelangweilt. Sondern ... warm. Seine glänzenden Augen erinnerten Laura an die Torftümpel auf der Insel Hoy. Man wusste nie, wie tief sie waren. Ob sie einen verschlingen oder nur herausfinden wollten, wie mutig man war.

„Und der Rabe weichet nimmer – sitzt noch immer, sitzt noch immer", sagte sie und verschränkte die Arme. So einfach war sie nicht um den Finger zu wickeln, Claymore-Kuss hin oder her. Besser, sie kehrte auf vertrautes Terrain zurück. „Auf gewisse Weise hat sich die Sucherei schon gelohnt. Wir wissen – oder können annehmen –, dass Glynis irgendwelche Anweisungen bekam. Aber von wem? Wer verwaltet mein gekapertes Profil? Wer hat den Flashmob initiiert – und hat ihn gezielt eskalieren lassen? Und vor allem: mit welchem Ziel?“

Er lehnte sich zurück und sprach Richtung Zimmerdecke. „Manche Leute haben gar kein Ziel. Die überlegen nur, was sie als Nächstes anstellen.“

„Und warum tun sie das?“

„Aus dem einfachen Grund, weil sie es können. Das Deep Web ist voll von solchen Typen.“

„Aber was die mit mir machen, das wirkt so durchorganisiert, so geplant. Es steigert sich wie nach Drehbuch.“

„Hast du eine Ahnung, wozu jemand fähig ist, der nicht fürchten muss, verfolgt zu werden. Vielleicht bist du nur ein Demonstrationsobjekt. Irgendein Freak will zeigen, wie weit sich solche Manipulationen ausreizen lassen?“

„Und wenn das Objekt bei der Demonstration kaputtgeht?“ Laura schwieg eine Weile. Deep Web. Wesley hatte wohl den Kontakt zur wirklichen Welt verloren. Ihre Probleme waren für ihn nur eine knifflige Aufgabe, die man mit ein wenig Tastenklimperei lösen konnte.

„Du gehst nicht kaputt, nicht, wenn ich es verhindern kann.“ Seine Worte sollten vermutlich gewichtig wirken, doch Wesleys Stimme überschlug sich gelegentlich, vor allem, wenn er offensichtlich versuchte, seine Gefühle zu unterdrücken.

„Gesprochen wie ein wahrer Online-Held.“

„Meinst du, *Danny* könnte dir dabei helfen?“

„Ist das jetzt ein Konkurrenzkampf? Denkst du, er will was von mir?“

„Das sieht doch ein Blinder mit ’nem Krückstock. Er hat’s

sogar offen zugegeben, damals in der Flattie Bar.“ Wesley setzte sich auf. „Also, was ist? Läuft da noch was zwischen euch? Ich will das wissen.“

„Bist du jetzt total durchgedreht?“ Laura mochte es ganz und gar nicht, so unvermittelt die Pistole auf die Brust gesetzt zu bekommen. Was fiel Wesley denn ein? Endlich waren sie mal für längere Zeit allein und schon kam er mit Besitzansprüchen.

Außerdem nagte da noch ein Verdacht an ihr.

„Andere Frage: Woher hast du plötzlich so viel Kohle?“

„Wie bitte?“, fragte er verblüfft.

„Du bist doch knapp bei Kasse, knauserst seit Rockness, wo es nur geht. Wie konntest du das Bahnticket und das Hotel bezahlen?“

„Mit ... Geld!“, erwiderte er, sichtlich genervt.

„Wahrscheinlich hast du nicht mal ein gedecktes Bankkonto. Verkauf mich nicht für blöd.“

Wütend holte er seine Geldbörse aus der Hosentasche und warf sie ihr zu. „Schau doch nach!“, schrie er.

Laura tat nichts dergleichen. Sie sah ihn nur an, nicht spöttisch, nicht mitleidig. Unbeirrt.

Er warf die Arme in die Luft. „Also gut, wenn du es unbedingt wissen willst: Jessie hat mir was gegeben. Weil ich ein armer Schlucker bin. Die merkt so was.“ Er atmete schwer und wandte den Blick ab. „Bist du jetzt zufrieden?“, fragte er abfällig.

Sie hatte seinen wunden Punkt getroffen: zu wenig Geld, um mit den anderen mithalten zu können. Vermutlich hatte Jessie ihm unter die Arme gegriffen in der Hoffnung, dass Wesley auf die Mädchen aufpasste. Es schien sich zu bewahrheiten. Wesley passte auf sie auf. Und Danny.

Mist, was hatte sie da wieder angerichtet? Ihn so bloßzustellen! Nur wegen dem verdammten Geld. Wie konnte sie das wiedergutmachen?

„Komm mal her, Wes!“

Er schaute sie ungläubig an.

„Komm schon.“

Zögernd erhob er sich und ging zu ihr ans Fenster. Hielt einen Meter vor ihr inne. „Und was jetzt?“

Wer, zum Teufel, hatte Fragen-im-falschen-Moment erfunden?

42

Sie lösten sich aus ihrer Umarmung auf dem Teppichboden, wo sie die vergangenen zehn Minuten verbracht hatten. Liebe passierte dort, wo man hinsank.

„Bing!“ Das Laptop verlangte nach Aufmerksamkeit.

„Das muss mein Hackerfreund sein“, sagte Wesley.

Einen Augenblick lang schauten sie sich an, als wollten sie es ignorieren. NetFriends, war das nicht weit weg?

Keine Chance.

Laura richtete sich auf. Sie fühlte ihr Blut an den Stellen pulsieren, die Wesley berührt hatte. Er hatte die Erinnerungen an den Gin-Mann weggestreichelt. Verdammte Unterbrechung.

Wesley wurde wieder eins mit seinem Laptop. „Okay, der Code ist selbst für Poe706f65 zu kompliziert“, sagte er nach einer Weile. „Aber er konnte die letzte E-Mail zurückverfolgen, und zwar zu einem Server in Hamburg. Auf den ersten Blick bringt das nicht viel, doch jetzt wissen wir immerhin, dass die Spur nach Deutschland führt."

„Magere Ausbeute", meinte Laura. „Hamburg ist riesig. Und dass der Server dort steht, hat gar nichts zu bedeuten."

„Moment, das ist noch nicht alles. In dem Anhang einer Mail, die Glynis gleich zu Beginn erhalten hat, konnte er einen häufig wiederkehrenden Begriff isolieren, ein Wort mit sechs Buchstaben. Er nimmt an, dass es eine Bezeichnung für einen Eigennamen ist. Es lautet ‚Jigbot'."

„Jigbot? Nie gehört."

„Geht mir genauso und meinem Kontakt auch. Aber jetzt haben wir wenigstens einen Begriff für Mister X."

„Jigbot, was soll das heißen? Wie in ‚jigsaw' für Puzzle?"

„Jig heißt Schablone und Bot steht für Automatisierung, würde ich sagen. Scheint mir ein künstlicher Name zu sein, wie für eine Firma."

Während Laura darüber sinnierte, rief Wesley NetFriends auf. Dort hatte sich etwas getan. Im Namen von Laura Adams wurde ein neuer Flashmob angekündigt:

„Flashmob in Paris at one of the bridges, August 15, noon. More there."

Das Echo war überwältigend, die Kommentare gingen in die Tausende und es gab hundert Mal so viele Likes. Schon überschlugen sich die Mutmaßungen, was denn wohl um zwölf Uhr mittags geschehen sollte, und vor allem, auf welcher Brücke.

„Morgen in Paris", sagte Wesley. „Die lassen uns nicht zur Ruhe kommen, wie?"

„Soll ich da etwa hinfahren? Nach allem, was heute passiert ist?"

„Wohin sonst? Nach Hamburg in der Hoffnung, dass Poe bis dahin mehr herausfindet? Dann läge Paris sogar einigermaßen auf dem Weg."

„Was für ein Zufall", spottete sie.

„Meinst du, es ist eine Falle?"

„All diese Posts waren bisher Fallen – oder sind zu welchen geworden. Schau uns doch mal an: Mein Handy ist weg, unser Gepäck wurde geklaut. Fehlt nur noch, dass ich im Knast lande."

„Ich checke mal, ob wir das überhaupt schaffen würden. Zwölf Uhr könnte knapp werden." Er öffnete eine Internetseite, auf der man Bahntickets buchen konnte.

Laura schoss ein beängstigender Gedanke durch den Kopf. „Sag mal, Wes, was ist eigentlich mit der Polizei? Bestimmt wissen die längst von dem Flashmobpost. Die müssten mich doch inzwischen auf die Fahndungsliste gesetzt haben."

Er wechselte auf die Website der BBC. Dort wurde bereits eine ganze Rubrik angezeigt, die sich ausschließlich mit den Unruhen in Tottenham beschäftigte. Es war, wie Laura befürchtet hatte. Nach neuesten Erkenntnissen der Polizei, hieß es in den Breaking News, habe eine junge deutsche Touristin namens Laura Adams zu den Ausschreitungen aufgerufen. Das Foto neben dem Artikel war glücklicherweise das aktuelle Profilbild, auf dem Laura mit Sonnenbrille und Basecap zu sehen war. Wesley überprüfte die gekaperte Seite: Lauras ältere Profilbilder, auf denen man sie besser erkennen konnte, waren verschwunden.

„Dauert sicher nicht lange, bis die bessere Fotos auftreiben, die sie zweifelsfrei dir zuordnen können", meinte er. „Aber so ist es schon schlimm genug. Hoffentlich schaut die Frau von der Rezeption jetzt keine Nachrichten und erinnert sich an deinen Namen."

Fieberhaft beratschlagten sie. Die beiden schnellsten Verbindungen, um nach Paris zu gelangen, konnten sie leider nicht nehmen. Der Eurostar durch den Tunnel unter dem Ärmelkanal wurde bestimmt kontrolliert und Flugzeuge erst recht.

„Dann nehmen wir eine Fähre über den Kanal", schlug Laura vor. „Von Dover nach Calais. Da sind die Kontrollen vielleicht nicht so scharf."

Wesley gab die entsprechenden Daten ein und checkte die An- und Abfahrtszeiten. „Na toll", sagte er nach einer Weile. „Der letztmögliche Zug von Calais nach Paris geht um neun Uhr und kommt um 11.22 Uhr in Paris Nord an. Wenn wir den kriegen wollen, müssen wir die Fähre um 5.15 Uhr ab Dover nehmen."

„Warum so früh?"

„Wegen der Zeitverschiebung, die Uhren auf dem Kontinent gehen ja eine Stunde vor. Außerdem gibt es keine bessere Verbindung."

„Und wie kommen wir nach Dover?"

Er rief die Frühzüge ab. Keiner traf rechtzeitig in dem Fährhafen ein. „Bleibt uns nichts anderes übrig, als noch heute Nacht in London zu starten, spätestens um 0.12 Uhr, St. Pancras."

„Gibt es denn keine andere Möglichkeit?" Nach all dem Stress hätte Laura gern ein wenig geschlafen.

Wesley checkte noch einmal alle Daten, rief mehrere Fährgesellschaften und Zugverbindungen auf. „Tut mir leid. Wie man's auch dreht, wir müssen in den nächsten Stunden am Bahnhof sein."

„Aber wir haben das Hotel doch schon bezahlt", widersprach Laura. „Können wir uns das Geld wenigstens zurückerstatten lassen?"

„Und das Risiko eingehen, dass die Frau da unten bei deinem Namen Verdacht schöpft und die Polizei verständigt? Nein, die Kohle müssen wir abschreiben."

„Dieses enge Zeitfenster ... Die wollen uns mit Gewalt weiterhetzen, wie bei einer Treibjagd."

„Dafür wissen die nicht, dass wir von Jigbot erfahren haben. Und für Paris überlegen wir uns noch was. Vielleicht gelingt es uns, den Flashmob irgendwie zu sabotieren. Am besten, wir brechen sofort auf."

„Erst verständige ich die anderen." Laura nahm Glynis' Smartphone und wollte Mischas Nummer wählen, doch das Gerät verlangte plötzlich die Eingabe eines PIN-Codes. Offenbar hatte Glynis inzwischen die Telefongesellschaft über den Diebstahl informiert und die Tastensperre aktivieren lassen.

„Dafür muss man die Seriennummer des Handys wissen", sagte Wesley. „Ein Glück, dass wir zuvor noch die Daten runtergezogen haben." Über sein Laptop rief er Mischa per Skype an. Es dauerte eine Weile, bis sie ranging. Das Videobild zeigte Mischa inmitten eines Ladens, der von bunten Klamotten und billigem Schmuck überzuquellen schien. Hinter ihr hing ein monströser Turnschuh, der wohl als Dekoration diente.

„Wo bist du gerade?", fragte Laura.

„Camden Market. Es ist so krass hier, total verrückt, voll das Shoppingparadies. Ihr verpasst was!"

„Ist Danny bei dir?"

„Danny! Wo steckst du, Süßer?"

Kurz darauf schaute er grinsend in die Handykamera, mit

einem Cowboyhut auf dem Kopf, für den man selbst in Texas einen Waffenschein gebraucht hätte. „Howdy, Freunde."

„Planänderung", begann Laura. „Wir fahren heute Nacht nach Dover. Ihr braucht gar nicht erst ins Hillside zurückzukommen. Treffpunkt im Bahnhof St. Pancras, spätestens um halb zwölf."

„Spinnst du?"

„Viel fehlt nicht mehr." Laura seufzte. „Das ist kein Spaß, es gibt einen neuen Post auf NetFriends. Wir können nicht hierbleiben."

„Echt jetzt?"

„Echt."

Mischas Miene verfinsterte sich. „Seit dieser Blödsinn angefangen hat, bist du eine schreckliche Spielverderberin, weißt du das? Und immer machst du dieses Betroffenheitsgesicht."

„Wir haben jetzt keine Zeit für lange Diskussionen. Nehmt bitte die U-Bahn nach St. Pancras."

„Hab ich das richtig verstanden? Ihr wollt nach Dover? Ich fahr jetzt noch nicht nach Hause."

„Zick doch nicht so rum, Mischa. Außerdem –"

„Kannst du vergessen. Danny und ich bleiben hier."

Die Verbindung wurde unterbrochen.

43

Wesley versuchte es noch einige Male, doch Mischa ging nicht ran. Die Nummer von Danny hatte er gar nicht.

„Lass es gut sein." Laura unterdrückte Ärger und Enttäuschung. Mischa ließ sie im Stich. Das hätte sie nie für möglich gehalten. „Wir müssen los."

Wesley klappte sein Laptop zu. Sie schlichen die Treppen hinunter und durch einen langen Flur bis zum Eingang. Am Empfang war die Tür zum Nebenraum angelehnt, sie konnten das Gebrabbel des Fernsehers hören.

Laura wollte sich gerade vorbeistehlen, als eine Stimme ertönte, die ihr bekannt vorkam.

„Die Tussi hat mich mit 'ner Flasche niedergeschlagen, ohne irgendeinen Grund, einfach so, als ich mich umgedreht hab."

„Sie drehten Laura Adams den Rücken zu?", ließ sich jemand vernehmen, der im Tonfall eines Reporters sprach.

„Weil ich nichts mit ihr zu tun haben wollte."

„Wussten sie nicht, dass sie als gefährlich und unberechenbar gilt?"

„Woher denn, Mann? Jedenfalls war ich bewusstlos und da hat sie mir mein ganzes Geld abgenommen, alles, was ich noch für den restlichen Monat hatte. Was soll ich jetzt machen? Muss ich verhungern, oder was?"

„So viel aus Tottenham von einem weiteren aufgebrachten Zeugen – oder sollen wir sagen Opfer – der Plünderungen. Zurück ins Studio."

Der Gin-Mann. Laura war sich sicher. Der Scheißkerl log wie gedruckt, verkehrte alles ins Gegenteil! Der war so frech und gab auch noch Interviews! Sie ballte die Fäuste vor Ohnmacht. Am liebsten wäre sie in den Nebenraum gestürmt und hätte der Rezeptionistin ins Gesicht geschrien, wie sich alles in Wirklichkeit zugetragen hatte.

Schnell griff Wesley nach ihrer Hand und brachte seinen Mund dicht an ihr Ohr. „Komm!", flüsterte er.

Mit sanftem Druck bugsierte er sie nach draußen. Die Eingangstür fiel für ihren Geschmack ein bisschen zu laut ins Schloss. Wesley lief los und zog Laura mit sich.

Nach den ersten Metern schüttelte sie ihren Schock ab. Wut strömte in ihre Beine, Wut und Hass und Entrüstung, nicht nur über diesen Abschaum, der sie nach einer Vergewaltigung vermutlich, ohne mit der Wimper zu zucken, abgestochen hätte, sondern auch über die Fernsehleute, die so einen Bullshit verbreiteten. Wie konnten die so einem Typen glauben? Aber darauf kam es wahrscheinlich gar nicht an, Hauptsache, sie hatten jemanden vor dem Mikro, der Laura Adams gesehen hatte und etwas zu berichten wusste.

Laura rannte, was das Zeug hielt, Wesley hielt sein Laptop fest an sich geklammert. Als sie über die Schulter nach hinten blickte, sah sie, wie jemand aus dem Hillside auf die Straße trat. Doch da bogen sie schon um die Ecke.

Erschöpft trabten sie weiter. Allmählich wichen die schmucken Häuser großen Wohnblocks und Mietskasernen. In relativ niedriger Höhe brauste ein Flugzeug über sie hinweg, die Positionslichter blinkten. Nur ein paar Autos waren auf der Straße, ansonsten ließ sich kaum jemand blicken, den sie nach dem Weg hätten fragen können. Die Gegend war eine Betonwüste, kein Wunder, dass die Hotels hier billig waren. Sie kamen an einer Gruppe rauchender Jugendlicher vorbei, die sie zum Glück nicht beachteten. Stattdessen klebten sie an ihren Smartphones.

Endlich tauchte das Schild der Londoner U-Bahn auf, die Station hieß Manor House. Als sie in die Piccadilly Line stiegen und die vertraute „Mind the gap“-Durchsage hörten, fühlten sie sich wieder ein Stück sicherer.

„Falls du es je vorhattest, dich an die Medien zu wenden – jetzt würde ich's nicht mehr tun", sagte Wesley. „Du bist vorverurteilt als Unruhestifterin und für Schlimmeres. Und du bist Deutsche. Die billigen Blätter kennen da keine Gnade."

„Die Medien sind mir so was von egal, Wes, das war noch nie eine Option für mich. NetFriends begreifen die niemals, das sind zwei getrennte Welten. Konkurrenz."

„Eigentlich gute Voraussetzungen."

„Du verstehst es nicht. Die Medien interessiert nicht, was mit den Menschen passiert oder was NetFriends aus ihnen machen kann. Die wollen nur Schlagzeilen und dafür greifen sie jeden an, der sich nicht wehrt."

„Da hat jemand ja den vollen Durchblick." Er lachte. „Vielleicht solltest du Reporterin werden und solche Zustände anprangern."

Sie strich ihm mit der Hand über die Wange und gab ihm einen zärtlichen Kuss. „Wenn ich dich nicht hätte. Seit wann kümmerst du dich um die beruflichen Perspektiven deiner gewaltbereiten Freundin?"

„Seit ich mich den ganzen Tag nur mit dir beschäftige."

„Aber es dauert nicht mehr lange und dein Foto erscheint irgendwo auf einem Steckbrief. ‚Haben Sie diesen Mann gesehen? Er gilt als Komplize der Internet-Verbrecherin Laura Adams und könnte mit einem Laptop bewaffnet sein.'"

Er betrachtete sie eine Weile. Laura hatte das Gefühl, er genoss es, sie anzusehen. Sie, an seiner Seite.

„Was ist mit Mischa?", fragte er.

Sie schürzte die Lippen und blickte auf einen zeitungslesenden Mann, der ihnen gegenübersaß. „Hab ihr wohl zu viel zugemutet."

„Findest du?“

„Ich meine, das sind doch keine Ferien! Es sollte unsere große Schottland-Tour werden. Mischa hat seit Monaten Bücher gewälzt und Wikipedia durchforstet, die hat sich richtig vorbereitet auf die Tour. Klar, sie ist ’ne Partymaus und lässt’s gern mal krachen. Aber sie interessiert sich eben auch für Sachen und weiß schon jetzt, wo sie später mal hinwill – im Gegensatz zu mir. Tja, und dann komme ich mit meinen NetFriends-Problemen und kleistere damit alles andere zu. Ständig stehe ich im Mittelpunkt, sie darf zu allem nur Ja und Amen sagen. Und jetzt wollen wir zurück auf den Kontinent und kommandieren sie wieder mal rum. So hat sich Mischa das bestimmt nicht vorgestellt.“

„Verstehe.“

„Ich kann’s ihr also nicht verdenken, wenn sie die Nase voll hat von mir. Hätte ich vielleicht auch.“

An der Haltestelle St. Pancras stiegen sie aus und gingen zum Bahnhof hoch. Inzwischen war es eine Viertelstunde vor Mitternacht. Laura zog an einem Bankomaten Bargeld und bezahlte Wesleys Ticket. Sie selber hatte ja ihre InterRail-Karte. „Ich will keinen Ton hören!“, erstickte sie seine Proteste. „Jetzt bin ich mal an der Reihe, dir einen Gefallen zu tun.“

Der Zug nach Dover fuhr ein. Sie tigerten noch eine Zeit lang auf dem Bahnsteig herum. Mit ihrem Piratentuch hoffte Laura, unerkannt zu bleiben, doch es schenkte ihr ohnehin niemand Beachtung. Diesmal gab es keine „Fans“, die dem Aufruf nach Paris folgten, zumindest nahmen die nicht dieselbe Route. Schließlich stiegen sie in einen Großraumwagen. Vermutlich sahen sie aus wie ein Pärchen aus Dover, das mit der letzten Bahn heimfuhr.

Laura schaute aus dem Fenster, während Wesley wieder

am Laptop zugange war. Das Ladekabel aus dem Hotel hatte er einfach mitgehen lassen – sozusagen als Entschädigung für das ungenutzte Bett.

Keine Mischa, nirgendwo. Und kein Danny. Warum hatte er sich ihr einfach angeschlossen? Na ja, beim Skypen hatte Mischa ihn „Süßer“ genannt. Da hatte sich wohl etwas entwickelt ...

Der Zug setzte sich in Bewegung, Laura lehnte sich zurück und schloss die Augen. Vielleicht fand sie etwas Schlaf. In Dover mussten sie sich wahrscheinlich eine Parkbank suchen.

„Hallöchen!“

Sie schreckte hoch.

Plastiktüten vor ihrem Gesicht. Ein Geruch wie aus einer Räucherstäbchenhöhle. Und das laute, unverkennbare, niemals so willkommene Lachen von ... Mischa.

44

Du hast mir nicht erzählt, dass es nach Paris geht!“, sagte ihre beste Freundin vorwurfsvoll. „Das habe ich erst von Wes erfahren, der hat mir noch ’ne Textmessage geschickt und alles erklärt. So schnell wirst du uns nicht los.“ Mit gedämpfter Stimme setzte sie hinzu: „Außerdem hab ich dich im Fernsehen gesehen. Allmählich wirst du ein Superstar.“

„Verrückte Nuss!“

Danny tauchte hinter ihr auf, er hatte immer noch den Cowboyhut auf dem Kopf. Sie setzten sich auf die Plätze neben Laura und Wesley und packten ihre Einkäufe aus. Eine gepolsterte Nylontasche für das Laptop und ein Daypack, in das sie ihre Neuerwerbungen stopfen konnten. Mischa förderte T-Shirts, Unterwäsche für die Mädchen und allerlei Sachen, mit denen Laura ihr Aussehen verfremden konnte, zutage. Ein Schminkset, eine schmale Brille mit Drahtgestell und Fensterglas, sogar einen Schnurrbart zum Aufkleben, falls Laura mal das Geschlecht wechseln wollte.

„In Camden Market kriegst du *alles*. Ein Eldorado für Geächtete, Vogelfreie und alle, die einfach verrückt aussehen wollen."

Laura stieg ein Duft in die Nase, den die Patschulischwaden nur geringfügig überdecken konnten. „Habt ihr was geraucht?"

Mischa kicherte dämlich. „Ich soll mit dem Alk mal ein bisschen kürzertreten. Sagt mein Suchtberater. Also musste was Gesünderes her."

„Unverbesserlich." Laura verdrehte die Augen, ging aber nicht weiter darauf ein. „Jedenfalls danke für all diese Sachen, das ist supernett. Habt ihr auch an Toilettenartikel gedacht?"

„Wie wär's mit Kaugummi?"

Laura und Mischa standen auf und spazierten zusammen den Gang hinab, um sich in Ruhe gegenseitig zu erzählen, was sie erlebt hatten. Schließlich kamen sie auf die Jungs zu sprechen.

„Danny hat die ganze Zeit nur von dir geredet. Wie beschissen du dich fühlen musst nach diesem übergriffigen Typen im Supermarkt und weil dich Glynis total hintergangen hat. Er war es auch, der die Idee hatte, diese Faschingsartikel für dich zu besorgen. Und er hat alles bezahlt."

„Ganz schön großzügig."

„Er meinte, das täte ihm nicht weh."

„Und?" Laura nickte Mischa auffordernd zu. „Seid ihr euch nähergekommen?"

„Ich würde nie was mit einem Jungen anfangen, der auf dich steht."

„Aber –"

„Nix aber. Danny mag dich, das merke sogar ich. Und er ist total eifersüchtig auf Wesley. Auch wenn er das niemals zugeben würde."

„Hm."

„Hat er denn Grund dazu?", wollte Mischa wissen und setzte ihren Röntgenblick auf. „Ihr beide, allein in einem Hotelzimmer ..."

„Na und?"

„Muss ich's dir erst aus der Nase ziehen?"

„Da gibt's nichts aus der Nase zu ziehen", log Laura. „Wir hingen vor dem Computer und haben im Internet einen Haufen Mist umgegraben. Ende."

Mischa betrachtete ihre Freundin eingehend, kannte sie doch all die kleinen Zeichen und Signale, die bei Laura andeuteten, dass sich liebemäßig was getan hatte. „Du kannst dich nicht für einen von beiden entscheiden, stimmt's?" Sehnsüchtig sah sie zu den Jungs hinüber, die mit dem Laptop beschäftigt waren. „Tröste dich, das könnte ich auch nicht. Aber mich fragt ja keiner."

„Ich weiß nicht, was ich sagen soll." Laura fühlte sich schuldig.

„Dann lass es bleiben. Ich bin dir nicht böse. Man kann sich Männer nicht teilen wie Sandwiches." Sie machte eine Pause und schaute, als hätte sie insgeheim Spaß an Lauras

Luxusproblemen. So war das wohl auf dieser Reise: Die eine sahnte ab, die andere war Zuschauerin und dachte sich ihren Teil.

„Deine Mutter hat auf meinem Handy angerufen“, wechselte Mischa das Thema. „Hat sich nach dir erkundigt, wie es dir geht und so.“

„Das wundert mich jetzt. Wirklich?“

„Sie sorgt sich. Dein Vater auch. Allerdings ist der gerade auf einer Tournee mit seiner Band.“

Laura nickte.

„Willst du ihnen nicht erzählen, was hier abgeht? Vielleicht können sie helfen.“

„Nein.“

„Und warum nicht?“

„Das ist meine Sache, verstehst du?“ Laura wurde laut. „Das geht niemand was an. Und ich komm da auch selbst wieder raus.“

„*Wir* kommen da wieder raus“, sagte Mischa.

45

Um halb zwei fuhr der Zug in Dover Priory ein. Um diese Uhrzeit war alles, was nach Pub oder Schnellimbiss aussah, geschlossen. Sie gingen in Richtung Docks und erreichten einen kleinen Park. Inzwischen hatte es zu nieseln begonnen. Unter einem Pavillon, wo am Sonntagnachmittag vermutlich Blasorchester spielten, suchten sie Schutz. Sie kauerten sich auf den Boden und rückten nah zusammen. Es war kühl und in ihrer dünnen Kleidung bibberten sie um die Wette. Obwohl sie übermüdet waren, fand keiner Schlaf.

Gegen vier Uhr stieß Danny die anderen an und mahnte zum Aufbruch.

„Das mit der Fähre ist ja keine schlechte Idee“, sagte er. „Aber durch den Zoll müssen wir trotzdem. Und wenn die Lauras Pass sehen und durch den Computer jagen, ist es aus. Dann wird sie vom Fleck weg verhaftet.“

„Ich hab gehofft, dass sie uns durchwinken.“ Laura war noch ganz verschlafen.

„Darauf würde ich mich nicht verlassen.“

„Ich glaube auch, dass die uns genauer kontrollieren“, sagte Wesley. „Normalerweise benutzen Fußpassagiere keine Fähren. Die nehmen alle den Zug durch den Tunnel.“

„Also?“, fragte Laura.

Danny schaute sie der Reihe nach an. „Ich hab nachgedacht. Wir fahren als blinde Passagiere mit, in einem Laster oder einem Wohnwagen. Das wäre am sichersten.“

„Wenn schon kriminell, dann auch richtig, wie?“

„Wir müssen nur eine Mitfahrgelegenheit finden“, sagte Danny. „Lasst mich mal machen.“

Es war noch dämmrig, dicker Nebel hing in den Straßen und Gassen. Sie verließen den Stadtpark und erreichten nach ein paar Hundert Metern einen großen Parkplatz.

„Eigentlich hab ich von Parkplätzen die Schnauze voll.“ Laura schlang die Arme um die Schultern, doch ihr wurde nicht wärmer.

„Wes und ich haben das im Internet gecheckt. Wir sind nur ein kurzes Stück von den Docks entfernt. Viele Leute stellen hier ihre Fahrzeuge ab und übernachten in den umliegenden Hotels. Oder sie bleiben gleich im Auto oder in der Kabine ihres Trucks. Wenn sich einer von denen zur Abfahrt fertig macht, kommt unsere Chance."

Laura war dagegen. „Das ist viel zu unsicher. Bestimmt erwischt uns jemand."

Mischa hingegen blühte auf. „Wenn's schiefgeht, reden wir uns irgendwie raus. Oder betteln um Gnade. Den Trucker möchte ich sehen, der uns an die Bullen verkauft."

Sie kamen überein, es wenigstens zu probieren. Was für eine Möglichkeit hatten sie auch sonst?

Hinter einem Müllcontainer legten sie sich auf die Lauer. Die Fähre von DFDS Seaways ging um 5.15 Uhr. Falls Danny recht hatte, würde bald Bewegung in den Parkplatz kommen.

Der Erste, der im Morgengrauen auftauchte, war ein Lastwagenfahrer. Er kam aus einer Nebenstraße angestapft und stieg in einen Sattelschlepper. Der Anhänger besaß massive Türen und machte einen unzugänglichen Eindruck. Kurz darauf wurde der Motor gestartet und er dieselte los. Eine Niete.

„Wir brauchen eine möglichst alte Karre, die nicht so gut gesichert ist." Mischa deutete auf einen Laster mit bulgarischem Kennzeichen. Vor der Ladefläche hing die Plane lose herunter. „Der wäre ideal."

Doch der Bulgare ließ sich nicht blicken.

Dafür verließ ein älteres Ehepaar seinen Wohnwagen.

„Holländer", flüsterte Laura. „Die haben da drin gepennt."

„Und jetzt geht's auf die Fähre", sagte Danny. „Wetten? Wir müssen nur in diese Kiste rein, ohne dass sie uns sehen."

Die Frau nahm auf dem Beifahrersitz Platz. Ihre Bewegungen waren fahrig, schlaftrunken. Vielleicht würde sie kaum etwas mitkriegen und gleich wieder einnicken.

Jetzt kam alles auf den Mann an. Er öffnete die Fahrertür seines Pkws, eines alten Peugeot – und hielt plötzlich inne. Sagte etwas zu seiner Frau und wandte sich suchend um. Schließlich überquerte er den Parkplatz und ging zu einer Grünfläche, die ihren Namen schon lange nicht mehr verdient hatte.

„Der will noch schnell pissen!“, zischte Danny und rannte los.

Gelobt seien die Geizhälse!, dachte Laura, als sie Danny mit klopfendem Herzen folgte. Warum das eigene Klo verschmutzen, wenn man auch wild pinkeln kann?

Leise öffnete Danny die Wohnwagentür und schlüpfte hinein. Die anderen taten es ihm gleich. Wesley war der Letzte und schloss die Tür so behutsam, als würde er eine Bombe entschärfen.

Es folgten bange Sekunden. Wenn die Frau etwas bemerkt hatte, mussten sie sich auf ein Donnerwetter gefasst machen. Laura nahm sich vor, eine hoffnungslos Betrunkene zu spielen und einfach davonzutorkeln – wie ein Partyopfer. Danny bedeutete ihnen, sich flach auf den Boden zu legen und irgendwo festzuhalten.

Nichts rührte sich. Eine Minute verstrich, vielleicht zwei. Dann näherten sich Schritte von der Seite, der Mann kam zurück. Er stieg in seinen Peugeot ein, betätigte den Anlasser und gab Gas.

Wieder ein kniffliger Moment. Würde er das zusätzliche Gewicht bemerken?

Doch der Motor war kalt, konnte schon sein, dass die Maschine langsamer zog als üblich. Nichts, worüber man sich am letzten Urlaubstag Gedanken machen musste.

Betete Laura.

Es lief wie geschmiert. Der Peugeot bog samt Wohnwagen auf das Fährgelände ein und hielt dann an, vermutlich am Kassenhäuschen, wo zugleich die Grenzbeamten ihren Dienst versahen. Nach kurzer Verzögerung fuhr der Holländer weiter. Offenbar hatte er die Rückfahrt zum Kontinent bereits gebucht und die englischen Zöllner hatten etwas Besseres zu tun, als um fünf Uhr früh einen Touristen-Wohnwagen zu kontrollieren.

Reibungslos ging es weiter. Ohne nennenswerte Wartezeit fuhren sie aufs Autodeck der Fähre. Der Wagen rumpelte über mehrere Schwellen und hielt ein bisschen später an. Die Handbremse wurde hörbar gezogen. Schritte und Stimmen erklangen.

Laura stockte der Atem. Hatten die Leute etwas im Wohnwagen vergessen? Oder wollten sie noch mal nach dem Rechten sehen?

Fünf Minuten später konnten sie sicher sein, dass die Holländer das Autodeck verlassen hatten und sich irgendwo im Passagierbereich des Schiffes aufhielten.

Vorsichtig öffnete Danny die Tür. Niemand in Sicht. Nur weiter vorn an der Ladeklappe des Schiffes standen zwei Einweiser und sahen nach draußen, um das nächste Fahrzeug in Empfang zu nehmen.

Sie schoben sich nacheinander hinaus, gingen möglichst unauffällig zum Treppenhaus – und waren von nun an ganz normale Passagiere.

Nur an ihrem triumphierenden Lächeln war abzulesen, dass sie sich anders fühlten als alle anderen. Es hätte nicht glatter laufen können.

„Wann macht das Frühstückbuffet auf?“, fragte Mischa.

46

Laura stand an der Reling und starrte in den dichten Dunst, als könnte ihr Blick ihn durchdringen, wenn sie es nur lange genug versuchte. Doch die berühmten weißen Klippen von Dover waren hinter morgendlichen Nebelbänken bloß zu erahnen. Mit zunehmender Entfernung verwandelten sie sich in einen schimmernden Streifen am Horizont.

Der Wind nahm zu, je weiter sie in den Ärmelkanal hinausfuhren. Sie gingen ins Bordrestaurant, aßen Eier mit Speck und wärmten sich mit heißen Getränken auf. Dann zogen sie sich an einen Ecktisch in der großen Lounge Bar zurück und versuchten, sich auf den ausladenden Polstermöbeln zu entspannen. Sie fühlten sich wie zerschlagen.

Nur Wesley saß wie immer unermüdlich vor dem Laptop und verbiss sich in NetFriends, las Post für Post. Es war eine Sisyphusarbeit.

Laura döste ein wenig und es gelang ihr, dabei ausnahmsweise an gar nichts zu denken. Mithilfe des Schminksets von Mischa hatte sie ihr Aussehen ein wenig verändert. Sie trug das Piratentuch und dazu die schmale Brille, an die sie sich erst gewöhnen musste. Auf NetFriends trug sie immer noch die Basecap mit dem New-York-Yankees-Signet. Das Foto musste auf dem Parkplatz in Tottenham aufgenommen worden sein, vielleicht von Glynis aus der Ferne. Danach war der Informationsfluss anscheinend versiegt.

Als sie die Augen wieder aufschlug, saß Wesley immer noch vor der gekaperten NetFriends-Seite und klickte sich durch die Einträge. Vor dem Bildschirm wirkte sein Gesicht immer völlig emotionslos, eine erstarrte Fläche, von der jedes Gefühl getilgt war, wie weggewischt. Seine Finger flogen über das Touchpad, als gehörten sie nicht zu ihm.

„Was machst du da?“, fragte sie und gähnte.

„Ich will wissen, wer von deinen ‚Freunden‘ auf seine Posts die meisten Likes erhält.“ Wesleys Lippen bewegten sich kaum. „Das dauert eine Weile.“

„Und? Schon was herausgefunden?“

„Glynis beziehungsweise Lindsey Wilcox ist unter den Spitzenreitern. Auffallend hohe Aktivität. Es scheint, als hätte sie sich in den vergangenen Tagen ausschließlich mit deinem Profil beschäftigt. Sogar, als sie mit uns zusammen war.“

„Diese Schlange!“

„Sie ist nicht die Einzige. Ich habe insgesamt sechs Personen herausgefiltert mit einer deutlich höheren Postingfrequenz als alle anderen – wobei ich nur einigermaßen vernünftige Posts und Top-Kommentare in die Zählung einbeziehe.“

„Zeig mal.“

Er rief die Profile der entsprechenden User auf. Die Namen und die dazugehörigen Bilder sagten Laura nichts. Ganesh Hashmi, Cedric Cerebro, Marlen Neumann, Tiffany Grin. Immerhin bekamen die Gegner langsam ein Gesicht, selbst wenn es falsche Gesichter waren.

„Das sind bestimmt Decknamen“, meinte Wesley. „Tiffany Grin hat bislang die meisten Likes erzielt.“

„Grin“ wie „grinsen“, dachte Laura. „Und der Letzte im Bunde? Nummer sechs?“

„Den kennen wir.“

Es war Leo Nidas, der sich schon ganz am Anfang in den

Hack von Gabriel und Co. eingeklinkt hatte. Sein Profilbild zeigte Leonidas aus dem Film „300“, einen Krieger aus der griechischen Antike, der bis zum Umfallen kämpfte und das Idol vieler Jungs und sicher auch erwachsener Männer war. Martialisch und kindisch zugleich.

„Bescheuerter Avatar.“ Laura zuckte mit den Schultern. „Macht uns nicht schlauer, oder?“

„Zumindest können wir jetzt davon ausgehen, dass es eine Art engeren Kreis gibt, eine spezielle Gruppe, die einen Großteil ihrer Zeit damit verbringt, dir das Leben schwer zu machen. Sechs Leute sind Tag und Nacht damit beschäftigt, Posts über dich zu fabrizieren und dafür Likes einzuheimsen. Das ist wie ein interner Wettbewerb. Warum knien die sich da nur so rein?“

„Vielleicht stehen sie in Kontakt? Haben untereinander eine Wette am Laufen?“

„Daran hab ich auch schon gedacht“, meinte Wesley.

„Im Internet wird leider auf die bescheuertsten Sachen gewettet“, schaltete sich Danny ein. Er hatte eine Weile stumm zugehört und sich die aufgerufenen Profile parallel auf seinem Smartphone angesehen. „Kann schon sein, dass die sich gegenseitig pushen.“

Laura lehnte sich zurück. „Ich wünschte, wir wüssten, von wo aus die posten.“

„Die Wohnortangaben in den jeweiligen Infoboxen sind sicher falsch.“ Danny überprüfte sie. „Bei diesem Leo Nidas steht Sparta, haha. Der könnte überall sitzen.“

„Aber in Paris scheint er sich gut auszukennen“, gab Wesley zu bedenken. „Jedenfalls jagt er einen Post nach dem anderen raus, auf welcher Brücke der Flashmob stattfinden könnte, welche Location er für am besten hält, was man dort alles anstellen kann – zum Beispiel Rotwein in die Seine kippen und ähnlich destruktiver Schwachsinn. Und Bilder von Paris stellt er auch ein. Manche sehen aus wie selbst aufgenommen."

„Würde mich nicht wundern, wenn er tatsächlich in Frankreich ist." Laura bat Wesley, noch einmal den jüngsten Flashmob-Aufruf anzuklicken. „Er will uns nach Paris locken, entweder, weil er sich selber schon dort aufhält, oder, weil er ohne große Umstände hinkommen kann."

„Spricht einiges dafür", stimmte Wesley zu.

„At one of the bridges", las Laura nachdenklich vom Bildschirm ab. „Warum ist das so vage gehalten? In Tottenham stand von vorneherein fest, wo der Flashmob stattfinden sollte."

„Den hat die Polizei noch nicht ernst genommen." Danny wies auf sein Smartphone. „In Paris wird das anders sein. Die Aufregung ist schon jetzt riesengroß, auf NetFriends und allen anderen Kanälen, vor allem auf Twitter, Hashtag #lauraparis, auf Facebook und Google+. Auch die französischen Nachrichtenportale berichten über die angekündigte Aktion, der TV-Sender France24, die Zeitung Le Monde und so weiter. Laut Berichten auf der Website von France 24 sind deshalb bereits Hunderte von Leuten auf der Straße, einschließlich Fernsehteams. Da setzt sich eine ganze Armee in Bewegung. Bestimmt wird das noch viel größer als auf diesem Parkplatz in London."

„Und die Polizei?"

„Hält sich zurzeit noch zurück. Kein Wunder, die Sicherheitskräfte können unmöglich alle Seine-Brücken überwachen. Davon gibt es siebenunddreißig, laut Wikipedia."

„Vielleicht will dieser Leo Nidas – oder sein Auftraggeber, Jigbot, wer auch immer – erst kurz vor zwölf Uhr mittags enthüllen, wo die Sache steigt?", fragte Laura.

„Eine halbe Stunde früher wäre ideal", ergänzte Wesley. „Oder zwanzig Minuten. Dann bliebe allen potenziellen Teilnehmern genug Zeit, rechtzeitig dort zu sein."

„Für die Bullen gilt das aber genauso." Danny kratzte sich am Kopf. „Vielleicht kündigt Leo Nidas den Ort auch noch kurzfristiger an. Er könnte eine möglichst bekannte Brücke wählen in der Hoffnung, dass dort schon genügend Leute für einen Flashmob versammelt sind. Der Pont Neuf böte sich an."

Wesley öffnete ein neues Fenster auf seinem Rechner. „Die britische Polizei hat übrigens versucht, die Laura-Adams-Seite sperren zu lassen. Ohne Erfolg, wie aus einer Reihe entsprechender Posts hervorgeht. NetFriends hat verlauten lassen, dass sie definitiv nicht eingreifen werden und auch keine IP-Adressen von Nutzern herausgeben. Die weigern sich schlichtweg, mit der Polizei zu kooperieren – wobei sich ohnehin die Frage stellt, mit welcher Polizei. Inzwischen ist das ja eine französische Angelegenheit. Oder gibt es so eine Art EU-Eingreiftruppe?"

„Ungewöhnlich, dass die sich so raushalten." Danny rieb sich das Kinn. „Vielleicht begreift NetFriends selber nicht, was da abgeht. Und das Profil einfach aus dem Netzwerk zu nehmen, wollen sie nicht riskieren. Das gäbe einen Shitstorm, der sich gewaschen hat."

„Wie wäre es, wenn wir Leo Nidas zuvorkommen?" Laura lächelte hintergründig. „Wenn die auf spektakuläre Aktionen stehen, dann gebe ich ihnen eine. Plus genauer Ortsangabe."

„Was hast du vor?", fragte Wesley.

„Können wir auf der gekaperten Seite einen Post absetzen?"

„Unsere Social Bots sind verbrannt. Neue zu kreieren oder einfach ein neues Profil zu erfinden, wäre kein Problem. Aber es müsste ja ein offizieller Laura-Adams-Post sein, damit alle User ihn sehen und der Aufforderung folgen. Und dafür müsste ihn der Admin der gekaperten Seite freischalten. Am besten wäre es, wenn der Post von einem dieser sechs Freaks käme."

„Zum Beispiel von Glynis alias Lindsey Wilcox."

„Zum Beispiel." Wesley schüttelte bedauernd den Kopf. „Aber mittlerweile hat sie bestimmt ihr NetFriends-Passwort geändert."

„Du hast doch alle Daten von ihrem Handy. Kannst du da nicht was drehen?"

„Möglicherweise benutzt sie jetzt ein altes Passwort. Da müsste ich ein bisschen in der Registry stöbern."

„Finde es raus!" Lauras Stimme wurde lauter, drängender. „Schalte deinen Deep-Web-Kumpel ein. So schwer kann das doch nicht sein."

„Ist ja schon gut!", wehrte Wesley ab. „Ich kann nicht hexen."

„Wir haben nicht mehr viel Zeit, denen dazwischenzufunken, damit nicht passiert, was *die* wollen. Damit nicht wieder alles in einer Gewaltorgie ausartet."

„Was sollte denn passieren, wenn du es bestimmen könntest? Willst du das Ganze einfach abblasen?"

„Ich möchte diesen Leo Nidas in die Finger kriegen. Wir locken ihn an einen Ort, den *wir* festlegen, und dann schnappen wir ihn uns."

„Wie denn?", widersprach Wesley. „Wir wissen doch gar nicht, wie er aussieht."

„Du musst ihn irgendwie orten."

„Falls er überhaupt dorthin kommt, wo du ihn haben willst. Falls er überhaupt in Paris ist. Orten! Du stellst dir das so einfach vor."

„Weil du es kannst, verdammt noch mal!"

„Der Nerd wird's schon richten, wie?"

„Es ist die einzige Chance, die wir momentan haben", zischte Laura ihn an. „Die dürfen wir uns nicht entgehen lassen. Oder meinst du, ich fahre nach Paris, um mir den Eiffelturm anzuschauen?"

„Du denkst, du könntest diese Typen austricksen. Aber danach ist immer wieder alles wie zuvor – oder schlimmer. Wenn ich an den toten Pakistani denke, wird's mir ganz anders. Aber das hast du wahrscheinlich längst verdrängt. Stattdessen knallst du mit der Peitsche und alle müssen spuren." Wesley wandte sich beleidigt ab. Er nahm sein Laptop und setzte sich an einen anderen Tisch.

Offensichtlich war sie etwas zu weit gegangen. Doch Laura war Feuer und Flamme für ihren Plan, der in ihren Gedanken langsam Gestalt annahm. Sie brauchte nur noch mehr Details.

„Sehen wir uns Pariser Brücken an", sagte sie zu Danny und rückte die Fensterglasbrille zurecht. „Was gibt's denn da so?"

„Warst du schon mal in Paris?" Er ließ sie mit aufs Display schauen und rief Google Maps auf.

„Nein. Du?"

„Klar, voriges Jahr." Danny begann zu erzählen, vom Eiffelturm, der zwar lächerlich niedrig sei, aber doch eine eindrucksvolle Konstruktion, vom Louvre, Montmartre, Sacré-Cœur, dem ganzen Touri-Programm.

Irgendwann unterbrach ihn Laura mitten im Satz. „Die Brücken, Danny. Wird das heute noch was?"

47

Gegen acht trafen sie im Hafen von Calais ein. Unter den kritischen Blicken der Ausweiser gingen sie von Bord – Fußpassagiere waren auf den Fähren so selten geworden, dass sie auffielen. Eigentlich schade, fand Laura. Es war die klassische Verbindung zwischen Großbritannien und Europa, per Schiff. Sie hatte es genossen, die französische Küste näher kommen zu sehen.

Wesley schmollte, obwohl Laura wie ausgewechselt war und ihn aufzuheitern versuchte. Er gab sich verschlossen, was sie wiederum albern fand.

Eine Stunde später fuhr der Eurostar nach Paris ab. Diesmal übernahm Mischa die Kosten für Wesley, der sich wie ein Dauerschnorrer vorkam. Sie machten halt in Lille und durchquerten die Ebenen und sanft geschwungenen Hügel der Picardie. Zum hundertsten Mal fragte sich Laura, was die Gegenseite plante. Was hatte Leo Nidas vor? Oder einer der anderen sechs? Und folgte ihnen Glynis nach Paris? Was konnte man auf einer Brücke anzetteln, das einen Aufruhr auslöste? Plünderungen wohl kaum. Es kam ganz darauf an, was in der Nähe der Brücke lag, die am Ende zum Treffpunkt auserkoren wurde. Vielleicht der Quai d'Orsay, wo sich das Außenministerium befand? Sie war mit Danny eine Reihe von Möglichkeiten durchgegangen, hatte aber keinen blassen Schimmer, welche Brücke am wahrscheinlichsten war. Fühlte sich so eine Puppe, bevor der Puppenspieler an ihren Fäden zog?

Allerdings hatte diese Puppe hier einen Verstand. Und sie konnte sich wehren.

Wesley, der sich mit Mischa bewusst auf einen anderen Platz gesetzt hatte, kam jetzt zu ihr. „Wir müssen reden."

Danny stand auf und ließ Wesley sich auf seinen Platz setzen.

„Über Glynis' Account reinzugehen, ist zu unsicher. Ich habe zwar ältere Passwörter gefunden, aber das ist ein Lotteriespiel. An ihrer Stelle würde ich alle Logindaten erneuern, sogar die E-Mail-Adresse. Sie weiß ja, dass wir ihr Handy haben."

„Hört sich an, als steckten wir in einer Sackgasse."

„So ist es auch. Glynis können wir vergessen, die hat sich neu aufgestellt. Wenn sie nicht ganz aus dem Spiel raus ist."

„Ich hab dir auf der Fähre unrecht getan", fing Laura an. „Du gibst dir so viel Mühe –"

„Nicht jetzt. Bitte."

„Aber –"

„Poe hat zwei von unseren sechs Freunden gehackt." Er ließ die Worte wirken, Laura machte große Augen. „Das war selbst für ihn keine Kleinigkeit. Diese Typen sind Profis und haben sich mit jeder Menge Firewalls, Antiviren-Programmen und Trojaner-Killern gesichert. Die sind besser geschützt als die CIA."

„Und wen habt ihr ... erwischt?"

„Ganesh Hashmi und Cedric Cerebro, und zwar so, dass sie es nicht merken. Das ist eine Kunst, weißt du das? Poe trägt seinen Namen zu Recht."

Laura atmete auf. „Wie hat er das hingekriegt?"

„Sagen wir mal so: NetFriends ist verdammt gut im Datensammeln. Aber das sind andere auch, wenn sie sich, na ja, an NetFriends dranhängen. Kennst du den Pilotenfisch?"

„Du wirst ihn mir sicher gleich vorstellen."

„Also, Pilotenfische heften sich an größere Fische, zum Beispiel an Haie, und lassen sich eine Zeit lang durch den Ozean mittragen. Quasi als Gegenleistung befreien sie die Haie von Hautschmarotzern oder fressen ihre Ausscheidungen."

„Igitt."

„Aber clever, weil die Pilotenfische deshalb von den Haien in Ruhe gelassen werden. Genauso funktioniert das, was Poe gemacht hat. Er hat NetFriends etwas Interessantes gegeben, beispielsweise eine simulierte Kundendatenbank, nichts, was die Sicherungssysteme Alarm schlagen lässt. Und dafür durfte er kurz mitschwimmen."

Laura verstand nur Bahnhof. „Hat's geklappt?"

„Was meinst du, wo Ganesh Hashmi sitzt?"

„Keine Ahnung."

„Denk dran", mahnte Wesley, „das hier zieht internationale Kreise."

„In Mumbai?", riet sie.

„Galway." Er lachte in sich hinein. „Das liegt in Irland. Ganesh ist zweiunddreißig Jahre alt, heißt eigentlich Bill Narasimhacharya und betreibt einen Online-Laden für Handys und Computerspiele. Alleinstehend, was nicht anders zu erwarten war."

„Und der andere? Cedric ..."

„Cerebro? Ein Vierzehnjähriger aus Basel in der Schweiz, hochbegabt. Zockt an der Börse. Heißt im wirklichen Leben Beat Villiger und hat kürzlich einen Haufen Geld in den Sand gesetzt."

„Darf der ohne seine Eltern nach Paris fahren?"

„Keine Ahnung, wie der das anstellen wird." Wesley hielt kurz inne. „Einen dieser beiden Accounts können wir jetzt für deine Mitteilung nutzen. Die anderen sind nicht zu knacken."

„Und Leo Nidas?"

„An dem ist Poe noch dran. Bei dem alten Knaben ist der Sportsgeist erwacht."

„Woher weißt du, dass Poe alt ist?"

„Nur so 'ne Redensart. Oh Mann, ich hör mich schon an wie mein Großvater."

Laura mustere ihn eingehend. Aus irgendeinem Grund hatte sie das Gefühl, dass Wesley ihr etwas verschwieg.

„Was willst du in Paris posten?", fragte er.

Sie streckte ihre Hand aus, um ihm über den Kopf zu streicheln und es so noch einmal mit einer Entschuldigung für ihr barsches Verhalten auf der Fähre zu probieren. Doch er duckte sich weg.

„Hast du vor, diesem Leo Nidas einen Köder vor die Nase zu halten?" Wesley ließ nicht locker. „Warum weihst du mich nicht ein? Danny weiß bestimmt schon Bescheid, oder?"

„Halt dich einfach bereit, wenn das nicht zu viel verlangt ist."

Er wollte etwas entgegnen, hielt dann aber den Mund.

48

Der Bahnhof Gare du Nord war ein einziges Wespennest. Sie kamen um 11.23 Uhr an und stiegen aus. Laura setzte sich auf eine Wartebank und bat Wesley, ihr das Laptop zu geben.

„Stell es so ein, dass ich nur noch den Post einzutippen brauche. Vertrau mir, ja?“

Widerstrebend kam er ihrem Wunsch nach.

Laura machte im Namen von Cedric Cerebro einen Eintrag und drückte auf Enter. „So, jetzt muss der geheimnisvolle Admin das nur noch schlucken.“

Es ging schneller als erwartet. Nach einer knappen Minute verwandelte sich ihr Post in einen Laura-Adams-Post und alle User konnten ihn sehen.

Er lautete: **„Come to Pont Alexandre III. Watch me jumping off naked. Femen rules.“**

„Du willst nackt von der Brücke springen?“, protestierte Wesley. „Bist du jetzt völlig durchgeknallt?“

„Ich konnte es dir nicht verraten“, sagte Laura. „Sonst hättest du alles getan, um mich davon abzubringen.“

„Das werd ich auch noch, darauf kannst du dich verlassen. So ein Sprung –“

„Es ist nur ein Post, Wes, komm wieder runter. Wer sagt denn, dass ich das wirklich machen werde?“

Er beruhigte sich wieder. „Mann, du hast Ideen ...“

„Kennst du Femen? Diese feministische Frauengruppe aus der Ukraine, die sich für oder gegen alles Mögliche ausziehen?“

„Ich glaube, von denen hab ich mal ein paar Bilder gesehen ...“ Er lächelte verschmitzt. „Im Netz stolpert man ja andauernd darüber.“

„An genau so eine Aktion hab ich gedacht, das ist extrem öffentlichkeitswirksam. Mal sehen, ob unser Freund Leo Nidas widerstehen kann.“

Sie nahmen die S-Bahn und stiegen in Châtelet auf die Linie 1 der Metro um. Während der Fahrt checkten Mischa und Danny, wie die NetFriends-Gemeinde reagierte. Es war enorm.

Die User flippten schier aus, viele konnten es gar nicht glauben. Der Hinweis auf Femen wurde begeistert kommentiert. Auf der Seite erschienen alle möglichen Fotos früherer Oben-ohne-Aktionen, die Mädchen mit entblößten Brüsten zeigten, bemalt mit Slogans, etwa beim Weltwirtschaftsforum in Davos oder vom „Topless Jihad Day", als in mehreren europäischen Städten gegen die Unterdrückung der Frauenrechte in islamischen Ländern demonstriert wurde. Auch in Paris hatte eine Femen-Aktion stattgefunden, bei der sich die Gruppe für eine ägyptische Bloggerin einsetzte, die gegen Sexismus kämpfte.

Laura hatte kein schlechtes Gewissen, Femen derart zu instrumentalisieren. Bei dieser Profilkaperung ging es um ihre Persönlichkeitsrechte, im weiteren Sinn sogar um ihre Rechte als Frau – die zum Beispiel bei dem Post der Capoeira-Fotos eindeutig verletzt worden waren. Das war doch ein Fall für Femen, oder? Und dass sich islamistische Gruppen an dem Flashmob in Tottenham beteiligt und versucht hatten, ihn für ihre Zwecke zu instrumentalisieren, fand sie total daneben. Dagegen musste man ein Zeichen setzen.

Mischa lag voll auf ihrer Linie. „Femen ist eine gewaltfreie Bewegung. Das setzt genau den richtigen Akzent. Sonst heißt es wieder, du rufst zu Krawallen auf."

„Und die Bullen wird es auch etwas beruhigen", meinte Danny.

An der Place de la Concorde verließen sie die Metro zusammen mit zahlreichen anderen Leuten, die dasselbe Ziel wie sie hatten. Sie überquerten den weitläufigen Platz und nahmen einen Fußweg, von dem aus sie auf die Seine hinunterblicken konnten. Am Ufer lagen allerlei Schiffe vertäut, Hausboote und umgebaute Frachtkähne. Die Sonne schien, in der Ferne sah man den Eiffelturm, eigentlich wäre es ein perfekter Tag gewesen, um die Stadt zu besichtigen.

Dann erreichten sie den Pont Alexandre III, auf dem sich bereits eine Menschenmenge tummelte. Der Fußgängerbereich zu beiden Seiten der Fahrbahn war etwa zehn Meter breit und die Brücke war mindestens fünfzig Meter lang. Momentan gab es noch genug Platz, aber von überall her strömten Schaulustige herbei. Die Polizei war mit fünf Mannschaftswagen vor Ort und wartete in der Nähe des Grand Palais ab.

„Okay, was jetzt?", fragte Mischa. „Machen wir's wie abgesprochen?"

„Du mischst dich unters Volk und gibst uns den Status durch." Wesley wies zur Mitte der Brücke, er wirkte hoch konzentriert. „Und wir anderen suchen uns einen guten Beobachtungsposten am Rand." Er ging an einer der vier hohen Säulen vorbei, auf denen sich vergoldete Statuen befanden, sie markierten die beiden Enden der Brücke. An der steinernen Balustrade blieb er stehen, holte sein Laptop aus der Nylontasche und stellte es auf dem breiten Geländer ab. Sie mussten sich etwas Raum verschaffen, doch die meisten Leute orientierten sich zur Mitte des Pont Alexandre III. Wer in die Seine springen wollte, würde das vermutlich von dort aus tun. Laura schätzte die Entfernung zum Wasser auf gut zehn Meter.

Mischa tauchte in die Menge ein und rief mit dem Handy per Skype auf Wesleys Laptop an. „Versteht ihr mich?"

„Klar und deutlich."

„Ist ein ziemliches Geschiebe hier."

„Bestens."

„Es ist kurz vor zwölf", sagte Danny. Mit seinem Smartphone behielt er Lauras NetFriends-Profil im Auge. „Kein Lebenszeichen von Leo Nidas, zumindest gibt es keinen neuen Post."

„Er schaut erst mal, was passiert. Würde ich auch so machen." Laura blickte flussaufwärts in Richtung Pont de la Concorde, der nächsten Brücke über die Seine. Auf der anderen Seite lag der Pont des Invalides. Der Fluss war spiegelglatt. An den Uferstraßen sammelten sich weitere Gaffer, sogar auf den Schiffen klappten einige Leute Liegestühle auf und freuten sich über ihren Logenplatz. Die Wasserwacht war mit Schlauchbooten angerückt.

„Meint ihr wirklich, dass Leo Nidas hier irgendwo ist?"

„Das werden wir gleich erfahren", sagte Wesley.

„Wie willst du ihn lokalisieren?"

„Ich habe seine IP-Adresse."

„Hat Poe gezaubert?"

„So ungefähr." Wesleys Finger verharrten über der Tastatur. „Ich werde unserem Spartaner jetzt gleich einen Wurm schicken, der sich selbst über Bluetooth versendet. Dieses Signal lässt sich aufspüren und per Satellit triangulieren. Dann haben wir seine Position."

„Merkt er das nicht?"

„Wenn er unbedingt wissen will, was sich auf der Brücke tut, sind seine Sicherungssysteme gerade offen wie ein Scheunentor."

„Und worauf wartest du?", drängte Laura.

„Mischa", flüsterte er ins Mikro des Laptops, „wir könnten jetzt eine Ablenkung gebrauchen."

„Die labern hier alle nur blöd rum, von wegen Femen und Klamotten ausziehen. Aber keiner traut sich, den Anfang zu machen“, erklang Mischas Stimme.

„Oh Mann, wir sind hier schließlich in Paris!“

„Warte mal.“

Es raschelte und rauschte in der Leitung. Plötzlich waren von der Mitte der Brücke vielstimmige Rufe zu hören. „Wow!“ – „Oh la la!“ – „Mortel!“, gefolgt von Pfiffen wie bei einem Rockkonzert.

Als Nächstes erschien ein verwackeltes Bild auf dem Laptop. Es zeigte Mischa ohne T-Shirt, wie sie dämlich in die Handykamera grinste. Wesley und Danny bekamen Stielaugen. Und Laura erst recht. Was auch daran lag, dass Mischa die Basecap mit dem New-York-Yankees Emblem trug.

„Sieht gut aus, oder?“ Der Audiokontakt war wieder da, man hörte eine wirre Mischung aus Englisch, Französisch und Deutsch. „Hey, die Mädels hier um mich rum machen das nach! Allez, allez! Weg mit den Klamotten! Pour Femen! Fuck sexism!“, rief Mischa.

„Auf NetFriends kommen die ersten Bilder rein“, berichtete Danny. „Ich glaub das nicht! Ist das ’ne Orgie oder was?“

So musste wohl eine Oben-ohne-Party aussehen, dachte Laura. Und ihre beste Freundin war mittendrin. Irgendwann musste sich Mischa die Kappe unter den Nagel gerissen haben, um jetzt so zu tun, als sei sie Laura.

„Wehe, du springst!“, rief sie und wusste: Mischa machte das alles nur für sie. Und weil sie einen an der Klatsche hatte.

Wesleys Finger huschten über das Laptop. „So, ich schleuse jetzt den Wurm ein.“

Etwas plumpste mit einem lauten Klatsch ins Wasser. Laura beugte sich über die Balustrade, um besser sehen zu können. Nach schier endlosen Sekunden durchstieß ein Kopf die Wasseroberfläche: Mischa.

Die Verrückte hatte es wirklich getan. Sie winkte und kraulte ans Ufer.

Weitere Plumpsgeräusche. Die ersten Sympathisantinnen folgten Mischa. Und die Polizei setzte sich in Bewegung.

„Ich bin drin!“, jubelte Wesley und schien den Bildschirm geradezu anzubeten. „Er rechnet ... rechnet ... Gotcha! Leo Nidas ist lokalisiert. Das Hausboot mit dem hellblauen Dach.“ Er deutete auf ein Schiff am Port de la Concorde, wo sie vor einigen Minuten entlanggelaufen waren, und klappte den Computer zu. „Jetzt kriegen wir dich!“

49

Inzwischen waren die Zugänge zum Pont Alexandre III völlig verstopft, der Verkehr stagnierte. Danny stürmte voran. Mit seinen breiten Schultern zerteilte er die herandrängende Menge wie ein Schneepflug. Wesley und Laura folgten ihm dichtauf und schlitterten die Treppe zur Uferstraße hinunter. Dort standen keine Autos, dafür war alles voller Schaulustiger und Leute, die sich der Aktion anschließen wollten. Anscheinend war ganz Paris auf den Beinen.

„Aus dem Weg!“ Danny schubste ein paar Menschen unsanft bei Seite. Ein Polizist kam Laura in die Quere und versuchte, sie festzuhalten. Hatte er sie erkannt? Laura riss sich los und der Mann wurde abgedrängt, da sich einige Flashmob-Teilnehmer gegen ihn wandten und lautstark gegen das Einschreiten der Polizei protestierten.

Weiter durchs Gewühl. Sie blieben kurz stecken, eingekeilt zwischen Menschen, die sich ihnen entgegenstemmten oder die vom Zentrum des Geschehens wegwollten.

Plötzlich ließ der Druck nach. Sie hatten das Gröbste hinter sich.

„War ich gut oder war ich gut?"

Mischa stand klatschnass am Kai – ohne Kappe. Danny warf ihr das Daypack zu, das sie in Camden Market gekauft hatten.

„Hervorragendes Timing", sagte Wesley und rannte sie fast über den Haufen.

Das Hausboot mit dem hellblauen Dach. Danny war am schnellsten. Er sprang über eine Kette, die als Absperrung diente, und rannte über die Gangway.

Wesley bremste ab. „Hier, pass bitte drauf auf!" Er gab Laura die Nylontasche mit dem Laptop. „Das darf nicht in fremde Hände fallen."

„Wird es nicht."

„Kein Witz. Ohne dieses Ding bin ich ... Da ist alles drauf, was ich herausgefunden hab. Alles über unsere Tour, über uns."

„Okay." Sie hielt ihn einen Augenblick fest. „Sei vorsichtig. Wer weiß, was uns auf diesem Kahn erwartet."

Er nickte und hastete weiter.

Laura blieb stehen und drehte sich zu Mischa um, die bereits ein neues T-Shirt überstreifte. Offenbar war sie unversehrt.

Dann fiel ein Schuss.

50

Laura wagte kaum, die Stufen zu den Kajüten des Hausbootes hinunterzugehen. Ein scharfer, beißender Geruch schlug ihr entgegen.

Als Erstes sah sie einen Mann mit ergrauten Stoppelhaaren auf dem Boden sitzen. Er war um die vierzig und wirkte benommen. Aus seiner Nase rann Blut.

Danny hielt eine Pistole in der linken Hand und rieb sich die Augen. Sein Gesicht war feuerrot. „Pfeffermunition", presste er hervor und rang um Luft.

„Bist du verletzt?", fragte Laura.

„Brennt total. Aber er hat … mich nicht voll erwischt."

Wesley saß bereits an einer Workstation, die es in sich hatte. Sechs oder sieben Bildschirme über- und nebeneinander, dazu mehrere Tastaturen – eine Art Nerd-Nirwana. „Wir müssen uns beeilen", sagte er. „Hier treffen beunruhigende Nachrichten ein. **‚Was ist los?'** und: **‚Wir sind unterwegs.'** Scheint so, als hätte Leo Nidas noch schnell ein paar Freunde verständigt."

Laura stellte sich neben ihn. „Kannst du nicht einfach seine Daten auf dein Laptop ziehen?"

„Keine Zeit, von den Kopiersperren ganz abgesehen. Ich schau mir die Programme an, die offen sind, und dann machen wir die Fliege."

„Wie heißt der Typ überhaupt richtig?"

„Piss Off!", sagte Leo Nidas angewidert und spuckte etwas Blut aus. „So heiß ich, Piss Off, ihr kleinen Scheißer! Haut lieber ab, sonst fließt hier gleich noch mehr Blut! Dann kann euch nicht mal euer …"

Danny versetzte ihm einen Hieb mit dem Pistolenlauf. „Halt die Klappe!"

Leo Nidas kippte zur Seite und blieb regungslos liegen.

„Musste das sein?", herrschte Laura Danny an. Sie hatte Angst, dass er den Mann ernsthaft verletzt hatte.

„Und wie! Der hat, ohne zu fragen, einfach abgedrückt."

Sie legte die Laptoptasche auf einen Stapel Comics und kniete sich hin, um den Mann zu untersuchen. Er atmete vernehmlich.

„Der kann das schon ab. Selber schuld." Danny schniefte erbärmlich und tastete sich zur Küche durch, wo sich ein Waschbecken befand. Mischa war inzwischen nachgekommen und half ihm, die Augen auszuspülen.

„Der Kerl ist ein professioneller Gamer." Wesley betrachtete die Bildschirme und bediente die Maus mit irrsinniger Geschwindigkeit. Er wies auf Poster, die überall hingen, vor allem an den Fenstern, wahrscheinlich, um möglichst wenig Licht hereinzulassen. Es waren Promo-Plakate verschiedener Computerspiele, Grand Theft Auto, Call of Duty und viele mehr. In einer Vitrine standen und hingen allerlei Pokale, Medaillen und andere Trophäen bzw. Ausdrucke davon, auch uneingelöste Gewinn-Schecks von Turnieren und Meisterschaften.

Laura sah sich weiter im Hausboot um. Es war nicht gerade luxuriös eingerichtet. Die wenigen Möbel wirkten stark abgenutzt und der PVC-Boden war völlig verschmutzt. Überall lagen leere Pizzapackungen und zerbeulte Energy-Drink-Dosen herum. Vor dem einzigen geöffneten Fenster stand ein Stativ mit einer Digitalkamera. Das Objektiv war auf den Pont Alexandre III gerichtet.

In einem Drahtkorb lagen ein paar Briefe und Umschläge.

„Seine Name ist Benoit Prevost", sagte sie. „Das steht zumindest auf der Stromrechnung von der Hafenmeisterei." Sie hielt einen Zettel hoch.

„Ich brauche ein Handy!" Wesley klang aufgeregt. „Na los, ich muss das abfotografieren!"

Mischa zog ihr Smartphone aus der Hosentasche. Ein Wasserrinnsal tropfte heraus. „Meins ist kaputt."

„Dann gib mir Dannys."

Mischa fummelte es aus seiner Jeans, während Danny über dem Waschbecken hing und sich unentwegt Wasser ins Gesicht klatschte.

„Eine Nachricht von Jigbot", sagte Wesley. „Entschlüsselt."

„Achtung!" Mischa warf ihm Dannys Smartphone zu.

Wesley drehte sich um und konnte es gerade noch auffangen. „Hast du sie noch alle?"

„Sollte doch schnell gehen, oder?"

Wesley machte Aufnahmen von dem Bildschirm. „Wie es aussieht, bist du eine Figur in einem Spiel, Laura."

„Ein Spiel?"

„Es heißt Likemaster. Und Leo Nidas liegt gerade in Führung. Seine Aufnahmen von der Oben-ohne-Aktion auf der Brücke sind gestochen scharf. Der Hit auf NetFriends."

Einer der Bildschirme zeigte Mischa in voller Pracht.

Wesley rief noch weitere Fenster auf und fotografierte sie ab. „Ich wünschte, wir hätten mehr Zeit. Dieser Benoit hat ja in allem die Finger drin, was irgendwie illegal ist. Kann mal einer Schmiere stehen, damit wir hier nicht überrascht werden?"

Laura stieg die kleine Treppe zum Oberdeck hoch, wo sich auch der Steuerstand befand. Was sie draußen sah, gefiel ihr überhaupt nicht. Auf der Seine näherte sich eine Motorjacht und steuerte direkt auf sie zu. Gleichzeitig schoben sich auf der Uferstraße zwei Männer mit Lederjacken durch die Menschenmenge. Auf der Brücke flohen inzwischen Flashmob-Teilnehmer und Gaffer scharenweise vor der geballten Polizeimacht, die versuchte, die Situation unter Kontrolle zu bringen und weitere Sprünge in den Fluss zu unterbinden.

„Da ist Verstärkung im Anmarsch", rief Laura nach unten. „Wir müssen verschwinden! Sofort!"

Es dauerte eine gefühlte Ewigkeit, bis die anderen an Deck kamen. Mischa führte Danny, der quasi blind war. Wesley folgte ihnen. Sie waren schon auf der Gangway, als Laura etwas Fatales auffiel.

„Scheiße, das Laptop. Hab ich unten vergessen."

Danny strauchelte und wäre fast ins Wasser gestürzt. Wesley half Mischa, ihn festzuhalten. „Dann hol es!", rief er aufgebracht. „Ich hab dir doch gesagt –"

Sie rannte zurück, riss die Laptoptasche vom Comicstapel und drückte sie schwer atmend an sich. Als sie wieder nach oben kam und losstürmen wollte, versperrte ihr ein Mann den Weg. Er sah aus wie der Rausschmeißer eines Clubs, kantiger Schädel, muskulöse Schultern, Stiernacken. Breitbeinig stand er auf der Gangway.

„Hallo, meine Hübsche. Hast ja noch dein T-Shirt an."

51

Laura kam nicht an ihm vorbei. Sie warf ihre Brille weg und nahm die Capoeira-Grundstellung ein: Ginga, ein Bein nach vorn, Hand und Unterarm als Schutz vor dem Gesicht. Mit rechts hielt sie die Tasche fest.

Der erste Schlag traf ihre Deckung. Es fühlte sich an, als hätte sie ein Vorschlaghammer erwischt. Ihr Unterarm sank nach unten, taub und nutzlos.

Bevor sie zurückweichen konnte, versetzte der Mann ihr einen Fausthieb gegen die Schulter. Sie wurde herumgeschleudert und schnappte nach Luft. Die Gangway kippte und wackelte unter ihren Füßen. Laura rang um ihr Gleichgewicht, versuchte, sich an dem Edelstahlgeländer festzuhalten, um nicht ins Wasser zu fallen. Dabei entglitt ihr die Laptoptasche. Sie prallte gegen die Kante des Laufstegs und fiel in die Seine.

„Verdammt!" Laura warf sich hin und streckte verzweifelt die Hand aus. Zu spät, das Laptop versank wie ein Stein und war unwiederbringlich verloren.

Der Mann zerrte sie brutal hoch und hielt sie am Kragen fest. „Wir zwei unterhalten uns jetzt. Los, rein da!"

Laura sah, wie sich Wesley und Mischa auf dem Pier gegen den anderen Schlägertypen wehrten, einen wahren Hünen, während ihr Gegner eher gedrungen war. Die Motorjacht hatte inzwischen auf der anderen Seite des Hausboots angelegt. Sie mussten schleunigst weg.

Zeit, böse zu werden. Malícia. Manchmal ging es nicht anders.

Laura holte zu einer Cotovelhada aus, das war ein Ellbogenschlag – mit dem sie den Kopf des Mannes leider nur streifte. Er war jedoch so verdutzt, dass er ihre nächste Attacke nicht kommen sah. Sie nahm all ihre Kraft zusammen und rammte ihm Zeige- und Mittelfinger in die Augenhöhle.

Der Mann brüllte auf und schlug die Hände vors Gesicht. Das verschaffte ihr genug Bewegungsfreiheit, um eine Tesoura zu vollführen. Die Beinschere holte den Schläger von den

Füßen, im Fallen tastete er nach dem Geländer. Laura schickte einen gezielten Tritt gegen den Brustkorb hinterher – Ponteira. Worauf er hintüberkippte und ins Wasser stürzte.

Rasch lief sie auf den Pier zu den anderen. Die hatten nur auf Laura gewartet. Mischas Widersacher krümmte sich auf dem Boden. „Voll in die Eier", keuchte sie. „Der lässt uns in Frieden."

„Putain de merde!", fluchte der große Kerl und richtete sich schwankend auf. Er sah so aus, als würde er jetzt eine härtere Gangart einlegen.

Sie rannten den Kai entlang. Laura nahm Danny an der Hand und versuchte, ihn an Flüchtenden und anderen Hindernissen vorbeizulotsen. Doch sie waren zu langsam, um den Hünen abzuschütteln. Mit wutverzerrtem Gesicht kam er immer näher.

Nach ein paar Hundert Metern wurde die Uferstraße abschüssig und führte unter dem Pont de la Concorde hindurch. Sie bogen ab und überquerten eine mehrspurige Straße. Völlig außer Atem erreichten sie die Place de la Concorde.

„Wohin jetzt?", rief Laura. „Zurück zur Metro?"

Wesley drehte sich um. „Zu weit. Bis dorthin holt der uns ein."

„Wir nehmen ein Taxi." Mischa sprang auf ein graues Auto zu mit einem Leuchtschild auf dem Dach, Taxi Parisien. Eine ganze Reihe davon stand an dem Platz bereit, anscheinend hatten die Fahrer aufgrund des Flashmobs ein Geschäft gewittert.

Sie stiegen ohne große Diskussionen ein. Mischa warf sich auf den Beifahrersitz, fegte eine Papiertüte vom Sitz und bat den Fahrer auf Französisch, sofort loszufahren.

„Où?“, fragte er knapp. Um den Hals trug er allerlei Klimperkram, sah aus wie ein Rapper und stammte vermutlich aus Afrika.

„Quelque part ...“ Sie blickte zu Danny, der sich immer noch die tränenden Augen rieb. „Hôpital!“

Mit quietschenden Reifen bretterte das Taxi los.

Keine Sekunde zu spät. Der Hüne ließ seine Faust bereits auf die Heckscheibe sausen und schrie etwas Unverständliches. Aus dem Autoradio drang laute Musik, eine Mischung aus Snoop Dogg und Trommelgesängen.

„Avez-vous des problêmes?“ Der Fahrer deutete mit dem Daumen nach hinten.

„Pas du tout“, sagte Mischa schnell. Sie hechelten wie eine Hundemeute. Nein, sie hatten überhaupt keine Probleme ...

Er lachte. „Bien sûr.“ Es folgte ein belustigter Wortschwall, den sie nicht verstanden, doch die Ironie war herauszuhören. Dann musterte er Mischa genauer. Gleichzeitig wechselte er mit halsbrecherischer Geschwindigkeit die Fahrspur und schoss von der Place de la Concorde über eine Kreuzung in eine schmalere Zufahrtsstraße. In Paris ein Taxi zu nehmen, war eine echte Mutprobe.

„Es tut mir so leid!“, sagte Laura zu Wesley. „Wegen deines Laptops. Das liegt jetzt in der Seine.“

„Gegen diesen Muskelprotz hattest du keine Chance. Wundert mich sowieso, dass du den ganz allein zu Boden geschickt hast.“

Was sie da instinktiv auf der Gangway getan hatte, konnte Laura selbst nicht fassen. Training war das eine, aber Gewalt anzuwenden, etwas völlig anderes. „Jetzt haben wir nur noch Dannys Smartphone“, sagte sie schließlich und versuchte, das Zittern in ihren Armen und Beinen zu unterdrücken.

„Wenigstens sind da die Aufnahmen drauf, die ich von den Bildschirmen gemacht habe. Damit finden wir des Rätsels Lösung. Also mach dir keine Vorwürfe, unsere Aktion war ein voller Erfolg." Wesley überspielte den Verlust seines Laptops, doch es war ihm anzumerken, dass er schwer dran zu knabbern hatte. Er zog das Handy aus der Hosentasche und barg es in seiner Hand wie einen Schatz. „Ich konnte alles nur überfliegen, aber was ich gesehen habe, ist unglaublich. Likemaster ... Dass es so ein ‚Spiel' überhaupt gibt. In dem Menschen zu Spielfiguren werden."

„Kann ich's wiederhaben?", fragte Danny, der hinter dem Fahrer saß. Es schien ihm etwas besser zu gehen.

„Ich brauch das noch eine Weile, wenn's dich nicht stört." Wesley rief NetFriends auf. „Mal sehen, was es Neues gibt. Aha, die Polizei hat den Flashmob gestoppt. Aber er verlagert sich auf andere Brücken – oder geht dort weiter. Leider sind auch schon Unfälle passiert."

„Wirklich?"

„Nichts Schlimmes. Die Pariser Wasserwacht ist ziemlich auf Zack."

„Gott sei Dank." Laura hatte gehofft, dass es diesmal ohne Verletzte oder gar Tote abgehen würde. Doch ein Flashmob war nie zu kontrollieren und die Folgen immer unabsehbar. Die Leute machten aus so einer Sache, was ihnen in den Sinn kam, sowohl im Internet als auch im realen Leben. Und wenn sie frei waren zu tun, was sie wollten, ging dabei zwangsläufig auch mal was schief. Das war wohl der Preis der Freiheit.

„Die Pariser Femen-Gruppe distanziert sich", fuhr Wesley

fort. **„Keine dezidiert politische Aktion"**, heißt es da. **„Nicht abgesprochen."** Die haben wohl keinen Humor."

„Unverschämtheit", sagte Mischa. „Dabei hab ich extra ‚Fuck Sexism!' geschrien. Oder ist das ein Widerspruch?"

„Und Laura Adams ist momentan die begehrteste Person in Paris. Du könntest der Presse ohne Ende Interviews geben. Auf NetFriends erscheinen Talkshoweinladungen – und Angebote, wo du kostenlos übernachten oder essen könntest. Ein Spaßvogel schlägt sogar vor, eine T-Shirt-Edition nach dir zu benennen, mit Flashmob-Motiven."

Sie amüsierten sich über Lauras wachsende Prominenz. Irgendwie genossen sie es sogar, ein Teil davon zu sein. Nach all der Aufregung konnten sie sich auch endlich darüber freuen, Leo Nidas überlistet zu haben. Mischa kündigte an, ein Buch darüber zu schreiben. Titel: „Als ich Laura Adams war. Ein Geständnis".

„Du bist Laura Adams", sagte der Taxifahrer plötzlich auf Englisch und wandte sich Mischa zu. „Du warst das auf dem Pont Alexandre." Stolz hielt er sein eigenes Handy hoch, während er einen Lieferwagen überholte und eine rote Ampel ignorierte.

Scheiße, er hat uns erkannt. Laura überlegte, wie der Fahrer reagieren würde. Rief er bei der Zentrale an? Verständigte er die Bullen und machte sich bei denen lieb Kind? Einem Taxifahrer konnte das Vorteile bringen.

Er grinste und fuhr noch etwas schneller. „Oh Mann, ist das cool. Wenn ich das meinen Freunden erzähle ... Ihr seid echt stark, Leute."

Mischa nahm ihm das Handy ab und runzelte übertrieben die Stirn. „Von mir gibt's aber bessere Aufnahmen." Sie veränderte ein paar Einstellungen auf dem Display und hielt das Handy unter ihr T-Shirt. Ein Fotoblitz leuchtete auf. Dann gab sie es dem Taxifahrer zurück. „Zur Erinnerung."

Der Mann kriegte sich nicht mehr ein und wollte sich schier kaputtlachen. Er bestand darauf, noch ein normales Foto von ihm und Mischa zu machen, die er offensichtlich für Laura hielt. Dafür würde er ihnen die Fahrt schenken.

Kurz darauf kamen sie am Hôpital Lariboisière an. Vor dem Tor zum Parkplatz, der mit einer Schranke abgeriegelt war, stiegen sie aus. Laura nahm das Handy und fotografierte Mischa mit ihrem Bewunderer. Er hieß Solomon und freute sich wie ein Schneekönig. Sein toughes Rapper-Äußeres sei nur Show, erklärte er, damit wolle er den Parisern ein bisschen Respekt einflößen. „Die denken sonst, ich bin ein dahergelaufener Immigrant, den man leicht übers Ohr hauen kann." Er schüttelte empört den Kopf. „Dabei lebe ich schon seit mehr als zehn Jahren in Frankreich."

Mischa machte noch ein Bild von Laura und Solomon und gab ihm das Handy zurück. „Für deine Sammlung, Schatz."

52

Danny zwinkerte probeweise. „Meine Augen fühlen sich schon besser an. Eigentlich brauch ich keinen Arzt."

„Bleibt abzuwarten", sagte Wesley.

„Sollen wir dir in einer Apotheke Augentropfen besorgen?", schlug Laura vor.

„Danke, das lässt von allein wieder nach.“

„Wir können ja in eine Kneipe gehen, bis Danny wieder völlig in Ordnung ist.“ Mit einer fürsorglichen Geste strich Mischa ihm die Haare aus dem Gesicht. „Auf dem Hausboot hat er sich die Tapferkeitsmedaille verdient. Wenn er die volle Ladung aus nächster Nähe abgekriegt hätte, wäre er jetzt wahrscheinlich blind.“ Ihr Blick fiel auf ein Bistro auf der anderen Straßenseite. „Ich brauch dringend was zu trinken. Verfolgungsjagden machen durstig.“

Auf Lauras Wunsch setzten sie sich an einen Tisch weiter hinten im Lokal, damit Passanten sie durchs Fenster nicht sehen konnten. Da sie sich weit entfernt von irgendwelchen Brücken befanden, waren sie außerhalb der Gefahrenzone. Jetzt mussten sie wieder einmal Kriegsrat halten.

„Also“, begann Laura. „Erklär uns dieses Spiel, Wes. Likemaster ... so heißt es doch, oder?“

„Moment.“ Er studierte das Display auf Dannys Handy. Seine Miene war ernst.

„Was ist los? Sind wir hier nicht sicher?“ Sie schaute sich besorgt um. „Irgendwelche Kameras?“

„Meinst du, wir stehen wieder unter Beobachtung?“ Wesley wies auf die leeren Tische um sie herum. Bei dem schönen Wetter saßen fast alle Gäste draußen, niemand blickte zu ihnen herüber. „Man kann zwar nie wissen, aber darüber würde ich mir jetzt keine Gedanken machen.“ Er checkte noch einmal das Handy und nickte versonnen, als habe er etwas verstanden, worüber er sich schon lange den Kopf zerbrochen hatte. „Nee, alles bestens hier.“

Sie bestellten Bistroessen, sogenannte Croque Monsieur, belegte Baguette. Mischa wollte einen Pastis mit Wasser, die anderen schlossen sich an.

In gewisser Weise gab es ja etwas zu feiern. Laura schwebte auf Wolke sieben. Sie hatten Leo Nidas ausgebootet, trotz seiner Profiausrüstung, trotz der finsteren Gestalten, die er herbeigerufen hatte. Es hatte geklappt: Sie waren nicht mehr zum Zuschauen verdammt, sondern hatten die Initiative ergriffen und das Laura-Adams-Profil nach ihren Vorstellungen verändert. Das gab dem Ganzen eine neue Richtung. Und es machte aus der bisherigen NetFriends-Laura, die nur für sinnlosen öffentlichen Ärger sorgte, jemanden, mit dem sie sich schon eher identifizieren konnte. Die Anarchistin, die aus reinem Zerstörungsdrang zu Randalen aufrief, hatte sich zu einer politisch engagierten Aktivistin gewandelt – dank der Femen-Idee. Laura war zwar bewusst, dass die Organisation und ihre Auftritte umstritten waren. Und sie konnte sich beim besten Willen nicht vorstellen, an so einer Oben-ohne-Demo teilzunehmen. Dafür fehlte ihr Mischas Mut zur Provokation und zu Skandalen. Aber es war die richtige Antwort auf die Rolle, die ihr aufgedrängt worden war. Sich nackt zeigen, hieß: Seht her, ich bin verletzbar, alle Welt kann mich begaffen. Aber ich gebe nichts drauf. Im Gegenteil, dachte Laura. Wer sich freiwillig nackt macht, wird in gewisser Weise unangreifbar. Der steht über diesem kleinlichen Huch-man-hat-einen-Nippel-gesehen-Quark, wie ihn manche Popstars zelebrierten. Der war auch nicht so leicht in Verlegenheit zu bringen durch anzügliche Fotos, etwa von Kampfsportübungen auf NetFriends. Vielleicht war die eigene Blöße das Einzige, was man dieser verrückten Welt noch entgegenhalten konnte.

Merkwürdig fühlte sich das alles an. Als rutschte ein Bruchstück ihres Ichs wieder an die alte, passende Stelle. Oder entstand da etwas Neues?

Wesley riss sie aus ihren Gedanken. „Du bist ein Prototyp."

„Ein was?" Laura konnte mit dem Wort nichts anfangen.

„Die Beta-Version. Versuchskaninchen eines Spiels, das den Erdball erobern soll."

Schweigen.

„Jigbot ist der Auftraggeber. Das geht klar aus den E-Mails hervor, die ich bei Leo Nidas gesichert habe." Er wischte auf dem Handy herum. „Jigbot ist eine Firma oder eine Person, vielleicht beides, mit großem Einfluss, vor allem auf NetFriends. Und sie scheuen weder Kosten noch Mittel, die schrecken vor nichts zurück. Sie veranlassen sogar Brandstiftungen oder heuern sogenannte Detektive an – wie wir ja gesehen haben."

„Und wie sind die bitte auf mich gekommen?", wollte Laura wissen.

„Jigbot hat sich in den Hack deiner Münchner Mitschüler eingeklinkt. Die haben sich die entstandene Sicherheitslücke zunutze gemacht und das Ganze quasi übernommen. Auf so eine Gelegenheit haben die nur gewartet, denke ich. Für den Testlauf von Likemaster schwebte ihnen eine Durchschnittsperson vor, ein ganz normales Mädchen mit einem ganz normalen Namen."

„Der Durchschnitt sagt Danke!"

„Jigbot hat das gefälschte Rockness-Foto von dir gepostet und deine Aufnahme von der ‚Sea Eagle', die du an deinen Dad geschickt hast, abgefangen. Und sie haben in München den Diebstahl deines Laptops veranlasst."

„Aber warum?", fragte Laura.

„Um Material über dich in die Hände zu bekommen. Persönliche Sachen wie die Capoeira-Fotos. Aus deren Sicht ist das Spielgeld, Jetons für einige wenige Eingeweihte, die damit was auch immer anfangen dürfen. Das Ganze hatte das Ziel, mit deiner NetFriends-Story globales Interesse zu erregen."

„Ich versteh's immer noch nicht", sagte Mischa. „Was soll das bringen? Jemanden auszuspähen und sein NetFriends-Profil zu übernehmen?"

Wesley nickte gewichtig. „Nach dem Ausspähen fängt Likemaster erst richtig an. Jigbot hat sechs Testspieler angeworben. Wahrscheinlich haben die einfach ein paar ausgewählte Gamer kontaktiert, die bei anderen Online-Rollenspielen spitzenmäßig abschneiden, und sie gefragt, ob sie Lust auf ein neues Spiel haben – ein Spiel mit einem ganz speziellen Kick. Lief natürlich alles unter dem Siegel der Verschwiegenheit."

Mischa nickte. „Diese Testspieler kennen wir ja schon, Glynis, Leo Nidas und so weiter. Das waren also die Eingeweihten."

Er machte eine bedeutungsschwangere Pause. „Und Tiffany Grin."

„Was ist mit Tiffany Grin?", wunderte sich Laura.

„Zu der kommen wir gleich", sagte Wesley. „Jedenfalls hat jeder Spieler Zugang zu Lauras gefälschtem Profil erhalten – und ein Honorar von tausend Euro am Tag."

„Tausend Öcken?", fragte Mischa. „Dafür würde ich mir ... na ja, vergesst das."

„Die Regeln gehen vereinfacht so: Das Spiel dauert genau zwei Wochen. Danach gewinnt derjenige, dessen Posts am meisten Likes erhalten haben. Besonders gute Posts, die von dem Admin zu Laura-Adams-Posts erklärt werden, geben Bonuspunkte. Wer zum Schluss am meisten Likes gesammelt hat, bekommt eine Prämie von zehntausend Euro."

Danny nahm einen Schluck Pastis und rieb sich wieder die Augen. „Woher weißt du das alles?"

„Das steht in einer Mail von Jigbot an Leo Nidas. Auf einem seiner Bildschirme wurde sie in entschlüsselter Form angezeigt, als wir ihn überrascht haben. Wahrscheinlich bekamen alle Mitspieler so eine Nachricht, quasi als Spielanleitung." Wesley hielt kurz inne, damit alle ihm folgen konnten. „Wie gesagt, das Ganze ist nur ein Test."

„Test wofür?" Laura schüttelte unentwegt den Kopf. „Jemand manipuliert mich, damit ich dies oder das mache. Und weiter? Wem nützt das was?"

„Darüber habe ich bei Leo Nidas keine Infos gefunden, da kann man nur spekulieren."

„Dann mal los!"

„Ich stelle mir folgende Geschäftsidee vor: Jigbot erprobt, wie es ist, eine reale Person wie einen Avatar zu führen – Phase eins, in der befinden wir uns jetzt. Bald ist sie vorbei, in ein paar Tagen wird Bilanz gezogen, und ich brauche ja niemandem hier am Tisch zu erzählen, wie gewaltig das Echo nicht nur im Internet war. Diese Sache stellt jedes herkömmliche Multiplayerspiel weit in den Schatten."

„Ich bin mir nicht sicher, ob ich Phase zwei hören will", sagte Mischa.

„Phase zwei besteht darin, den Kreis der Spieler stark auszuweiten. Zumindest würde ich das anstelle von Jigbot so machen, schließlich haben die da viel Geld reingesteckt."

„Und Gesetze gebrochen", setzte Laura hinzu.

„Spieler in den entsprechenden Gamer-Foren anzufixen, stellt kein Problem dar", fuhr Wesley fort. „Außerdem gibt es genug verborgene Kanäle, auf denen sich Likemaster verbreiten lässt. Ich kenne Leute, die haben nur auf so etwas gewartet. Für die stellt die kriminelle Komponente des Spiels sogar einen besonderen Reiz dar. Von denen kann man eine entsprechende Gebühr dafür verlangen, dass sie jemanden wie Laura steuern und alles zeitnah mitverfolgen dürfen. Sagen wir hundert Euro, wie bei einem aufwendigen Computerspiel. Oder lass es nur fünfzig sein, das reicht auch. Multipliziert das mal mit Tausenden von Usern!"

„Da stecken Milliarden drin", schwante es Laura.

„Natürlich ist Likemaster kein Spiel für die breite Öffentlichkeit. Aber die Netzgemeinde ist groß genug. Und das Deep Web ist noch viel größer. Jigbot kommt auf seine Kosten, bestimmt."

Wesleys Szenario war ziemlich beeindruckend. Und beängstigend. Wenn er recht hatte, überlegte Laura, dann war sie die Testperson für Tausende weiterer Lauras. Für unvorsichtige Leute, deren NetFriends-Account plötzlich gesperrt war. Die dann hilflos dabei zusehen mussten, wie ihnen die Kontrolle über ihre Identität entglitt, die missbraucht und verunglimpft wurden – während irgendwelche Gamer wer weiß was damit anstellten und dafür auch noch belohnt wurden.

Das Ganze wirkte wie der Beginn einer Flutwelle. Doch noch befanden sie sich in Phase eins, das Testspiel war noch nicht vorbei.

„Weiß NetFriends von Likemaster?", fragte Laura.

„Kann ich mir nicht vorstellen", gab Wesley zurück. „Aber eins nach dem anderen." Ein drohender Unterton schlich sich in seine Stimme. „Wir haben uns doch oft gefragt, warum uns Mister X, also Jigbot, immer einen Schritt voraus war. Warum die wussten, wo wir gerade waren beziehungsweise, wo wir hinwollten. Wie sind die an bestimmte Informationen rangekommen, zum Beispiel, dass wir die Orkneys am Morgen nach dem Schiffsbrand verlassen haben? Und woher wusste Glynis, in welcher Kneipe in Aberdeen sie uns finden konnte?“

Mischa schnaubte verächtlich. „Durch diesen Hopkins vielleicht.“

„Vielleicht hat Tiffany Grin darauf eine Antwort.“ Wesley schaute zu Danny. „Es war nicht Leo Nidas, der uns diese Lederjacken auf den Hals gehetzt hat.“

Laura erbleichte. „Sondern?“

„Es war Danny.“

53

Das ist doch lächerlich!“

„Leider nicht“, sagte Wesley. „Du hast uns verraten. Du bist der Maulwurf von Jigbot.“

„Spinnst du? Ich hab Laura immer geholfen. Im Zug nach London, in diesem Supermarkt in Tottenham, bei der Sache mit dem Wohnwagen – soll ich weiter aufzählen?“ Danny sprang auf und war kurz davor, Wesley an die Gurgel zu gehen. „Du Scheißkerl! Erzählst hier die große Big-Brother-Story und verdächtigst Freunde, enge Freunde! Was stimmt nicht mit dir? Denkst du, damit kannst du bei Laura punkten?“

Mischa kam ihm zu Hilfe. „Das geht zu weit, Wes. Hat doch keinen Sinn, wenn wir uns gegenseitig zerfleischen.“

Laura war skeptischer – obwohl es wehtat und sie spürte, wie sich etwas in ihr verkrampfte. „Hast du Beweise, Wes?"

„Diese Schlägertypen wurden nicht von Leo Nidas auf den Plan gerufen, sondern von Danny. Die Nachrichten an die beiden sind noch auf seinem Handy", sagte Wesley und hielt das Smartphone so, dass Danny nicht rankam. „In einer verborgenen App. Er hatte bloß keine Zeit mehr, sie zu löschen."

„Die hast du mir untergejubelt. Warum sollten wir dir überhaupt glauben? Der Nerd befiehlt und alle gehorchen, so stellst du dir das wohl vor? Vielleicht bist du der Maulwurf und führst uns an der Nase herum? Was du da alles aus dem Hut zauberst, über ... Jigbot und dieses angebliche Spiel. Das sind doch nur Verschwörungstheorien von Typen, die zu lange vor dem Bildschirm sitzen."

„Für mich klingt es plausibel." Laura hatte die ganze Zeit über so etwas geahnt. Aber dass Danny mit Jigbot unter einer Decke steckte ...

Anklagend wies er auf sein Gesicht. „Und was ist das? Warum hab ich mir wohl 'ne Ladung Pfeffer verpassen lassen und Leo Nidas außer Gefecht gesetzt?"

„Leo Nidas ist für dich ein Konkurrent", sagte Wesley. „Es kam dir ganz gelegen, ihn auszuschalten. Du hast nur nicht damit gerechnet, dass er so leichtsinnig war, die brisantesten Jigbot-Mails offen auf dem Bildschirm zu haben. Der Mann fühlte sich zu sicher."

„Und warum sollte ich deiner Ansicht nach Hilfe herbeirufen?", zischte Danny.

„Damit wir nicht zu viel über Likemaster herausfinden. Du wolltest, dass wir von dem Hausboot möglichst schnell wieder verschwinden."

„Wer waren diese Typen überhaupt?“, fragte Laura. „Ein Sonderkommando von Jigbot, das immer dann kommt, wenn’s für die Testspieler brenzlig wird? Oder hast du die auf eigene Rechnung angeheuert, Danny?“

Mischa begriff. „Da haben wir ja noch Glück im Unglück gehabt. Wenn das Laptop nicht ins Wasser gefallen wäre, hätte Wes die Nachrichten auf Dannys Handy nie entdeckt.“

„Du bist einer der Spieler“, sagte Wesley. „Sogar der führende. Du bist Tiffany Grin. Es ist nur eine Frage der Zeit, bis ich das aus diesem kleinen Teil rauskriege und es euch beweisen kann.“ Er steckte das Handy ein.

Plötzlich ging Danny mit raschen Schritten zur Tür. Mischa und Laura reagierten schnell und versuchten, ihm den Weg abzuschneiden. Er fuhr herum.

Der Kellner trat mit dem Essen zwischen sie. „Alors, Messieurs-dames ...“

Danny versetzte dem Tablett einen Stoß. Es flog durch die Luft, die Teller zersprangen mit Getöse auf dem Boden, überall waren Scherben. Genug Ablenkung für Danny, um die Flucht zu ergreifen. Er rannte los, warf ein paar Bistrostühle hinter sich um und stürmte nach draußen.

Laura folgte ihm am schnellsten. Doch auf der Straße bemerkte sie, dass die Entfernung schon zu groß war, um ihn einzuholen. Kein Wunder, Danny war mit Abstand der Sportlichste unter ihnen. Einer seiner Vorzüge.

Er blieb noch einmal stehen und drehte sich um.

„Es tut mir leid, Laura!“ Er schrie so laut, dass es in der Straße widerhallte.

„Seit wann?“, rief sie zurück.

„Ich hätte es dir noch gesagt! Ich wollte aussteigen!“

„Seit Rockness?“

Er schwieg. Also schon davor. Schon als sie sich kennengelernt hatten.

„Ich liebe dich!", versuchte er es.

Passanten, die indigniert geschaut hatten, lächelten plötzlich. Anscheinend vermuteten sie eine leidenschaftliche Romanze hinter dem Teenagergebrüll.

Laura holte tief Luft: „Fahr zur Hölle!"

54

Mischa sprach von ihnen am besten Französisch. Sie brachte den aufgebrachten Kellner unter Entschuldigungen dazu, dass sie nur die Speisen doppelt bezahlen mussten. „Was zu Bruch gegangen ist, übernimmt das Restaurant", erklärte sie den anderen – und biss sich auf die Zunge, als sie Laura leise schluchzen hörte. Da war wohl ebenfalls etwas zerbrochen.

„Wie konnte er uns das bloß antun?" Laura presste die Hände vors Gesicht und kämpfte mit den Tränen.

Wesley hielt sich zurück. Er schaute betreten zu Mischa, die auch keinen Trost wusste.

„Wie kann man sich so verstellen? Das glaub ich einfach nicht."

Wenn sie sich derart in einem Menschen täuschen konnte, wem durfte sie dann überhaupt noch trauen? Bei Glynis war ihr das auch schon passiert. Ging sie denn jedem auf den Leim, der ein bisschen nett zu ihr war? Na ja, Danny war mehr als ein bisschen nett gewesen. Der Kuss am Pier in Stromness. Da hatte sie noch gedacht, aus ihnen beiden könnte etwas werden, vielleicht sogar mehr als eine Sommerliebe.

Danny war das Letzte! Und Lauras Enttäuschung riesengroß. Es lag nicht nur daran, dass sie jetzt als leichtgläubiges Dummchen dastand und sich gnadenlos hintergangen fühlte. Auf diese Weise einen Freund zu verlieren, das war so schmerzlich wie ein Tritt in den Magen, bei dem man nach Luft rang, aber keine bekam, die Luft war ... einfach weg, nicht vorhanden.

Dann überflutete sie die Erinnerung an die vergangenen Tage. Im Schnelldurchlauf ging sie all die Situationen durch, die ihr jetzt in einem völlig neuen Licht erschienen. Wie Danny ihr ins Gesicht gelogen und sie in bestimmte Richtungen gelenkt hatte. Was er ihr verschwiegen hatte, während sie ratlos und verzweifelt gewesen war und nach Auswegen gesucht hatte. Sie dachte auch an die Gelegenheiten, bei denen er ihr tatsächlich geholfen hatte – und davon gab es viele. Doch das machte es nur noch schlimmer: Sein Beistand war ja nur Teil seiner Tarnung gewesen, damit kein Verdacht auf ihn fiel. Geradezu wasserfallartig fielen ihr immer neue Begebenheiten ein.

Wie sie es auch drehte und wendete, Dannys Verrat war furchtbar. Es kam ihr vor wie ein schlechter Film, dessen Bilder immer wieder vor ihrem inneren Auge auftauchten und der sie noch lange verfolgen würde.

„Laura?“ Wesley räusperte sich. „Hörst du mich?“

Sie nahm die Hände vom Gesicht und benutzte eine Papierserviette als Taschentuch. Plötzlich merkte sie, wie erschöpft sie war. Enttäuschung machte müde und bleischwer. „Was ist denn?“

„Da tut sich was auf deiner NetFriends-Seite.“ Er hielt

Dannys Smartphone in der Hand. „Ein neuer Eintrag von Lindsey Wilcox, also von Glynis. Ich les das mal vor."

„Laura is an impostor. She sent a friend to the Flashmob posing as her. She doesn't care for Femen. She's laughing at everybody. Laura is a liar."

„*Ich* bin die Lügnerin?" Laura war sofort hellwach. „Jetzt schlägt's aber dreizehn! Was fällt diesem Miststück ein?"

„Sie hat schon verdammt viele Likes, momentan ist das der Top-Kommentar."

„Aber ... wer glaubt so was?"

„Immer mehr Leute vergleichen die Bilder von Mischa auf der Brücke mit denen, die es von dir gibt – und fühlen sich verarscht. Und vergiss nicht, dass Lindsey Wilcox einer der sechs Spieler ist, ihre Posts sind beliebt. Die hat inzwischen ihre eigene Fangemeinde."

Laura nahm das Handy und überzeugte sich selbst. Es stimmte, die verärgerten Kommentare nahmen zu. Teilweise wurde der Ton richtig gehässig, von einigen wurde sie sogar aufs Übelste beschimpft. Gab es auf NetFriends keine Flame-Filter mehr? Der Post von dem Dreadlock-Jungen aus dem Zug nach Aberdeen kam zu neuen Ehren. „Don't trust her." Das wirkte wie ein Beleg dafür, dass Laura es grundsätzlich mit der Wahrheit nicht so genau nahm. Zahlreiche User reagierten, als hätten sie es schon immer gewusst und Laura von Anfang an misstraut.

Eine gewisse Marlen Neumann hatte den alten Post ausgegraben. Offenbar leistete sie Lindsey Wilcox alias Glynis Schützenhilfe.

„Marlen Neumann ... Die gehört doch auch zu diesen Likemaster-Typen, zu den Spielern."

„Sie hat sich bisher aber kaum geäußert", sagte Wesley.

„Im Gegensatz zu den anderen liegt sie in der Wertung hoffnungslos zurück."

„Vielleicht will sie jetzt aufholen."

„Die Gelegenheit wäre günstig. Die Likes für Leo Nidas nehmen nämlich drastisch ab. Viele Leute machen ihre Zustimmung für seine Posts wieder rückgängig. Für den muss das wie ein Börsencrash sein. So schnell kann's gehen. Heute top, morgen flop."

„Wie auch immer – die Stimmung schlägt um und wendet sich gegen mich. Das entwickelt sich zu einem richtigen Shitstorm."

„Daran bin ich schuld", sagte Mischa düster.

„Vergiss es. Daran ist vor allem Jigbot schuld, die haben das losgetreten." Laura schaute zu Wesley. „Irgendeine Idee?"

„Ohne die Hacker-Software auf meinem Laptop bin ich machtlos. Und Dannys Handy hilft mir da auch nicht weiter."

„Was ist mit Poe, deinem Freund aus dem Deep Web?"

„Der ... tritt nicht selbst in Aktion", antwortete er ausweichend. „Poe706f65 will unsichtbar bleiben. Ich habe ihn sowieso schon überstrapaziert."

„Und wenn wir die Bilder von den Likemaster-Regeln auf NetFriends posten?"

„Unter welchem Namen? Etwa über den Account von Ganesh Hashimi? Nein, das dringt nicht durch. Falls es nicht ohnehin gleich vom Admin kassiert wird."

„Dieser Administrator", überlegte Laura, „der muss doch mit Jigbot gemeinsame Sache machen."

„Vielleicht *ist* er Jigbot. Das würde manches erklären. Dadurch können die alles nach Belieben steuern und behalten immer die Oberhand."

Eine Weile saßen sie schweigend vor dem abgeräumten Bistrotisch und wurden sich der verfahrenen Lage bewusst. Was blieb ihnen jetzt noch übrig? Auf Dannys Handy, das er über kurz oder lang sperren lassen würde, verfolgten sie, wie Lauras Ruf gänzlich den Bach runterging. Hochstaplerin, Betrügerin, Lügnerin, eingebildete Schnepfe, Feigling – die Beleidigungen nahmen kein Ende. Auf Twitter schauten sie lieber gar nicht erst nach. Offenbar existierte ein Hashtag mit dem Titel #lauraliar, unter dem es noch schlimmer zuging.

Und dann wurde es richtig fies.

Lindsey Wilcox postete ein neues Foto, das Laura in Kusshaltung mit gespitzen Lippen und geschlossenen Augen zeigte. Wo hatte Glynis das denn aufgenommen? Im Claymore, dämmerte es Laura, als sie Wesley zum ersten Mal ...

Aber Wesley war aus dem Bild herausgeschnitten. Stattdessen hatte Glynis irgendeinen hässlichen Typen eingefügt.

Laura musste fast kotzen, als sie ihn erkannte: der Gin-Mann aus dem Supermarkt in Tottenham. Die Fotomontage wirkte zwar deutlich manipuliert, doch darauf kam es nicht an. Hohn und Spott störten sich nicht an plumpen Fälschungen.

Glynis' Kommentar zu dem Bild war der Gipfel an Bosheit:

„Anybody else interested?“

55

Wo ist die Zentrale von NetFriends in Deutschland?“, fragte Laura.

„Das haben wir gleich.“ Wesley nahm das Smartphone und startete eine Suchanfrage. Es dauerte eine Weile, bis er einen entsprechenden Hinweis gefunden hatte. „In Hamburg“, wunderte er sich schließlich. „Da steht doch der Server, über den Glynis’ Mails gelaufen sind.“

„Ich glaube nicht mehr an Zufälle.“ Laura stand auf. „Wir fahren dahin, jetzt sofort. Gehen wir der Sache auf den Grund, ein für alle Mal.“

„Was hast du vor?“, wollte Mischa wissen.

„NetFriends um Hilfe bitten. Aber nicht per Handy, sondern direkt vor Ort.“

„Ach wirklich? Du klopfst da an und sagst: ‚Hallo, ich werde gedisst, außerdem wurde mein Profil gehackt. Ich will, dass das aufhört.‘ Na, da bin ich aber gespannt.“

„Wir haben doch Beweise!“, entgegnete Laura.

Wesley bremste ihren Eifer. „Wir haben nur Nachrichten von Jigbot, mehr nicht. Könnte ja sein, dass die ebenfalls in Hamburg sitzen, in irgendeinem Kellerloch, nehme ich an. Oder in einem ganz normalen Büro, wer weiß? Vielleicht hocken die auch in Berlin oder München und nur ihr Server befindet sich in Hamburg. Hast du dir das mal überlegt?“

„Ich fahr ganz Deutschland ab, wenn’s sein muss.“ Laura ließ sich nicht umstimmen. „Wann geht der nächste Zug?“

Wesley seufzte und schaute im Internet nach. „16.59 Uhr, vom Gare de l’Est. Zu Fuß ist das nur ein knapper Kilometer.“

„Worauf warten wir?"

Sie zahlten und kratzten dafür ihr letztes Bargeld zusammen. Dann verließen sie das Bistro. Der Kellner war froh, dass sie endlich gingen und er unter ihrem Tisch sauber machen konnte, wo immer noch Scherben umherlagen wie Leichen auf einem Schlachtfeld.

Sie liefen den Boulevard de Magenta hinunter, eine der vielen Verkehrsadern von Paris. Abgesehen von vereinzelten imposanten Gebäuden und Alleebäumen zu beiden Seiten der breiten Straße sah es dort aus wie in jeder x-beliebigen Großstadt.

Ein Passant musterte sie ungläubig. Als sie an ihm vorbei waren, drehte Laura sich noch mal um und sah, wie er sein Handy herausholte.

Ihr fiel auf, dass sie bis auf das Piratentuch nichts mehr besaß, um ihr Äußeres zu verändern. Es war zehn vor vier, sie hatten also noch eine Stunde Zeit. Als sie an einem Coiffeur vorbeikamen, marschierte Laura kurzerhand hinein.

In dem Laden war wenig los. Sofort wurde ihr ein freier Stuhl angeboten.

„Chauve", verlangte sie.

Der Friseur fragte mehrmals nach, doch Laura blieb hart. Unter Mischas und Wesleys entsetzten Blicken schnitt der Friseur ihre langen schwarzen Haare ab.

Nachdem Lauras schöne Strähnen auf dem Boden verteilt lagen und sie ihre Glatze bestaunt hatte, kaufte sie eine blonde Bob-Perücke. Sie bezahlte mit Karte. Sichtlich bedrückt setzte der Friseur sie ihr auf. „Man hätte doch auch färben können, Mademoiselle!"

„Keine Zeit", gab sie zurück und steckte einen Werbekuli ein, der neben der Kasse lag. Während die elektrische Haarschneidemaschine ihr nach und nach immer mehr das Aussehen einer Schaufensterpuppe verliehen hatte, war ein Gedanke in Laura gereift. Sich nackt machen – dafür brauchte man nicht unbedingt sein T-Shirt auszuziehen. Es ging auch anders.

Zum Gare de l'Est waren es nur noch ein paar Minuten. Immer noch drehten sich Passanten nach Laura um, doch diesmal aus anderen Gründen. Ihre Blicke waren ... begehrlicher. Musste an der Perücke liegen.

In einer Pharmacie kaufte Laura eine ganze Dose Vitamintabletten. Natürlich wollten die anderen wissen, was sie damit bezweckte. „Das werdet ihr schon sehen", erwiderte sie knapp.

Nach dem Schock beim Friseur drangen ihre Freunde nicht weiter in sie. „Du hast echt deinen eigenen Kopf", resignierte Wesley.

„Gefällt er dir noch?"

Er sagte nichts. Laura war das Antwort genug.

An einem Schalter lösten sie ein Ticket für Wesley. Mischa bezahlte es von ihrem Konto. „Lasst mich! Das werd ich mal meinen Enkeln erzählen."

Keiner lachte.

„Freundin der meistgehassten Frau auf NetFriends?", fragte Laura. „Das ist echt ein Ehrentitel." Sie bat den Schalterbeamten um ein Blatt Papier. Er reichte ihr einen ganzen Block der französischen Eisenbahngesellschaft SNCF.

Während sie auf den Zug warteten, wurden die Beiträge auf NetFriends immer krasser. Das montierte Kussfoto, das Glynis gepostet hatte, entwickelte sich zu einem Me-

me und es verbreitete sich rasend schnell: Alle möglichen User schnitten die küssende Laura mithilfe von Bildverarbeitungsprogrammen aus und kombinierten sie mit unbeliebten Prominenten, Politikern und Tieren und in jedem erdenklichen, abstoßenden Zusammenhang. In einigen Fällen war Lauras Nase sogar länger gemacht worden, sodass sie aussah wie Pinocchio, wenn er log.

„Wenn sie dich hassen, hassen sie dich“, stellte Mischa fest. „Das ist wie ein öffentlicher Pranger. Brenn, Hexe, brenn!“

Fassungslos starrte Laura auf das Display. „Das ist der Mob, der kennt keine Gnade, die sind wie Bluthunde. Am liebsten würden die mich tot sehen.“ Sie dachte angestrengt nach und kam zu einem Entschluss. „Gut, das können sie haben.“

„Was können diese Vollidioten haben?“

„Laura Adams wird ihren Selbstmord ankündigen. Dann ist hoffentlich Ruhe.“

Mischa blieb die Spucke weg. „Aber –“

Laura erklärte es ihnen.

56

Der ICE fuhr pünktlich ein. Da der Zug noch leer war, fanden sie Platz in einem der wenigen Sechser-Abteile und hatten dort vorerst ihre Ruhe. Für Lauras Pläne war das ideal.

Sie warteten, bis der Zug den Bahnhof verlassen hatte.

In der Zwischenzeit setzte Laura auf dem Block, den sie geschenkt bekommen hatte, einen Text auf. Als sie fertig war, zeigte sie ihn Mischa und Wesley. Nach einigem Hin und Her waren die schließlich einverstanden.

„Weiter kannst du nicht gehen", meinte ihre beste Freundin. „Das ist das Äußerste."

„Okay", sagte Laura. „Wes, bist du bereit?"

„Moment! Hier kommt gerade eine SMS rein", antwortete er. „Von Danny."

„Scheiße! Will er das Smartphone sperren?"

„Schau selbst."

Sie beugte sich über das Gerät. „Ich bin raus", stand da. „Behaltet das Handy. Viel Glück, Laura!"

Vielleicht besaß er doch ein Gewissen. Oder handelte es sich nur um einen neuen Täuschungsversuch? Laura entschied sich für Ersteres. Ab jetzt agierte sie mit offenem Visier. Sie weigerte sich, in ständigem Misstrauen zu leben.

„Tiffany Grin hat sich bei NetFriends abgemeldet", sagte Wesley. „Glaubst du ihm das?"

„Ja."

„Und warum? Er könnte –"

„Weil ich es glauben *will!* Ich möchte mich nicht immerzu fragen, wer es ehrlich mit mir meint und wer nicht und was wohl dahintersteckt."

„Das ist ... unvorsichtig."

„Jeder von uns baut Scheiße. Danny hat sich in dieser Hinsicht ganz besonders hervorgetan, klar. Aber wenn ich ihm nicht abnehme, dass es ihm leidtut ..., dann kann ich niemandem mehr trauen. Dann müsste ich Angst haben, dass auch Jessie von Jigbot angeheuert wurde. Dass der kleine Bangladeshi uns mit einer Kamera heimlich aufgenommen hat, als wir in seinem Lokal gegessen haben. Oder dass dieser Taxifahrer, Solomon, die Fotos von Mischa meistbietend verschachert. So weit will ich es nicht kommen lassen."

„Wie du meinst."

„Schick Danny eine Nachricht", bat Laura. „Einfach nur ‚Danke'. Ohne Smiley."

„Du willst dich bei dem Arsch bedanken?", platzte Wesley heraus.

„Mach's bitte. Sind nur ein paar Buchstaben."

Mürrisch fügte er sich, tippte die Nachricht ein und schickte sie ab.

Dann begannen sie noch einmal von vorne. Laura setzte sich in Positur. Mischa hielt den vorbereiteten Zettel hoch, sodass ihre Freundin den Text lesen konnte. Wesley richtete das Objektiv des Handys auf sie und sagte: „Fang an!"

„Ich bin Laura Adams. Dies ist kein Scherz, ich mein's ernst, todernst! Ich habe hier schwere Schmerzmittel." Sie hielt die Dose mit den Vitamintabletten hoch und verdeckte dabei mit ihren Fingern den Aufdruck. „Ich bringe mich um, ich begehe Selbstmord." Laura nahm die Perücke ab, eine Geste, von der sie hoffte, dass sie ihren Worten Nachdruck verlieh. „Ich bin zu allem entschlossen, ich gehe bis zum Äußersten. Ein Freund dokumentiert meinen Suizid. Das wird sich im Netz und in allen Medien rasend schnell verbreiten." Pause. „Aber so weit muss es nicht kommen. Ich will, dass mich Jigbot in Ruhe lässt. Ich will, dass NetFriends dafür sorgt, dass meine Profilseite gelöscht wird. Und ich will, dass Jigbot die Verantwortung übernimmt für alle Straftaten, die mir ungerechterweise zugeschrieben werden."

Laura hielt erneut inne. „Wenn meine Forderungen nicht erfüllt werden, nehme ich mir das Leben. Das Video von meinem Selbstmord wird um die Welt gehen. Und dann hat Jigbot ein richtiges Problem."

Wesley beendete die Aufnahme und speicherte sie auf der Micro-SD-Karte des Handys.

57

Was sollte Laura tun, wenn NetFriends nicht auf ihre Forderungen einging und es ihnen nicht gelang, Jigbot zu stoppen? Sollte sie dann ihren Selbstmord simulieren und das Video davon wie angekündigt online stellen, zum Beispiel auf YouTube? Ihre Glaubwürdigkeit war bereits stark erschüttert. Wer würde sie für voll nehmen? Die Medien hatten schon oft von NetFriends-Opfern berichtet. Die würden sich dem Fall erst zuwenden, wenn man ihre Leiche fand. Leute, die um Aufmerksamkeit buhlten, gab es schließlich mehr als genug. Ohne harte Fakten würden die Journalisten keinen Finger rühren, es sei denn, es gäbe einen neuen Flashmob, einen noch größeren als in London und Paris.

Darüber diskutierten sie, während sich der Zug Kilometer für Kilometer Deutschland näherte. Laura fragte sich, ob ihre Eltern etwas von dem ganzen Trubel mitbekommen hatten. Auf NetFriends waren Mom und Paps zwar kaum unterwegs und von Lauras Profilseite hielten sie sich seit einem Streit vor zwei Jahren fern, um ihre Privatsphäre zu respektieren. Aber sie konnten es von Freunden oder Nachbarn erfahren haben.

Laura überwand sich und rief zu Hause an. Allerdings hatte sie keine Ahnung, wie sie auch nur einen Teil der Ereignisse am Telefon erklären sollte.

Es tutete. Dann schaltete sich der Anrufbeantworter ein.

Sie legte auf und probierte es auf dem Handy ihres Vaters.

„Hallo?“

„Hi, hier spricht deine Tochter.“

„Laura! Wie geht's dir bei den Schotten?“

Bei den Schotten! Anscheinend wusste er von nichts. „Gut, Paps, wir haben echt ... eine aufregende Zeit. Hier ist jeden Tag was anderes los.“

„Freut mich für dich. Hast du in den Kneipen schon mal Livemusik gehört? Die sollen in den Pubs ja voll loslegen, auch in kleiner Besetzung. Da würdest du mal hören, was man mit einer Gitarre auf engstem Raum anstellen kann.“

Laura lächelte. Ihr Vater versuchte sie seit einer Ewigkeit zum Gitarrenunterricht zu überreden, als Wahlfach an ihrer Schule. „Vielleicht fang ich damit an, wenn ich wieder daheim bin“, sagte sie und dachte an die Nacht am Strand von Aberdeen. An den Gitarrenspieler, der James-Blunt-Lieder und irgendwelche melancholischen Weisen geklampft hatte – bevor alles eskaliert war. Das hatte schon was ...

„Wie bitte?“, meldete sich ihr Vater wieder. „Ist grad ein bisschen ungünstig. Ich spiele heute Abend mit der Band in Passau. Wir müssen noch den Soundcheck machen.“ Im Hintergrund hörte man die Trommeln und Becken eines Schlagzeugs.

„Viel Erfolg! Bis bald, Paps."

„Bye." Er legte auf.

Puh! Das war geschafft. Laura lehnte sich zurück und atmete durch. Jetzt war ihre Mutter dran. Sie betete, dass die nicht ranging.

„Warth-Adams?", schallte es ihr entgegen.

„Hallo, Mom. Ich bin's, Laura."

„Schön von dir zu hören, Liebes! Ich bin gerade auf der Autobahn. Ein Verkehr ist das, zum Auswachsen. Verschwinde von meiner Spur, du Schnarchnase!"

„Mom?"

„Entschuldige, da lässt mich so ein Kriecher nicht durch. Hallo? Hier ist hundertzwanzig! Unglaublich, die Leute haben einfach alle Zeit der Welt. Alles in Ordnung bei dir? Ich vermisse dich!"

Wie immer, dachte Laura, viel zu viele Infos auf einmal. „Fahr doch auf einen Parkplatz, dann können wir uns besser unterhalten", schlug sie vor.

„Was hast du denn auf dem Herzen?"

„Ach, nichts Besonderes." Laura überlegte. „Warst du in letzter Zeit mal auf NetFriends?"

„Da stellst du Bilder von deiner Reise ein, oder?"

„Ja-aa. Aber eigentlich –"

„Hat mir ein Kollege gesteckt. Siehst du, deine Mutter ist voll informiert, was ihre Tochter in London so treibt. Oder war es Paris? Jedenfalls bin ich froh, dass ihr wieder die großen Städte unsicher macht. Schottland war deprimierend, oder?"

„Ging so."

„Pass auf, in einer halben Stunde habe ich ein Geschäftsessen in Vilshofen. Da geht's um eine Festanstellung als firmeninterne Fortbildungsleiterin. Klingt traumhaft, oder? Ich hab bei denen schon vorgesungen. Heute Abend soll ich nur noch die beiden Seniorchefs kennenlernen. Wenn die mich nehmen, sind wir saniert."

„Okay ..."

„Und weißt du, was ich nach dem Essen mache?"

„Nein." Laura konnte sich die Antwort schon denken: an der Bar rumhängen oder im Beauty-Salon?

„Ich gehe ins Konzert!", rief ihre Mutter voller Stolz. „Zu deinem Vater, der tritt in Passau auf. Das wird wie in alten Zeiten." Sie kicherte. „Vielleicht schmeiß ich Unterwäsche auf die Bühne wie ein Groupie. Falls ich überhaupt so weit nach vorn komme. Na ja, zur Not trampele ich ein paar jungen Dingern auf die Füße. Und hinterher –"

Der Empfang brach ab. Wahrscheinlich ein Funkloch. Schwer zu beurteilen, ob es an Mom oder an ihr lag, sie waren beide in Bewegung.

„Ich vermisse dich auch", sagte Laura.

Es geschahen noch Zeichen und Wunder.

58

Um halb neun am Abend stiegen sie in Mannheim um und nahmen einen ICE, der bis Hamburg fuhr. Geplante Ankunft war 1.37 Uhr.

Wesley hatte sich von einem Mitreisenden ein Kabel geliehen und lud damit das Smartphone auf. Sie saßen jetzt in einem Großraumwagen. Mischas T-Shirt war wieder trocken und Laura hatte es sich turbanartig um den Kopf gewickelt. Die Perücke lag sorgfältig verstaut in dem Daypack, sie juckte nämlich wahnsinnig.

Draußen setzte die Dämmerung ein. Regentropfen klatschten wie Glassplitter gegen die Fenster. In der Ferne zuckten Blitze. Ein Sommergewitter.

„Seit du mit deinen Eltern gesprochen hast, bist du so schweigsam", sagte Wesley. Er saß neben ihr, Mischa hatte es sich auf einem Doppelsitz hinter ihnen bequem gemacht.

„Vielleicht vertragen sie sich wieder. Von dem, was auf NetFriends passiert, haben sie zum Glück keinen Dunst."

„Sind sie zerstritten?"

„Na ja ..." Laura zögerte. „Sie verstehen sich einfach nicht mehr so gut wie früher. Beruflich sind sie himmelweit voneinander entfernt. Meine Mutter ist zur Businessfrau mutiert und Paps macht mit seiner Band auf kreativ."

„Irgendwo muss die Kohle doch herkommen. Sei froh, dass deine Alten noch zusammen sind."

„Als mein Laptop geklaut wurde, haben sie sich wohl erst recht in die Haare gekriegt. Weil mein Vater nichts gegen den Einbruch unternommen hat."

„Darauf würde ich nichts geben. Wenn in die eigene Wohnung eingebrochen wird, sind die Leute im ersten Moment total durcheinander."

„Apropos Laptop ..." Laura wollte die Geschehnisse auf dem Hausboot und auf der Gangway noch einmal ansprechen. „Macht es dir wirklich nichts aus, dass ich deinen Computer versenkt habe? Ich meine, ich ersetze ihn dir natürlich."

„Lass stecken. Ich hab mich schon damit abgefunden."

„Aber da war doch so viel drauf! Alles, was wir rausgefunden haben. Deine ganzen persönlichen Daten."

„Du hast keine Ahnung, wie viel ..."

„Und dein Kontakt zu Poe im Deep Web? Vielleicht brauchen wir noch mal seine Unterstützung. Über Dannys Handy kannst du ihn wohl nicht erreichen?"

Wesley lächelte gequält. „Poe ist quasi tot. Ertrunken."

„Falls sich NetFriends querstellt, könnten wir erst mal meine Videobotschaft hochladen. Wenn es Poe gelingen würde, den Account von Lindsey Wilcox zu hacken, das wäre das Größte!" Laura spann den Gedanken fort. „Mein angekündigter Selbstmord auf Glynis' Seite, das würde sogar die größten Zweifler überzeugen. Andererseits bekäme sie jede Menge Likes. Aber egal, das nehme ich in Kauf. Was gäbe ich drum, ihr dummes Gesicht zu sehen!"

Wesley betrachtete sie eine Weile. Wartete, bis sich ihre Begeisterung und die Rachegelüste legten.

Laura begriff, dass er ihr etwas sagen wollte. „Was ist?"

„Poe706f65 – das bin ich."

„Wie?"

„Das ist mein Name im Deep Web. *Einer* meiner Namen."

„Versteh ich jetzt nicht."

„Ich hab dich auch belogen."

Sie spürte, wie etwas in ihr nachgab. Einknickte. „Willst du damit sagen, dass du ... wie Glynis –"

„Nein! Ich würde dich nie verraten, Laura, niemals! Eher würde ich vom Old Man of Hoy springen!" Wesley hob die Hände und spreizte die Finger, als könne er ihre Enttäuschung dadurch abwenden, wie ein Superheld in einem Comic, der irgendwelche schützenden Strahlen aussandte.

„Es ist nur ..., ich dachte ... Bevor das hier zu Ende geht, musste ich dir das einfach sagen. Poe706f65 –"

„Lass doch die verdammten Zahlen weg!"

„Okay, ich erklär's dir." Er schöpfte Atem und starrte auf den Boden. „Poe macht im Deep Web ... illegale Sachen. Mit gestohlenen Kreditkarten. Er knackt die Passwörter und gibt sie an seine Auftraggeber weiter. An eine Diebesbande, um genau zu sein."

„Er? Sprechen wir seit Neuestem in der dritten Person?"

„Also gut, ich! *Ich* mach das mit den Passwörtern. Dafür muss man einen Logarithmus schreiben, einen sehr komplexen, der sich anpasst und so weiter ..."

„Ich hasse Mathe, aber red ruhig weiter." Laura gewann ihre Selbstbeherrschung zurück. Einen stammelnden Wesley zu sehen, der sich vor ihr verteidigte und nicht wegrannte wie Danny, das baute sie wieder auf.

„Ich *hab* das gemacht, nur ein paar Mal, wegen des Geldes. Für eine geknackte PIN gibt es hundert Pfund."

„Kommt mir nicht gerade viel vor."

„Mein Vater ist kein Ingenieur auf einer Bohrinsel, sondern nur ein einfacher Arbeiter in den Docks. Wenn er wüsste, dass ich mir auf diese Weise was dazuverdiene, würde er mich endgültig zu Hause rausschmeißen. Der hat das mit dem Bootcamp schon kaum verkraftet."

„Kreditkartenbetrug?", fragte Laura. „Und du selber hast keine Karte?"

„Für eine eigene hab ich zu wenig Schotter. Und eine geklaute würde ich nie benutzen, ich bin doch nicht blöd. Aber jetzt ist damit Schluss, versprochen!"

„Das soll ich dir glauben?"

„Ich hätt's dir gar nicht erzählen brauchen, oder?" Er

richtete sich wieder auf und reckte ihr sein Kinn entgegen. „Und dank Poe sind wir Glynis und Jigbot auf die Spur gekommen. Wir haben Cedric Cerebro gehackt ...“

„Lass mich das mal zusammenfassen“, unterbrach ihn Laura. „Poe ... kann über das Deep Web etwas tun, das auf normalem Weg nicht so einfach möglich ist. Und dafür hast du dein Laptop gebraucht.“

„Ja.“

„Ist das alles?“

„Ja.“

„Dann bist du eine Art Safeknacker.“

„Kann man so sagen.“

„Du knackst quasi den Tresor und deine Auftraggeber kassieren ab. Werfen dir als Lohn ein paar Brotkrumen hin. Stimmt das so?“

„Ja! Aus dem eigentlichen Diebstahl halte ich mich raus.“

Laura nickte. „Das ist ein Haufen Scheiße, Wes, und das weißt du.“ Wesley wollte den Mund aufmachen, doch sie schnitt ihm das Wort ab. „Kein verdammtes ‚Ja‘ mehr! Such dir einen gescheiten Job, am besten bei einer Bank. Wenn du denen am Computer was vorklimperst, nehmen die dich mit Kusshand.“

„Ich kann's ja versuchen“, sagte er lahm. Nach seiner Beichte wirkte er gedrückt wie eine Primel.

„Wenigstens ist heute dein Glückstag.“

„So?“

„Ich mag Safeknacker.“ Sie knuffte ihn unsanft gegen die Schulter. „Ex-Safeknacker.“

59

Mitten in der Nacht kamen sie in Hamburg an. Im Internet entdeckten sie ein Hostel mit Vierundzwanzig-Stunden-Rezeption, das noch Zimmer freihatte: Es hieß „Visitator“ und lag gleich in der Nähe im Bahnhofsviertel St. Georg. Von innen sah der Kasten so aus, wie sein Äußeres versprach: kahl, ungemütlich, pseudomodern. Mischas Bankkarte funktionierte nicht mehr, anscheinend war ihr Konto überzogen. Oder lag es daran, dass die Karte in der Seine nass geworden war? Lauras wurde zum Glück akzeptiert.

Sie bekamen ein Dreibettzimmer, in dem es nach Fritteusen-Fett roch – offenbar befanden sie sich direkt über einem Imbisslokal. Der Hunger verging ihnen. Erschöpft sanken sie in die Betten. Mischa war noch mit dem Smartphone zugange, sie wollte sich in aller Ruhe die Fotos von dem Flashmob in Paris anschauen. „Endlich komm ich mal dazu.“

Trotz einer viel zu weichen Matratze schlief Laura schneller ein, als sie gedacht hatte.

Dann kamen die Träume.

Sie befand sich in einem Gerichtssaal, wo der Tod des Pakistanis in Aberdeen verhandelt wurde. Der Staatsanwalt rief sie als Zeugin auf, doch plötzlich saß sie auf der Anklagebank. Das Urteil wurde verkündet: „Schuldig!“, hallte es ihr in den Ohren.

Als Nächstes fand sie sich in einem Fernsehstudio wieder. Der Interviewer bedrängte sie, warum sie in Tottenham zu Plünderungen aufgerufen habe. „Das ist doch kein politisches Mittel!“ – „Ich bin nicht Laura Adams“, wollte sie sich verteidigen. Doch das Publikum buhte sie aus, bevor sie ein Wort sagen konnte.

Besonders bedrohlich war ihre Paris-Fantasie. Plötzlich war sie eingekeilt, ausweglos, in einer Menschenmenge, die ihren Namen brüllte. Der Mob riss und zerrte an ihr. Sie wehrte sich, aber das stachelte die Leute umso mehr an. Von irgendwoher trug jemand eine Fackel herbei. Es roch nach Benzin und entsetzt stellte sie fest, dass ihre Kleidung damit durchtränkt war. Glynis' hasserfülltes Gesicht tauchte vor ihr auf. „Betrügerin!", rief sie und spuckte Laura an. Danny stand daneben und wiederholte immerzu monoton: „Tut mir leid, ich bin raus, tut mir leid."

Laura schreckte hoch. Ihr T-Shirt war schweißnass, alles drehte sich. Das Smartphone lag auf dem Nachttisch. Sie griff danach. 6.32 Uhr laut Zeitanzeige.

Lautlos stand sie auf, zog Jeans und Chucks an, steckte das Handy in die Hosentasche und verließ das Zimmer.

Sie stolperte aus dem Hostel und lief fröstelnd am Bahnhofsgebäude entlang die Kirchenallee hinunter. Nach einer Weile erreichte sie einen kleinen Platz mit Kopfsteinpflaster. Alles war dunkel, die Stadt schlief noch, während ein neuer Tag heraufdämmerte, klamm wie ein feuchtes Laken, das sich an die Gliedmaßen heftete und einen ans Bett fesselte. Der Traum war doch zu Ende, oder?

Plötzlich stand sie an einem ... See?

Ein Jogger kam an ihr vorbei. „Schön, die Alster am Morgen! Wenn wir die nicht hätten!"

Laura setzte sich auf eine Bank. Langsam kam sie wieder zu sich. Der Geschmack in ihrem Mund war übel. Sie fuhr sich über den Kopf. Keine Perücke. Keine Tarnung. Ihre Kopfhaut fühlte sich kalt an.

Sollte sie ins Hostel zurückgehen?

Als poppte ein Fenster im Browser auf, kam ihr plötzlich ihr Plan in den Sinn. Eigentlich hatte sie den Wecker auf sieben Uhr gestellt. Denn um acht Uhr wollte sie bei NetFriends vorsprechen und mit Selbstmord drohen.

Das war *die* Gelegenheit, alles alleine durchzuziehen. Dadurch brachte sie weder Mischa noch Wesley in Schwierigkeiten. Es war jetzt ganz allein ihr Ding.

Mit dem Smartphone und Google Maps ermittelte sie ihre Position. Dann schlug sie die Adresse der deutschen NetFriends-Zentrale nach, die Wesley schon gespeichert hatte. Laura machte sich auf den Weg Richtung Innenstadt.

Allmählich wurde es wärmer. Sie lief unter einer Bahnbrücke hindurch, erreichte einen weiteren kleineren See und kam an einer U-Bahn-Station vorbei. Kurz darauf gelangte sie zu einem großen Platz.

Nachdem sie die Adresse mehrmals mit dem Stadtplan abgeglichen hatte, blieb sie vor einem sechsstöckigen Bürogebäude stehen. Hier musste es sein.

Laura schaute sich um. An anderen Häusern waren riesige Werbeflächen angebracht, Leuchtreklame mit den Schriftzügen verschiedener Firmen, die dort residierten. Doch weit und breit gab es keinen Hinweis auf NetFriends. Anscheinend wollten die nicht so leicht gefunden werden.

Sie hatte sich etwas Eindrucksvolles vorgestellt, einen Turm mit einem rotierenden N drauf oder so etwas. Stattdessen hing nicht einmal ein Firmenschild am Eingang – falls sie hier überhaupt richtig war. Fehlanzeige auch auf der Klingelleiste: Etliche weiße Tasten ohne Beschriftung verrieten nichts über die Mieter des Gebäudes und welche Geschäfte dort getätigt wurden. Die Glastür war fest verschlossen. Nur ein kleines Tastenfeld befand sich über den Klingeln. Man musste einen Code eingeben, um ins Innere zu gelangen.

Wie sollte sie da nur reinkommen?

Es war noch relativ früh am Morgen, halb acht, wahrscheinlich hatte bei NetFriends ohnehin noch niemand mit der Arbeit angefangen. Vielleicht brachte Kaffee ein wenig Klarheit. Laura entdeckte gleich nebenan eine Starbucks-Filiale. Sie bestellte sich die größte Caffè-Latte-Portion, die es gab, sowie zwei Blaubeer-Muffins, bezahlte wieder mit Karte und setzte sich an einen Tisch direkt an der Fensterfront. Von dort aus hatte sie die Straße gut im Blick.

Als sie in den Muffin biss, bröselte sie auf ihr T-Shirt. Er war ziemlich süß, aber lecker. Der Kaffee roch wunderbar, schmeckte jedoch nicht so aromatisch, wie sie erwartet hatte. Na ja, was entsprach jemals der Erwartung?

Im Starbucks saßen nur ein paar vereinzelte frühe Gäste. Sie fischte das Smartphone aus der Hosentasche und rief ihre NetFriends-Seite auf.

Likemaster schien neue Munition bekommen zu haben. Es gab wieder ein Bild von ihr, diesmal mit rasiertem Kopf und ohne Perücke, wie sie sich im Zug nach Hamburg mit Wesley unterhielt. Dazu der Text: „**Feels good being criminal.**“

Der Top-Kommentar stammte von Marlen Neumann und lautete: „**Laura with her accomplice. What are they plotting?**“

Aha, dachte Laura, das bin also ich mit meinem „Komplizen“, während wir was aushecken.

Die alten, allzu bekannten Fragen brachen über sie herein. Wer hatte das Foto aufgenommen? Im Grunde konnte das jeder Bahnreisende gewesen sein, der sie im Vorübergehen erkannt und einen Post abgesetzt hatte. Schwarmintelligenz wie bei Wikipedia: Jeder, der wollte, durfte etwas beitragen zur großen Jagd.

Die Bemerkung „criminal" war schon bedenklicher. Sollte das eine Anspielung auf Wesleys Kreditkartenvergehen sein? Dann hatte diese Marlen Neumann entweder im Zug mitgehört oder sie hatte sich auf anderem Wege Informationen über Wesleys illegale Aktivitäten beschafft. Vielleicht war sie ihm auch über seine Hacks in Paris auf die Spur gekommen und befürchtete, dass er Jigbot noch mehr in Bedrängnis bringen konnte.

Wer war Marlen Neumann überhaupt? Ein deutscher Name ... Das musste doch eine Bewandtnis haben! Gab es jemanden bei Jigbot, der sich selbst an Likemaster beteiligte? Um einen Referenzpunkt zu haben, so hieß das doch bei Messungen? Dadurch konnte Jigbot selbst überprüfen, wie alles lief. Nachdem sie sich eine Weile zurückgehalten hatten und Danny und Leo Nidas mehr oder weniger ausgeschieden waren, griffen sie jetzt ein.

Leider gab es noch eine andere Möglichkeit. Und die hieß Mischa.

Laura dachte nur einen Augenblick daran, so weit war es schon gekommen. Vehement schüttelte sie den Kopf. Nicht ihre Mischa. Nein. Das ... wäre zu viel, das könnte sie nicht verkraften. Wenn das stimmte, würde sie wirklich zum allerletzten Mittel greifen.

Auf der Straße tat sich etwas. Ein Lieferwagen hielt vor dem Eingang des Gebäudes. Zwei Handwerker stiegen aus, auf ihren Overalls stand „Heizungsbau Lunker".

Laura sprang auf und stürmte nach draußen.

Einer der Handwerker hatte die Tür bereits geöffnet und mit einem Keil gesichert. Die beiden Männer begannen, allerlei Werkzeuge und Kartons in das Haus zu tragen. Laura wartete auf eine günstige Gelegenheit und folgte ihnen. Auf ihre überraschten Blicke hin fragte sie: „NetFriends – auf welcher Etage sind die noch mal?"

„Im dritten Stock", gab einer zurück.

Als Laura sich an ihm vorbeischob und zum Treppenhaus lief, rief er ihr hinterher: „Vorsicht, die Stufen sind glatt!"

Das waren sie wirklich, frisch gewischt. Vorsichtig stieg Laura bis in den dritten Stock. Dort erwartete sie wieder eine Glastür – neben der das grün-weiße NetFriends-Logo prangte.

Sie holte tief Luft. Dann klingelte sie.

Die Glastür war mattiert, nur ein Streifen an den Seiten war durchsichtig. Laura spähte hindurch und konnte einen Flur erkennen, etwas Teppichboden, mehr nicht.

Sie klingelte noch einmal, diesmal länger. Nach ein paar Sekunden sah sie eine Silhouette näher kommen. Die Tür ging auf.

„Bitte?", fragte eine junge Frau Mitte zwanzig erwartungsvoll.

„Ich bin Laura Adams", platzte Laura heraus. „Mein NetFriends-Account wurde gekapert, ich komme nicht mehr rein, hab schon alles versucht. Und jetzt läuft da so ein Spiel, Likemaster von Jigbot, die stellen in meinem Namen alles Mögliche an, weltweit, und ich kann nichts dagegen machen. Ich bin total verzweifelt, Sie müssen mir helfen!"

Die Frau wurde misstrauisch, ihr Lächeln gefror. „Du bist ... eine Userin?"

„Bitte, überzeugen Sie sich selbst." Laura hielt das Smartphone hoch. „Da will mich jemand fertigmachen, diese Firma, Jigbot, die ist kriminell. Ich geh hier nicht weg, bevor ich eine Erklärung bekomme."

Widerstrebend ließ die Frau sie herein und führte sie zu einer unbesetzten Empfangstheke. Sie wirkte gar nicht glücklich über diesen aufdringlichen Gast. „Warten Sie hier", sagte sie barsch und verschwand in dem Flur.

Laura trat von einem Bein aufs andere. Okay, bis hierhin hatte sie es schon mal geschafft. Mit zittrigen Fingern öffnete sie einen Schlitz an der Seite des Smartphones und zog die Mikro-Speicherkarte heraus. Ihr Druckmittel. Winzig und unscheinbar lag es auf der weißen Theke.

Jetzt kam eine andere Frau im Stechschritt auf sie zu. Sie war älter als die erste, in einem schicken schwarzen Hosenanzug, teure Frisur. „Ich bin die Pressesprecherin von NetFriends Deutschland. Dein Name ist Laura Adams, richtig? Was kann ich für dich tun?"

Sie wirkte viel unfreundlicher als ihre Worte und musterte Laura von Kopf bis Fuß. Vor allem der kahle Schädel schien sie zu befremden. Offenbar war sie es gewohnt, sich möglichst schnell ein Urteil über jemanden zu bilden.

„Der Zugang zu meinem Account wurde manipuliert", erklärte Laura nervös und zeigte ihren Personalausweis. „Und NetFriends erkennt meine Identität nicht an, ich hab keinen Zugriff mehr auf mein Profil. Haben Sie von Jigbot gehört? Die veranstalten da so ein Spiel, Likemaster, ich bin quasi ein Teil davon, eine Spielfigur, unfreiwillig, die haben einfach –"

„Für Spiele sind unsere Geschäftspartner und Subunternehmer zuständig", kam es kalt zurück. „Jigbot ist mir unbekannt."

„Aber ich weiß weder aus noch ein! Die posten Fotos von mir und Filme und persönliche Sachen, das müssen Sie unterbinden! Und Flashmobs haben stattgefunden, in Aberdeen gab's sogar einen Toten."

„In Aberdeen, Schottland?"

Laura begriff, wie chaotisch sich ihre Erklärungen anhören mussten. Sie erzählte noch einmal von Anfang an und verhedderte sich schon auf den Orkneys, als ihr der Schiffsbrand einfiel.

„In Ordnung", unterbrach sie die Pressesprecherin. „Wir werden das prüfen."

„Sie glauben mir nicht, stimmt's? Sie denken, ich bin eine durchgeknallte Userin, die –"

„Wir nehmen alle Beschwerden ernst, das kann ich dir versichern." Die Frau lächelte und versuchte es jetzt auf die verständnisvolle Tour. Dabei dirigierte sie Laura sanft zur Tür. „Tut mir leid, ich bin leider sehr beschäftigt."

„Aber Sie kümmern sich drum?"

„Natürlich."

„Bestimmt haben Sie eine extra Abteilung für gekaperte Profile." Sie deutete zur Theke, wo immer noch die Mikro-Speicherkarte lag. „Ich hab ein Video gemacht, das sollten sich Ihre Leute mal anschauen ..."

„Das werden wir tun."

Lauras Gegenwehr erlahmte. Sie ließ sich nach draußen führen. Die Tür wurde hinter ihr geschlossen.

60

Unten auf der Straße warteten ihre Freunde.

„Kleiner Alleingang?“, fragte Mischa. „Wie lief’s?“

„Bin abgeblitzt“, sagte Laura verdrossen und berichtete in groben Zügen, was sich bei NetFriends zugetragen hatte.

„Wollten wir das nicht zusammen machen?“ Wesley klang gekränkt. „Zu dritt hätten wir vielleicht mehr ausrichten können.“

„Ich hab schlecht geträumt und ... ich war neben der Spur, die Nacht war furchtbar. Da hab ich mir gedacht, zieh das selber durch. Sorry.“

„Aber –“

„Ach, lasst mich doch einfach in Ruhe!“ Sie drückte Wesley das Smartphone in die Hand. „Hier. Mach damit, was du willst!“

Laura überquerte den Platz. Linker Hand stand ein lang gestrecktes Gebäude, keine Ahnung, was das war – in Hamburg kannte sie sich nicht aus. Sie erreichte kreisförmige Stufen, die zum Wasser hinunterführten, und ließ sich erschöpft darauf nieder. Oh Mann! Sonst war sie doch auch nicht auf den Mund gefallen! Aber unter den ungeduldigen Blicken der Pressesprecherin hatte sie alles vermasselt. Nicht mal eine Visitenkarte hatte sie sich geben lassen.

„Wir werden das prüfen.“ Einen Dreck machen die. Eher geht das Internet kaputt.

Schweigend setzten sich ihre Freunde neben sie.

Sie war so eingeschüchtert gewesen, dass sie ihren letzten Trumpf gar nicht richtig ausgespielt hatte: mit Selbstmord drohen. Aber dann hätte diese Hosenanzugstussi wahrscheinlich die Polizei gerufen – oder gleich die Typen mit der Zwangsjacke. Auch ein Ausweg, dachte Laura: einfach in der Psychiatrie verschwinden. Vielleicht fand sie dort andere Leidensgenossen, die von Jigbot faselten, vielleicht war sie gar nicht die Erste, die in deren Fänge geraten war.

Vielleicht. Von diesem Wort hatte sie die Nase gestrichen voll, seit Tagen bedeutete es: Wenn etwas schlimmer werden kann, wird es auch schlimmer, garantiert. Vielleicht dehnte sich Likemaster jetzt auf Deutschland aus. Das Spiel ging ja weiter, noch war es nicht zu Ende. Irgendwas Neues würden sich Glynis und Co. schon einfallen lassen.

Wesley tippte auf dem Handy herum. Er entdeckte das Foto aus dem Zug und zeigte es Laura. „Unglaublich. Muss irgendein Fahrgast gewesen sein. Deine Fans kennen echt kein Pardon."

„Da sind doch dauernd Leute vorbeigegangen und haben neugierig geguckt", meinte Mischa. „Wahrscheinlich hat dich Jigbot richtiggehend zur Fahndung ausgeschrieben. Seit Paris wussten die ja nicht mehr, wo du bist."

„Danke, dass ihr gekommen seid", murmelte Laura. „Außer euch hab ich niemanden."

Mischa nahm sie in den Arm. „Du hast es wenigstens probiert. Wenn du willst, gehen wir noch mal zu NetFriends. Oder wir passen die Pressesprecherin auf ihrem Nachhauseweg ab. Oder –"

„Und die haben jetzt die Speicherkarte?", fragte Wesley.

Laura zuckte mit den Schultern. „Wandert bestimmt in den Müll."

„Macht keinen Unterschied." Er winkte ab. „Das Handy funktioniert auch so."

Sie saßen noch eine Weile herum. Beobachteten Enten

und Schwäne, die von Passanten gefüttert wurden. Die Vögel waren überraschend zutraulich, manche hüpften aus dem Wasser, watschelten herum und fraßen den Leuten aus der Hand. Dann reckten sie ihren Schnabel hoch in die Luft und ließen die Brotstücke den Schlund hinuntergleiten.

Ihr könntet da alles Mögliche runterschlucken, dachte Laura. Leichtgläubiges Federvieh. Nur weil es hundert Mal gut gegangen ist, heißt das noch lange nicht, dass es so bleibt. Ein geruchs- und geschmacksloses Gift würdet ihr euch reinhauen wie Kekse. Bis ihr dran krepiert.

Wie viele NetFriends-Mitglieder gab es weltweit? Die bekamen den Hals auch nicht voll.

„Du, ich krieg langsam Hunger." Mischa zupfte sie am T-Shirt.

Ironie des Schicksals! Laura musste lächeln und ging mit ihnen zu einem nahe gelegenen kleinen Burger-Lokal. Der Laden war original hamburgisch und bot alle möglichen Eigenkreationen an.

Beim Anblick der saftigen Burger hellte sich ihre Stimmung wieder etwas auf. Sie bestellten die Burger zum Mitnehmen. Wieder zahlte Laura mit Karte. Der Kassierer musste es mehrmals probieren, bis das Lesegerät die Karte akzeptierte. Seltsam. War Jigbot jetzt schon in der Lage, Lauras Bankkonto zu sabotieren?

„Mit diesen Karten ist mehr möglich, als man sich vorstellen kann", meinte Wesley. „Zuletzt hast du damit doch im Hostel bezahlt. Aber die Frau an der Rezeption hat dir die Karte gleich zurückgegeben, dadurch ist Datenklau ausgeschlossen."

„Im Zweifelsfall waschen wir eben Teller." Laura gab sich keine Mühe, ihren Zynismus zu verbergen. „Das würde

Glynis oder Marlen Neumann oder wie sie alle heißen, bestimmt gefallen."

Sie spazierten zurück zu den Stufen am Wasser. Laura aß schweigend, der Burger war wirklich lecker. Doch es fühlte sich wie eine Henkersmahlzeit an. Ihr Entschluss stand fest.

„Fahren wir jetzt nach München zurück?", fragte Mischa schließlich und wischte sich den Mund ab. „Oder schauen wir uns erst noch Hamburg an?"

„Wir gehen jetzt in eine Apotheke und besorgen uns Schmerzmittel, für ein neues Video von Laura Adams. Dann werden die ja sehen, wie ernst ich es meine."

„Bist du verrückt? Ich dachte, das wäre ein Bluff?"

„Ich gehe nur den nächsten Schritt."

„Schwere Schmerzmittel kriegst du nur auf Rezept."

„Dann kaufen wir eben leichte, in mehreren Apotheken nacheinander. Oder wir quatschen einen Drogendealer an."

„Aber du willst doch nicht wirklich ..."

Laura erhob sich. „Gib mir das Handy, Wes. Wir trennen uns jetzt. Ich ziehe euch Geld aus dem Automaten, falls die Karte noch funktioniert, und dann geht jeder seiner Wege. Ich nehme das Video alleine auf, damit habt ihr nichts zu tun."

Mischa schüttelte bestürzt den Kopf. „Du glaubst doch nicht im Ernst, dass ich dich so einen Scheiß machen lasse!"

Wesley betrachtete die Smartphone-Anzeige und begann, komisches Zeugs von sich zu geben: „Weiche, Dämon! Scher zurück dich in die Nacht, fliehe übers dunkle Meer! Lass als Zeugnis deiner Lügen keine Feder hier!"

„Wie?"

„Das ist Edgar Allan Poe, The Raven."

„Na schön. Und was sollte das jetzt?"

Er reichte Laura das Handy. „Bitte. Gib ‚Laura Adams' ein."

Ihre Seite erschien – mit dem ursprünglichen Profilbild von vor einer Woche. Und es gab nur einen einzigen Post. Absender: ein großes N wie NetFriends. Es wirkte wie eine Art Stellungnahme. Mischa beugte sich herüber und las mit.

„This profile was temporarily out of order. Laura Adams is not responsible for the recent content, which has been thoroughly deleted. Please excuse malfunctions and any trouble."

Laura versuchte, sich mit ihrem alten Passwort einzuloggen. Es klappte, aber sofort erschien ein Hinweis, dass sie unverzüglich ihre Login-Daten ändern müsse.

Laura Adams postete nur ein Wort.

„Nevermore."

Sie zeigte es Wesley und Mischa.

Dann meldete sie sich bei NetFriends ab. Endgültig.

Es dauerte eine halbe Stunde, bis sie sich durch alle Menüs geklickt hatte und sicher sein konnte, dass ihre Identität vollständig getilgt war. Das war es wert.

Und Jigbot? Die konnte der Teufel holen.

Epilog

Die Anzeigetafel am Hamburger Hauptbahnhof zeigte eine ganze Reihe interessanter Städte. Berlin, Kopenhagen, Amsterdam, Budapest, Dresden, Prag, Breslau.

„Ganz schöne Auswahl“, meinte Laura. Ihre Bankkarte funktionierte wieder einwandfrei. Mom hatte den neuen Job bekommen, aber es war Paps gewesen, der ihr einen Urlaubsbonus überwiesen hatte. Nach dem Konzert in Passau, das schon auf YouTube zu sehen war, gingen ohne Ende Anfragen für Engagements ein.

„Also, ich würde am liebsten heim“, seufzte Mischa.

„Nach München dauert es sechs Stunden.“ Laura blickte zu Wesley. „Schon mal dort gewesen?“

„Nimmst du mich mit?“

„Überallhin.“ Sie schlang ihre Arme um den schmächtigen Kerl, der ihr hoffentlich all seine krummen Dinger gestanden hatte. Aber wenn's hart auf hart kam, musste man eher den krummen Weg gehen als den geraden. Sogar der Horizont war gekrümmt, aus entsprechender Entfernung.

„Schau mal weg, Mischa.“

Mischa schaute weg – mit einem Auge.